今夕何年

李传君 著

云南人民出版社

图书在版编目（CIP）数据

今夕何年 / 李传君著. -- 昆明：云南人民出版社，
2024.9
ISBN 978-7-222-22508-4

Ⅰ.①今… Ⅱ.①李… Ⅲ.①长篇小说–中国–当代
Ⅳ.①I247.5

中国国家版本馆CIP数据核字（2024）第038487号

责任编辑：张晓岚
装帧设计：林　语
责任校对：肖　薇
责任印制：代隆参

今夕何年
JINXI HENIAN

李传君 著

出　版　云南人民出版社
发　行　云南人民出版社
社　址　昆明市环城西路609号
邮　编　650034
网　址　www.ynpph.com.cn
E-mail　ynrms@sina.com
开　本　889mm×1194mm　1/32
印　张　9.625
字　数　210千
版　次　2025年1月第1版第1次印刷
印　刷　成都现代印务有限公司
书　号　ISBN 978-7-222-22508-4
定　价　68.00元

云南人民出版社微信公众号

1

茫茫黑暗，如混沌之初。黑云泛起微波，轻轻地飘着，像巨大无边的黑绸在空中飘着。很久，我方感觉自己的存在，万分渺小，如沧海一粟。不知飘了多少时辰，方有一粒亮色显现，如芝麻大小。亮色慢慢抽长，呈一条线，天地才有了分界。我开始坠落，如一片鸿毛，静静地，忽上忽下、忽左忽右地坠落。

四周越来越亮了，我看到了大地的颜色，但仅限黑白灰，没有其他更丰富的元素。快要触碰地面的时候，万物的色彩多了些，红橙黄绿……世界也有了声音。刚开始，耳边似有幽幽蝉鸣。接着，有了鸟儿的叫声。最后，我听到了同类的声音……

醒了啊？我睁开眼，老婆林慧珠坐在床边，眼里闪出曙光冲破黑暗的喜悦。

我滞滞地看着她。整整七个日夜，她已明显褪去了丰腴润泽的外壳，只剩尚存一点儿生气的皮囊了。泪水从心池涌起。

我想伸出臂膀给她一个安抚，一动弹，脑袋便又爆裂般痛起来。还有脊背，也似锥刺般疼痛。我闭上眼，顿时明白了：我还处在生死边缘。

慧珠，我想安乐……不知她是什么表情，只听到嘶嘶地抽泣。是啊，万般无奈之下，我只想安逸地解脱。她呢，只能默默地哭泣了。想起这七天，每天都有一次瞬间的飘逸感，多么幸福啊！如能那样永远地去了，该多好啊！我闭着眼，默默祈祷着。

医生说，我那六七次几近喷射的呕吐，乃至之后的休克，是病危的征兆。因此，医院早给我下了病危通知书。可我的生命，总是在鬼门关反复徘徊，跨进去又跨出来地兜着圈子。这是在戏弄鬼神吗？倒不如说是在折磨我自己。我不想再折腾了，干脆点，跨过去就别再回头。哪怕那边是万丈深渊，而这边是花好月圆，我也毫不犹豫了。

慧珠喊来医生。医生平静地看了看我的状态。再观察下，看还吐不吐。医生说完就出去了。医生的疑惑是，你的血压不高，血脂不浓，怎会导致脑出血呢？既然出血了，怎还能扛这么久呢？在没有更高医学认知情况下，医生只有让我一天天观察下去了。

殊不知，我是在用日渐衰减的生命力在扛。我不知能扛多久，于是十分向往那种飘逸感快点到来。每当脑袋疼痛如将爆裂，脊柱痛如钢针扎刺的时候，冷汗瞬间从身体每一个毛孔外冒，体温逐渐降低的时候，我开始视力模糊，胃肠翻江倒海，随即腹中之物便以平行地面的姿势喷涌而出，疼痛刹那间消失，脚下似有云雾升腾，整个身子便飘了起来……

我感觉有异物在眼睑移动，睁开眼发现慧珠在帮我拭泪。她的眼红红的，强忍泪水没有掉落。我顿时愧疚万分。想我一个四十六岁老中年，娶了比我小整整一轮的姑娘，已是十分的愧疚了；结婚六年来，我大半时间奔波在外，这便是百分的愧疚了；一个月前，我本可以不出差的，但想到二宝还有一个月才出生，出差大不了十天半月，还是拗着离开了依依不舍的她，这便是千分的愧疚了；提前经历剖腹产，不但没得到我的呵护，却不得不抛下嗷嗷待哺的二宝，熬更守夜地伺候我，这……这岂止万分的愧疚啊！

我无力地握住她的手。慧珠说：刚才市长来电话，他说要来看你。

我想起了市长。这两年，我大部分工作动力来源于他的肯定和鼓励，那次出差，也是去落实他的签批件，他来看看我，也是理所当然的吧。但是，市长能给我带来什么希望呢？难道他会起死回生之术？一个正厅级领导，从三百余公里外的偏远市赶到省城，专程看望一个生命垂危的副处级事业干部，也算难得的了。

还有谁？我问。慧珠顿了顿说：你几个师兄妹都知道了，不知会不会来。我点了点头。最好来吧！能给我些临终关怀，让我走得不那么凄凉和惨淡。我突然想起我的父母，几年前就已长眠于老家屋后黄土坡中的父母。我没见到父亲最后一面；母亲呢？在她游丝一样孱弱的生命线快要崩断的时候，我从千里之外乘飞机转高铁打出租连夜赶了回来……

我开始在浑浊的脑海里搜寻父母的容颜。这十多天来，越来越剧烈的疼痛，抢占了不少我原本用来存储记忆的脑细胞。此刻，我只得哀求疼痛挪挪位置，将父母的面貌释放出来。首先显现的是他们双目紧闭、静静躺在棺材里的影像。渐渐地，他们的脸颊和嘴唇有了血色，眼睛睁开了，眉毛舞动了，手脚动弹了。他们慢慢地坐起来，像睡了个长觉刚醒的样子。

荣儿——荣儿——他们在叫我。爸——妈——我不由张开嘴喊叫着。

嗨——慧珠见我神神癫癫的样子，她吓坏了，明知我浑身痛，也要给我一耳光。我茫然地望着慧珠，但眼前仍然是清晰的父母的印象。

崇岭县七星镇响水滩村，老屋原是三间土坯墙瓦房。我让思绪打开门上生锈的铁锁，让尘封的往事历历浮现。父母生我兄妹三人，哥哥成家后长年在外打工，妹妹也远嫁他乡。他们还不知我这个应在城里生活得很好的人的情况，我也没让慧珠通知他们。

我父母都是农民，但都会点儿手艺。父亲是泥瓦匠，母亲做一手好豆腐。小时候，他俩一个在外面漂，一个在屋里转，为的全是能生几个钱供我三兄妹读书。可我们偏不是读书的料，哥哥初中都没考上，十六岁就去打工了。一年腊月三十，团年饭一上桌，我家的黑狗便叫个不停。头发垂肩、蓬头垢面的哥哥！从山西煤矿一路走回来了，走时没拿到一分钱工资！

父亲问：人家不给钱，你就走了？你就恁老实？哥哥没有言语。母亲说：那就这样算了？干了一年，连长工二娃子都不如呢！哥哥还是没有说话。父亲又问：那你这一路怎回来的？要饭？哥哥说：那还能咋个？母亲叹了口气：那些老板就恁铁石心肠？不是人？就莫得一丁点儿良心？哥哥鼻子一哼：是人的话，他又不会那样了；跑得快算好，跑慢了的还挨一顿打！

我第一次感触到了伤心，感到了愤愤不平。正读初二的我只有咒骂起老天：你他妈瞎眼了？天下竟有这欺负人的事儿，你就不主持个公道？也正是那一刻，我发誓今后一定要为被欺负的人主持公道！这也是我后来走上农民工维权道路的根本缘由。

　　市长果真来了。这个身材魁梧、目光有神的人出现在病房，一下子惊住了。大概我平时总是精神焕发，好像永远都不知疲倦一样，而现在，我却像一头被斗垮掉的牛，头上还被刺了一剑，连哀鸣都无力了，眼里只有泪水打转。市长靠近问我：肖荣，你有什么要求尽管提！他的态度是真诚的。我摇了摇头。难道没有吗？市长眼里也泛起了泪光。你说吧，我能为你做些什么？只要我能办到的，我一定去办！看来，他是误解了我摇头的意思，我只好忍着痛启动嘴唇：我不甘心啦！市长，我不甘心，就这么……

　　慧珠忍不住嘤嘤地哭起来，市长也取下眼镜，用纸巾擦了擦，接着问我：难道医生就没有办法了吗？我说：死不要紧，只是不明白，我没干过坏事，怎么要让我饱受痛苦去死呢？市长退出房间，我听到他在给人打电话。对方好像是一个下属，他的语气有时很急，语调很高。市长回到房间对我说：不要灰心，应该会有救的。

　　大约过了一个小时，我们市驻省城办事处主任来了，手里拿着一束鲜花。他告诉我市长亲自吩咐了，无论如何都要请动这家医院最好的医生，并采用最好的药物给我治疗。说真的，我很感动，但我没有信心。这可是省城最好的医院，外面等着进来看病的人不计其数，我能进来，还是林慧珠动用了她新闻媒体的资源，可要请动最好的医生，怕是比登天还难。

又过了十余分钟，院长带着一位白发苍苍的老专家进了我的病房，还有护士长及三个漂亮的小护士。老专家很和蔼，轻言细语地问我一些情况，我只能简短地回答，加上慧珠一些详细描述，老专家最终点了点头。他很肯定地说：你这是脑出血，渗透到脊髓里了，必须做脊柱穿刺手术，但是……这个手术风险很大，弄不好……非死即瘫……

老专家的话，再次浇灭了我心头刚刚燃起的希望火苗。我沉重地闭上双眼，尽量不再言语。院长和老专家把慧珠拉出门，我听到他们在走道上嘀咕不停，还有护士长和小护士柔美的声音。他们是在安慰慧珠听天由命呢？还是在劝她大胆一试呢？大概是在安慰吧！哪有医生明知有风险偏要病人去冒险的道理。少许，他们重又走回病房。院长说：你是你们市长亲自关照要尽力抢救的人，我们决定还是给你做手术，你得有心理准备，手术需要做六次以上，每隔两三天做一次；曾教授是目前国内脑外科稀缺的权威专家，你要对他有信心……我这才知道老专家姓曾。他上前摸了摸我的额头：你应该是颅内毛细血管破裂，少量的出血慢慢地渗漏，如果是大出血，你早就没命了；不要怕，但愿奇迹能出现。

我被换到一个单人病房，床宽大舒适，屋内空调、电视齐备，还有沙发和茶几。一个扎着马尾辫的小护士推着一串药瓶进来，一边踮起脚把药挂上输液杆，一边笑盈盈地说：这是曾教授开的药，先输着，一瓶下去，估计疼痛会缓解，但也不可能一下子就不痛；痛是会持续很久的，直到手术做完出院，都还会痛；只是从今天起，你的痛会一天一天减轻。

谢天谢地！只要疼痛能慢慢缓解，喊我磕头作揖都干。这七天里，每天也在输液，有时或许是心理作用，似乎感觉疼痛轻了些，但管不了多久又会钻骨挖髓地痛起来。看着小护士温嘟嘟的肉手将输液针刺入我的手背，一股凉凉的液体进入血管，慢慢地，果真没那么痛了。一阵忙过之后，我看见慧珠坐在沙发上，身子靠着仿佛睡着了。正处于哺乳期的胸部本来是挺拔的，而这几天的煎熬和焦愁，好比一把铁锹在挖掘那两座山峰，明显地塌陷了。还有她的腹部，产后妇女那种再正常不过的肥胖，也悄然减去了。这恐怕是最有效却最残忍的减肥方式了！而从她肚子里取出来的那个小家伙，此刻正在贪婪地吮吸奶瓶吧？

我开始想一些奇怪的问题。明明医院有曾教授这样的专家，为什么不早点出来给我看呢？假如市长不来看我呢？假如他不给驻省城办事处主任打电话呢？我会怎么样？毫无疑问，我会这样一天天地在这里被观察着，生不如死。如果市长早几天来，我就会免去这七天来地狱一般的痛苦了。是啊，那是怎样的七天啊！

第一天，我在家中便痛到难以自抑，以至昏迷不醒。慧珠叫来岳母，照看着我们还在上幼儿园的大宝，以及出生才十来天的二宝，赶紧租车把我往省城送。在路上，我只有斜靠在垫有厚棉被的后座上，虽是全程高速，但偶尔还是有轻微的颠簸和摇晃，哪怕是身体与车体有那么丁点儿触碰，立刻便有无以言状的疼痛袭来。我不知我是如何忍受完这段旅途折磨的，一到医院就直接送进了重症监护室，慧珠就收到病危通知书……

重症监护室四天，医生护士每天按时检查，按时挂药瓶，一切按部就班地进行着。他们没有多言多语，脸上也没多余表情。没有惊讶，没有紧张，没有怜悯，甚至也没有冷漠。那是见怪不惊的坦然、见多识广的超然。我万分佩服他们面对生命无常的佛性。或许他们真的无能为力，或许之前已经有过先例，早晚都是那样的结局，何必硬塞给人一丝希望呢？给了人希望，最后又无法满足人希望，那才是残酷的。这样想来，我应该原谅他们。

四天后，我还活着。我被送回普通病房，虽然换了医生，也换了护士，但还是那样每天按时检查，按时挂药瓶。他们还是那样坦然和超然。有一次，我强忍疼痛，微睁眼角瞟到他们表情严肃，于是猜测可能发生的恶劣结果。我心里已经无所谓紧张和害怕，相反却在静静地等待那个当时认为的必然结果。但是，他们走出病房，我又听到他们相互说笑的声音了，这样看来，我的生命可能还会延续一段时间。

就这样，又过了三天。就这样，市长就来看我了。

天渐渐黑下来，楼道上传来啪嗒啪嗒的脚步声，有些乱，还夹杂着敲打碗碟的声音。病人家属们去食堂打饭了，慧珠也准备去，问我想吃啥。我说：随便，少点。她不作声走了出去。屋子里剩下我一人。我把手一点点地移向遥控器，想看一会儿《新闻联播》。

曾教授带着另外两个医生进来了，不是此前这七天我所见到的医生，或许是曾教授的助理？样儿很年轻，但都戴着眼镜，或许是他任教大学的实习生？曾教授一边询问我输液后的感觉，一边给两位年轻人讲解什么。末了，他说：明天做第一次脊柱穿刺手术，今晚你要吃点东西，好好休息一下，那样才会有体力抵御手术的疼痛。

我问那有好痛？曾教授说：如果是个正常人，估计你会承受不了。那像我现在，不正常的情况下呢？曾教授说：那样的话，或许你感受不到有多疼痛，因为有你原本的痛，已经超越了手术带来的痛。

那算什么痛呢？我放下心来。

2

脊柱穿刺，说是手术，其实简单。吃过早饭，我斜靠在床上，等待护士推我进手术室。曾教授进来，仍是带了那两个学生模样的医生，还有两个漂亮的小护士。他们手里除了一些简单的消毒工具外，就只有一支针筒。针筒一端，套着一根长长的针头。

我疑惑地望着曾教授。他看出了我的心思，说：就在这里，你侧卧向墙，背朝我们。医生护士一起用力，轻轻地帮我翻转身体。我强忍疼痛，总算摆对了姿势，就等他们的操作了。曾教授一边在我脊柱上下摸，一边给两个医生讲解。显然，我成了他们的教学模具。

不要紧张！曾教授提醒我。他总算找准了一个可以下针的地方，吩咐医生说，从这里刺进去，一定要把握准啊！开不得玩笑，偏离一点都可能伤及神经，导致病人直接瘫痪……我的冷汗渗了出来，护士给我擦了一遍又一遍。他们不停地安慰我，分散我的注意力。冷不防中，我感觉背脊似被蜜蜂蛰了一下，一注尖利的疼痛直往里伸，随即又如被抽出来的感觉，从里往外流。过了一会儿，又是一针扎了进去……

我的脑袋在慢慢变轻，像水满的池塘在慢慢泄水，被疼痛淹没许久的脑细胞渐渐水落石出，意识也变得越来越清晰，精神也清爽了起来，全身疼痛也缓解了许多，整个人都似乎轻松了许多，正在欣喜之际，曾教授说好了。就这么简单？前后不到十分钟。

曾教授叫医生把针筒拿给我看，满满的两管殷红的液体，红得让人眼晕。曾教授说，正常人的脊柱液是白的，你的是红色，显然是脑出血渗漏至脊柱。

这血的事实让我信服了，科学的力量就是伟大。

回想二十余天前，在谈判桌上，我跟当地建管局一林姓副局长越说越激动，都拍了桌子，还从座位上站了起来。忽然，我感觉浑身的血直往上冲，像刚刚拧开龙头的高压水枪。接着如江河溃堤，热辣辣的东西瞬间填满了脑袋。头越来越大，越来越沉，爆裂似的疼痛接踵而至……过后细想，当时压垮我精神阀门的最后一根稻草究竟是什么呢？不过就是对方一句夹带轻蔑略带侮辱性的语言。换成往日，我会以同样轻蔑但不带侮辱性的语言还击，我会充分体现我的幽默和智慧，并站在法律和道德的高度来打击对方的偏见与无礼。

可当时，我确实失态了！尽管如此，我居然忍着剧痛又艰难谈判了两天，直到成功为每一个被欠薪的农民工拿到属于他们的工资。

其实，双方的冲突，我是有预感的。启程前夕，我按惯例向对方发去了公函，并传真了市政府专门开具的介绍信，可一连五六天都没有回音。我主动打电话过去，声明受市领导派遣，一定要亲自前往。对方态度不冷不热，甚至称来不来随便你。事发地可是有名的礼仪之乡啊！竟是这等待客之道？我心里便有了不快。

到了当地，双方进行了第一次协调会，会场气氛却出奇地融洽。王副县长带领工会、人社、建筑、公安等部门人员满面笑容，都表示一定全力配合解决问题。那位林副局长还跟我聊起了私话：您也当过兵？在哪儿？哪年的兵？我一一作答。我比他大，入伍早，他主动跟我握手，尊我为老兵。我跟与会所有人交换了电话和微信。王副县长说：自收到您的函，我们立即冻结了三百多万在账上，明天就可以把账理一理。我说王副县长，不止三百多万呢，六百多万！涉及我们全市二百多农民工呢。王副县长手一挥：甭管多少，以算账结果为准，绝不拖欠一分钱！

第二天，我跟三个农民工代表一进入会议室，六七名身着制服的人员跟着进来，手拿执法记录仪一字排开。正在纳闷，外面一阵吵嚷，有男有女。不好！农民工代表老岳说。那伙人径直闯进来，当头的是一个高壮的黑大汉。谁是四川来的领导？他一声比一声高地问。我站起来问他有什么事。黑大汉铜铃大眼将我一瞪：你是?! 我点点头。来，你们都来向他要钱！黑大汉话音一落，那伙人一齐往我身边围。

11

这唱的哪一出？我是来帮农民工要钱的，现在却成了被要钱的！

见势不妙，我们想往外走，那伙人不让，混乱中有人动了手脚。我的衣袖被扯烂了，背上还挨了一拳，老岳他们被推来搡去，但都克制着没有还手。局势严重冲击我的忍耐限度，我大声斥责一旁的工作人员：你们是来看热闹的？他们说：都记录着呢。我强忍怒火推开窗户，大喊：林局长！林局长——林副局长"适时"地出现了，他闻声过来，进门便大喝：干啥呢？！算账就算账，打什么架呢？那伙人一点不惧，个个吹胡子瞪眼。林副局长护着我们往外走，那伙人排成了铜墙铁壁。黑大汉高呼：都跪下！别让他走了，他一走我们向谁要钱？那伙人就齐刷刷地跪倒，两个妇女还抱住我的大腿。我实在忍无可忍，瞪着一旁的工作人员：我提醒你们，这已涉嫌严重违法了！林副局长抓住妇女的臂膀，用力一甩，我才得以脱身。

我越想越不对劲，这个看似偶然的插曲，却具备事先安排导演的诸多特征。我直接给王副县长打电话，无人接听，于是撂下一句话：请转告王副县长，任何困难都吓不倒我肖荣！我现在要去你们省委、省政府反映，同时向国家投诉受理办公室线上投诉！

每次都有这一出，老岳说。那黑大汉是谁？那伙人又是谁？我问。农民工代表老兰说，姓郭，我们喊他郭天棒，那些人是他带的本地农民工。他们要干什么？我更为不解，为何要针对我们？农民工代表老陈哼了一声：不就是想搅黄嘛，好独吞后面的钱。老岳进一步解释：他们跟郭天棒是合作伙伴，一起承揽了一家上市公司新生产基地部分建设，工程完工两年多了，业主方就是不办结算，我们每次去要钱，郭天棒都要出来搅，双方打了几场架，一打警察就抓人，我们都被关过，工钱就这样一拖再拖。

老岳说：选择与郭天棒合作，考虑他是地头蛇，跟业主方和总包都熟，起初他也耿直，一起找总包要钱，前几期也都拿到了钱，就是这扫尾部分，郭不但不跟我们一条心，还唆使他的人跟我们闹。老兰说：当地明显偏袒郭天棒！今天的情况也不难看出，目的是给你肖主任一个下马威，让你知难而退。但只要你一走，我们的钱就又泡汤了。

都是农民工啊！看他们容貌与穿着，彼此都差不多，都是些泥土堆里爬出来的草根群体，面对一块肥肉，是独食还是分享？该做选择的时刻，千百年传承下来的有关农民淳朴、厚道、善良、本分的品质哪里去了呢？

农民工代表老陈说：我们二百多人，一半失去了信心。我们三人，是选出来长期跟他们耗的，不知不觉就耗了两年多。为讨工钱我们都花费十多万元了。去年底，三十多人来这里要钱，直到年三十上午，才给了我们几十万。过了年我们又来了，又快半年了。实在走投无路，我们才寄希望于家乡政府。肖主任，你若撤票，我们只有走极端了！

可不能以违法的方式维护本来合法的权益。我说。话一出口，我顿感苍白无力。他们都怀揣一个改善家庭命运的梦想，或者仅仅称得上是愿望。如能顺顺利利拿到血汗钱，谁又会冒险将盛载一家美好愿望的玻璃缸往石头上砸呢？

王副县长打来电话，不住地道歉：对不住，老兄！一直开着会呢，恳请您千万得留下来，哪儿也别去。我保证！一个星期内解决问题。下午，我就安排各部门派主要领导来，监督三方把账算好！估计要好几天，您得给我时间！请您充分相信我的人品官品！好吗？算我求情了！

我只有等。林副局长来酒店看我，手里提溜着两盒东西。这是俺们这儿的土特产，肖主任您捎点回去，哈哈！一进门他就笑容可掬地说。哦？多少钱？我正要掏钱包，被他拦住：你打我脸？俺俩都是当过兵的人，一点小意思，还要您掏腰包？我牢记每次临行前市领导的嘱咐，千万别收人礼，既违反纪律，又容易被动，不利于问题的解决。我再三推辞，林副局长生气了：也不是我的意思，王副县长安排的，值不了啥钱，不会破坏您的廉洁自律；您待着没事，可以四处走走，这儿离海边近，明儿我叫一车，陪您转转，难得来一趟嘛！

我说海边就不去了，就在酒店哪儿都不去。那不闷得慌？林副局长说，恐怕一个星期算不下来，至少还要三五天呢。算个账要那么多天？我惊诧地问。可不！农民工的账本来就一团糨糊，现在业主方在追问那三百吨钢筋的事儿，搞不好会揪出经济问题，甚至会弄两人进去。林副局长话中藏机。我不由眉头紧皱：什么三百吨钢筋的事儿？跟农民工有关系吗？林副局长讳莫如深：现在不敢确定啦，等算完账应该会水落石出。

送走林副局长，我联系快递公司将他强行留下的礼品寄还给他，然后叫来老岳三人：那三百吨钢筋怎么回事？三人吃了一惊，面面相觑愣了片刻，道出了事情原委。那是郭天

14

棒提的馊主意，现在看来或许是他们挖的陷阱。他说他跟业主方管材料的疏通好了，领材料的时候从库房里多拉三百吨钢筋走，不会记在账上，拉出去卖了，大家一起分钱。我又气又恨：你们都分了？三人点点头：我们一人得了十多万；估计郭天棒和管材料的得的更多。

一时间，仿佛一桶冰水浇下来。三人很可能被收监判刑，涉及二百多人的工资怎么办？我立即拨通了王副县长的电话。王副县长说：出现了新情况，公安局准备立案了。那会怎么样？我问。怎么样？肯定得关几个进去。王副县长的语气不再客气了。我说即使立案侦查，希望一视同仁，该查的都查；我最关心的是二百多号农民工工资！王副县长再次保证：该给的工资一分钱不少。

我立马给老岳三人出主意：赶快找业主单位把情况说清楚，表示可以将三百多吨钢筋的钱扣除，希望能放你们一马，只要业主单位不追，公安机关也就会不究。三人商量后，采纳了我的意见。

第二天有个见面会，我准备好好睡一觉。可是，躺在床上总是睡不着。这几天我都睡不好，也许是多年来习惯所致，凡有使命没完成，我是睡不踏实的。大多数时候要到凌晨三四点才能蒙眬入睡，但也是半睡半醒。所以，早晨我一定要冲个冷水澡，无论是春夏秋冬，不管身在天南地北，目的是让冷水刺激神经，强制自己从浑浑噩噩中沉静下来。

正当我快要入睡的时候，老婆林慧珠打来电话。她紧张而急促地说：地震了，刚才地震了！我一屁股坐起来：哪里？她说：还不晓得，我往厕所跑，跌了一跤！说完，她娇嗔地哭了起来。我赶忙问：摔哪儿了？严重吗？她说：就怕肚子里的二宝有事。我的心脏咚咚咚地跳起来：那怎么办？去医院检查一下？静了一会儿，她自我安慰地说：应该没事吧？但愿没事吧！我仍不放心：明早还是去检查一下吧！她问我好久能回来，我说也就这几天了。好嘛！她颇带失望，极不情愿地挂了电话。

我是真正睡不着了。脑子里老旋转着慧珠惊慌失措往厕所跑，还摔了一跤的情景。她是怎么摔的？手着地还是身子着地？是前腹着地还是后背着地？但不管是哪里着地，对一个离预产期不足一个月的孕妇来说，都不是轻松的事！要是……我不敢往下想。

经历了一夜无眠，早晨起来头便有些痛，洗了足足半小时冷水澡稍好些。正要进入会场，慧珠又打来电话。她说医生叫立即住院，如果不能顺产，还得做手术。我心里紧张起来，显然是昨夜那一惊一摔造成的。怎么办？我给岳母打电话，恳请她去医院帮忙照顾。会议正在进行中，岳母又来电话。我只好抱歉地向各位点点头，走去外面。岳母说：医生非要你签字，否则不做手术。这怎么可能？即使现在飞回去，也不可能赶上签字啊！难道就眼睁睁地看着一个生命胎死腹中？甚至还可能搭上一个大人的性命？我要求医生接电话。医生说实在不行，你可以视频委托岳母代签，医院全程录像备案。

一切远程视频代签手续办妥后，我才返回会场。坐在对面的人个个脸色凝重。林副局长公布了账目核算的最终结果，扣除几项他们认为必须扣除的，最后剩下三百零三万四千七百元。这跟当初王副县长所说的提前冻结的数字巧妙地吻合。老岳三人当然不干,我也不同意签字。我要求具体说明这些扣除项的正当理由。林副局长抱来一大沓账簿给我看。

其实我根本看不懂。林副局长开始毫不客气地对我说:你们四川农民工就是素质低,出门在外不是偷奸耍滑就是偷鸡摸狗,要钱嘛,不是上访就是堵路,甚至爬楼顶爬塔吊要挟政府!肖主任,劝你们今后啊,把农民工教育好了再输出,否则丢你们四川人的脸啊!

瞬间,我胸中积压几天的怒火被点燃了……

3

大师兄来了!做完第一次穿刺手术,我侧卧在床上休息,慧珠轻轻在我耳边说。我睁开眼,艰难地侧了侧身,看见李春梅推着坐在轮椅上的大师兄赵振国进来。我还要侧身,大师兄赶忙阻止。不要动!他说。李春梅把轮椅推到我跟前。

还痛不痛?没想这次出去,回来就这样了!大师兄一脸感同身受的样子。我说好些了,但还是痛。我简单地叙述了这十来天的情况,尤其这七八天刀山火海般的体会。大师兄眉头紧皱,手不停摩挲着那双断腿。他是在回调十三年前双腿砸断时的痛感,来比较我此刻口头述说中的状况。李春梅也插嘴问一些问题，伴随着啧啧赞叹：只要在减轻就好！只要人是完整的就好！与大师兄相伴十三年，她太清楚肢体残缺对一个人的影响有多大。

一会儿，屋内的交谈很自然地分成两块，我跟大师兄聊些过去的事情，李春梅跟慧珠则扯些家长里短。屋内气氛不再那么紧张，不再那么悲戚。无论是我们还是她们，话语中偶尔迸发出笑声，这可是十余天来我第一次听到笑声。或许在我的周围，也曾有过笑声，但那是别人的喜悦，属于我的，只有无尽的痛和渺渺茫茫生的希望。

大师兄几次话中隐藏头绪，他还十分怀念初中时代。只是李春梅在场，不好展开去畅想和感慨。我明白，那是因为七师妹吴月娥。一九八五年秋天，我们相遇在七星镇初中。大师兄小学停过三年学，因此跟小他三岁的我们同上初中。我们中，有他弟弟赵家国，还有后来"七人团"中的二师兄王家伟，排行老三的我，四师弟孙力发，五师妹李冬梅，六师弟周浩，七师妹吴月娥。

七星镇之所以叫七星镇，缘于七山相连，似天上北斗七星盘卧，这七座山形成七个村。环抱七山的是两条河，西侧为金溪河，东侧为银溪河。金银二溪交汇于东南第一座山。大师兄哥俩就住在东南那座山，名鱼嘴村。由东南往西北依次是猪食槽村、响水滩村、云台村、东石崖村、马鞍梁村、凤尾村。七星场镇在云台村。我住响水滩村，七师妹住凤尾村。

一九八五年，许多农村孩子还没吃饱饭，穿衣更不敢奢望，男生仍以蓝灰黑为主，女生能有一条白花裙子就十分洋气了。初一第一节课,七师妹吴月娥便穿了一条这样的裙子。她一步一跃地走进教室,似乎飘进一轮十五的月亮,照亮每个角落不说,还播撒着栀子花的香味。不知其他人什么感觉,我浑身起了一层鸡皮疙瘩。为掩饰尴尬,我摇头扫视一圈,发现坐在最后一排的高个子男生,眼珠子差点被吴月娥扯掉了。那个男生就是大师兄赵振国。

一天体育课,老师叫我们自由活动。看见有女生走来,其中当然有吴月娥,大师兄便显摆起自己的功夫。他单手撑地,连做了二十个俯卧撑。女生被吸引了,都发出惊叹。大师兄接着仰躺在地,一连五个鲤鱼打挺。女生们更是惊呆了,眼睛瞪得圆圆的,鼓起了掌。但接下来一幕,让大师兄难堪透顶,当一个鲤鱼打挺将要站起的时候,"噗嗤"一声,他放了一个屁,裤子也撕裂了一条口子。女生们捂着脸跑了,大师兄也脸红到脖子根。

晚自习后,大师兄把我拉到操场:联络几个人,我们结拜吧。你想找哪些人?我问。大师兄想了想:不能多了,有七八个就行;我们来自七个村,就一个村一个吧;不能只找男生,也要找一个把女生……我心里一紧:他该不是想找吴月娥吧?当我把吴月娥作为首选说出后,大师兄像接乒乓球一样赶紧把话接住:好!很好!我说:你亲自给她说。大师兄腼腆地扯我的袖子:你去说,她一定来。为啥?我故意推辞。还用问吗?你个小白脸儿,一笑一个酒窝窝,女生喜欢。这点我倒是自信,爹妈生得好,从小就这副讨人喜欢的长相。

而现在,我却变得又黑又胖还秃顶……岁月真是一把杀猪刀啊！

于是，我光荣地接受了使命。那可是武侠电影风靡的年代，我们当时的年龄，正如玉米就要抽天花、毛桃即将红尖尖的时候，不管男孩女孩，哪个心里不揣一个侠客梦？我去一说，都兴致勃勃地要来，吴月娥还拉来了李冬梅，于是"七人团"就这样成立了。虽然没有书中所写焚香跪拜歃血为盟的场面，但从此我们便有了排序称呼，大师兄、二师兄、五师妹、七师妹等也就叫开了。我当然被叫作三师弟或三师兄。

从此，操场西角那片槐树林，成了我们的练功场。不管下雨落雪，还是刮风吹沙，每晚下自习后，大师兄便教我们在林子里扎马步、练冲拳，还有拉筋、踢腿、腾跃等基本动作。我们就这样练着，不觉万物凋零，进而槐花吐蕊。冬去春来，时光刀锋悄悄在我们身体上留下神奇的印痕。我们的个子在拔高，臂膀在变粗，女生最大的变化是，胸脯渐渐隆起，腰身却越来越细柔。尤其七师妹，初一常穿的白花裙子，翻春便退到脚杆上一大截，如果再穿，后摆就快要掩不住翘起来的臀部了！最恼火胸口，原是几粒纽扣压住两旁稍稍顶起的乳房，可渐渐地，纽扣都扣不住了，圆润坚挺的两座山峰，丝毫不与你商量就那样不容你羞丑地蓬起来了！害得七师妹走路都必须轻手轻脚，更不敢有什么用劲的肢体动作……

大师兄教我们越来越不上心，往往带大家练一阵就喊解散，只留下七师妹单独辅导。这引起我们不快和好奇，有人明明回了宿舍，却又折转回去偷看，这里面有二师兄、四师弟、六师弟，当然也有躲在最后谁也没发现的我。后来才知道，在偷看监视的人中，还有个郑江老师。那时槐花开得正盛，有月光的夜晚，槐花如一团团白云，掩藏在黑黝黝的树丛中，风送槐花香入鼻息，让人如痴如醉。躺在床上，我睡不着，抬头看大师兄的床依然空着，我溜下床，蹑手蹑脚往槐树林走。中途，我听到一阵杂乱的脚步声，像惊动的鸽群扑打翅膀的声音。我赶紧躲在乒乓球台下面。影影绰绰中，我看到二师兄、四师弟、六师弟，还有几个同班男生仓皇地往宿舍跑。没看到大师兄、七师妹，我决定继续潜行。

赵振国！吴月娥！你们这是干什么？这是早恋行为！你们才多大？振国你大些，十六七岁了吧？月娥你才十三四岁吧？大好青春年华，怎么能糟蹋在这些事上？你们把握得住吗？现在最重要的任务是什么？是读书！读书晓得不？……

这声音太熟悉了。跟每次语文课范读课文的声音一个频率，均来自班主任兼语文老师郑江。大师兄辩解说他们只是在练功。郑老师嗤笑说：练功？一男一女练啥功？武侠电影看入魔了？信不信明天喊你们家长来？七师妹吓得哭了，肩背一耸一耸地。我看到她头上一团白，应该是大师兄给她戴的槐花吧？郑老师来前，他正不知怎样地夸赞七师妹呢。

从今天起，不准你们俩单独相处！你们那个所谓的"七人团"也立即解散！否则，就请你们到学校去亮相吧！郑老师这一招真毒。"七人团"也就这样解散了。

大师兄哪愿善罢甘休。学校想不到法，那就在校外打主意。初二上学期，大师兄终于找到捷径，其实论路程，哪里是捷径哟，要想单独跟七师妹相处，必须多绕好远的路。

周日返校，大师兄把家国丢下，独自快步往前跑，家国知道他的用意，也不追赶。比所有人先到了校，大师兄放下东西继续往前走，他要去半途接七师妹。七师妹到校要跨两个村，翻三座山，跟大师兄到校路程差不多，只是方向相反。大师兄下一道坡，过一道沟，然后上一道坡，再下一道坡，再过一道沟……往往在这个时候，或者将再上一道坡时，或者再上一道坡、再下一道坡时就遇上了七师妹。他会跑步上去，不由分说把七师妹的背篼移到自己肩上。背篼里装的有书、衣服，还有一周的粮食和咸菜。他们一路走一路说话。累了，他就找块干净的青石板，挨着七师妹坐下休息。渴了，他会摘一片桐子叶做成杯状，接山泉水给她喝。快到学校了，两人该说的话也说够了，他们很默契地分开，七师妹背着自己的背篼前面快步走，大师兄则慢腾腾地在后面跟。他心里美滋滋的，一路走一路回味着刚才的甜甜蜜蜜，禁不住要用脚去踢路边的小石子儿，抻手扯树上的树叶儿，吹口哨逗坡上的雀儿，悄悄咪咪地去扑蝴蝶儿，有时还要臭美地摘一朵两朵野花儿……

　　有一天，大师兄正那样独自品咂着心中美事儿，猛然抬头看见了郑老师。从郑老师的怒目逼视中，他猜到秘密十有八九被揭穿了。果然。初二下学期，郑老师采取断然措施，将班里学习好的组建了"小灶班"，每晚下自习还要再学习一小时，地点就在郑老师办公室兼宿舍。每周日早上，"小灶班"就得返校，多学习半上午加一个下午。郑老师说，七星镇初中连续几年考中师中专剃光头，他要破个例，放个卫星。

七师妹不算成绩好，但也进了"小灶班"。五师妹和家国成绩本来就好，自然该进。六师弟想进，但郑老师说啥都不要。于是有传言说：郑老师想把吴月娥培养出来转变身份。郑老师不是七星镇人，一九八五年才从县师范学校毕业。那时师范生教初中班不算稀奇。而且，初中年轻老师从学生中寻找对象，先将其培育成师范生，再转变成老婆，已在多个乡镇初中有了多起先例。因此，有此传言也不足为奇。

受伤害最大的非大师兄莫属了。跟师兄弟们竞争，他全然不怕，可跟老师竞争，他就底气全无了。好歹人家已是洗掉脚上泥，上岸穿皮鞋，还吃着国家粮的人了。而自己呢，仍是吃着自家粗茶淡饭，穿着母亲扎的帆布鞋的穷娃娃。我不想读书了！绝望后的大师兄说。说过几次后，父亲也就点头同意：也好，你也不是读书的料，回来跟我种庄稼；就算考上了，我也送不起你们两兄弟。就这样，初二没读完，大师兄就回乡务农了。

大师兄父亲是个篾匠，编得一手好篾活儿，尤其是编个花篮背篼，要赛几乡几镇。其功夫主要体现在篾薄且物件轻巧精致，背篼上的花样，凡水里游的，坡上跑的，天上飞的，只要你指得出来，他就能编得出来。因此，赵篾匠的花篮背篼，也是七星镇最抢手的农副产品。但那个年代，背篼编得再好，也还是个背篼，又能卖几个钱呢？编一个背篼整整三个工，卖两块钱顶天，况且又不可能天天在屋里编背篼卖，还得下地种庄稼，糊一家老小的嘴。

大师兄辍学后，他不想下地种庄稼，他想把父亲的篾匠手艺学到家。趁父亲还能下地干活，他要抓紧成为专业篾匠，以后可以靠这个吃碗饭，还可以逢场天去七星镇卖背篼，顺便看看七师妹。虽说是放弃了，但心里哪里丢得下呢？大师兄也算心灵手巧，学了不到半年，他也能编出六七个花样的花篮背篼了，拿到镇上卖，也有人出钱买了。他每次卖完背篼，心想去学校看看七师妹，但最终还是犹豫再三没去。校门不是想进就能进的，即使进去了，郑老师会让他看？想起郑老师，他心里就一阵酸辣，但又无可奈何。

初中快毕业的时候，一次大师兄蓦然出现在窗前。我们看到他不停向家国示意，脸上已是泪流纵横。大家惊骇无比，连讲台上讲得正酣的郑老师都停下来了，他看了看大师兄，又看了看家国和其他同学。家国急匆匆地走出教室。片刻，他也泪流满面地回到教室，收拾好书本，向郑老师请假：家里有急事，需要马上回去。

放学后，我们几个师兄妹相约来到大师兄家，看见满院子的花圈，听到锣鼓、唢呐奏出的哀乐，一切都明白了。

那天，麦子刚刚收获，天便阴云密布，像是要来一场急雨。赵篾匠心想，得赶紧把田缺堵上，下雨就收水耕田，并准备栽秧。赵篾匠家的黄牛是原生产队分地时分下来的，健壮得像一堵墙，还长着一对向前冲的角。以前生产队人人都惧怕这头牛，只有同样身强力壮的赵篾匠不怕，能把那牛降服。哪知那天，牛耕到一半就罢工了，任凭赵篾匠如何抽打，那牛纹丝不动不说，头低低地埋着，眼睛翻着白仁，像是对前面某个神秘东西有仇似的。按照农村的说法，那一定是牛看到了人看不到的东西。赵篾匠历来不信邪，一阵臭骂后，仍噼里啪啦地抽打牛屁股。突然，牛愤怒地一甩头，将枷链甩脱，回头就朝赵篾匠顶来。赵篾匠也不是吃素的，双手擒住一对牛角，死死地把牛头往地下按，硬是把牛按得不能动弹。可总不能这样僵持呀！得赶紧脱身才是。赵篾匠瞅见这块田里坡较缓，还长了一棵树，如果放下牛角往里面跑，抓住树就可一个翻翻跳到上面那块田，牛就撵不上自己了。可是，牛不但撵上了自己，还将牛角从他后背直刺到前胸……

　　丧礼过程，大师兄兄弟俩哭得死去活来，母亲更是人事不省。我们都悲痛不已，尤其是七师妹，眼睛红得像熟透的水蜜桃。临走时，她帮大师兄擦干眼泪，想说什么但什么也说不出来。大师兄拍拍她的肩膀，说了句好好读书就扭头回屋去了。

　　就这样，大师兄成了一家的顶梁柱。母亲说：儿啦，谁叫你是老大呢。家里的境况，大师兄明白，一个弟弟成绩好，无论如何得供他读书；两个妹妹，一个即将上初中，一个还在上小学，也得由他承担一切责任。长兄如父的真正含义，此时此刻是再清楚不过的了。

　　一九八八年秋天，把家国送至县城中学上高中后，大师兄也踏上了外出打工的征途。

4

天快亮时，我又痛醒了。脑袋炸裂一样，痛从中心四向扩散。脊柱一溜至尾椎，刺痛无比。双腿还是没多少知觉，木木的，仿佛两截枯树干埋在被窝里。慧珠睡在旁边简易床上，我没有喊叫。地灯打在天花板上，反射到墙壁，如月光那样冷静。昨天都没这么痛，怎么今天又加剧了呢？是不是脑子又在出血？我不敢往下想，唯有默默为自己祈祷。

六点钟，天已经大亮，慧珠调的闹钟叽叽叽地吆喝起来。她翻了个身，睁眼看了我一眼。你醒了？我点点头。她翻身起来，迅速洗漱完毕，又忙着给我擦脸。有好多天不能刷牙了，她一挨近我，我就把头偏向一侧，避免嘴里的臭味熏到她。感觉怎么样？慧珠习惯性地问我。我不知该不该告诉她实情。愣了一下，简短地说：还好。

早饭后，医生带着护士来巡房，我说了黎明时分的痛感。年轻医生没有诧异，只一个劲地点头。别担心，明天做第二次穿刺，痛感会再次减轻。医生叮嘱说。把该输的针水开给护士，医生就出门了。慧珠责备我：怎不早告诉我呢？可……早告诉你又能怎样？医生没上班，护士大不了过来看看，安慰几句；你也只有白担心。我说。

刚把针水挂起，大师兄和李春梅又来了。回去吧？老耽搁你们也不好。慧珠说。李春梅则反劝起慧珠：还是你回去吧！孩子没满月，手术完没恢复好就……我看看你的伤口呢。两个女人进了卫生间，说话声变得瓮声瓮气，伴有拉链滋啦的声音，和衣服织物摩擦的声音。片刻，从卫生间出来，李春梅话中略带惊恐：有些红肿哦！怕是又感染了？找医生检查下，赶快回去！这里由我们照顾两天，跟着其他师弟师妹就要来。

慧珠脸色苍白地、忐忑地捂住腹部：该不会那么严重吧？随即她面朝我。我不知该说什么好。我早就担心她的伤情，可她走了，谁来照顾我呢？而今，我就好比一个躺在床上的巨婴，只比植物人好一点，脑子还能运转。再者，如果大师兄夫妇留下，洗漱、吃饭、喊护士换药、取针头，甚至端屎倒尿，我都能强压羞愧地接受，但是，每天一次擦洗下体……大师兄自然不行，李春梅显然不便！李春梅看出了我的为难，主动说：那有啥？你大师兄这些事我不也做过？你们师兄弟，虽不是亲生，但胜过亲生！就当我是你亲嫂子……

我的脸发烫了。慧珠最终决定还是留下来：给他擦洗我来做，其他事你们帮忙一些吧。我的脸更烫了。真恨自己处于病中，拖累了一个又一个亲人。我闭上眼睛，不由想起十三年前的事情。那是大师兄遭遇最大变故的年份，也是他真正捡拾幸福生活的时间。

二〇〇六年，我正在外省帮农民工讨工资，五师妹李冬梅打来电话：大师兄出事了，家国来找我，请你帮忙去看看。家国大学毕业，分配到县农业局，五师妹大学成绩优秀，从普通职员干起，已是市信访办正科级干部。询问详情，大师兄在北方一煤矿干活，矿井塌方，当场砸伤三人，均是重伤。大师兄双腿被砸断，正在医院抢救。我脑子里轰地一下，如一块巨石塌在我心上，眼前立刻闪出这样的画面：重重的煤层砸在大师兄腿上，他痛苦地张嘴惨叫，那叫声在空旷的煤井回荡，似苍龙咆哮……

那叫声里，一定有凄惨，有愤怒，有恐惧，有无法忍受的疼痛，有对命运不公的责问，有对世道不平的呐喊。多年来，大师兄一直坚韧不拔，顶天立地。一九八八年起，整整打工十八年，供出一个大学生弟弟、两个高中生妹妹，还让弟妹都成了家、有了孩子。然而，他自己仍孑然一身。三十六岁本命年，就这样失去了支撑强健身体的双腿！难以想象，对于一个有泪不轻弹、有苦不轻诉、有爱不轻言、有恨不轻露的硬汉，是多么重大的损失！那一声惨叫，积攒了他三十六年顽强不屈的生命力！喷发了他半生压抑于胸的爱恨情仇！

已有三年农民工维权经历，我预感这是一次艰难之旅，但我义无反顾。

我连夜赶到那里，先到医院看望大师兄。像现在我躺在床上一样，大师兄闭着眼睛。药液从透明塑料管中漏下，被重力拉成椭圆，然后滴落、下滑。光阴就这样一点一滴地被送走。听同房病人说，他已在床上躺了三天，医院已做了截肢手术。胳膊和身上都缠着纱布，薄被盖住下半身，胯以下明显塌了下去。我默默坐在床边，心情十分沉重。大师兄睁开眼，看到我，两颗泪刷地涌出，然后扑簌簌地往外滚。除了他父亲赵篾匠去世，这是第二次看到他哭。我帮他擦干泪：矿上咋说？他摇摇头：老板丢了点钱就不管了。顿时，怒火从我心头蹿起。放心，有我呢！我安慰他说。这两三年，我见识了不少所谓老板，视农民工为牛马，根本不顾其死活。初中时老师讲：资本来到世间，每个毛孔都流着血和肮脏的东西。我一直将其当成资本主义的标签，然而现实中，不分社会制度，不管意识形态，人一旦被私欲和贪婪启开魔瓶，人性中的邪恶便暴露无遗，甚至不惜张开獠牙吞噬善良和弱小。

当兵出身的我，历来不缺浩然正气和勃然勇气，决心要跟这个不知什么来路的妖魔斗一斗！正义终将战胜邪恶，坚定的信念支撑着我。

我来到矿上，几个凶神恶煞的壮汉不让我见老板。我出示了介绍信，上面盖有我们市农办的公章。几人竟看都不看一把撕了！我强忍愤怒嚷着非见老板不可。肥头大耳、杀气十足，这就是煤矿老板给我的第一印象。但这并没吓倒我。

你来做啥？老板问。矿上塌方重伤三人，怎么处理？我说。老板歪起嘴巴：这关你啥事？我镇静地说：我是专门从事农民工维权的！老板冷笑，给旁边几人使了眼色。一个信封打着旋儿飞到我面前。给你三千块，识相的就滚蛋！老板极不耐烦地挥手，好像我是搅乱他心绪的苍蝇。你在侮辱我的职业！我愤怒地站起来。那你要好多？几个人笑起来。我不要，我是帮人要。我说。反正是要钱嘛！那你说好多？老板说。赵振国断了两条腿，你说该多少？我说。他断腿跟我啥关系？老板说。啥？跟你没关系？我不敢相信自己的耳朵。这次事故，是他们违规操作造成的，跟我当然没关系。老板说。你的意思，一分钱不给？我气得差点无言以对。医院的费用我承担，出院后各自滚蛋！老板第二次使用"滚蛋"，看来这是他的习惯。难道他嘴巴是个鸡屁眼，一噘就能滚落一颗蛋？凭啥说他们违规操作？我真的快无语了。凭我说！不信你去告！老板说完，带领几个壮汉走了。喂！喂……我要去现场看……几人扬长而去，听见我喊，老板朝后扬了扬手，还扭了屁股。意思是随你便，不奉陪。

　　我气得唯有跺脚。这哪里是明事理的老板？分明是揣着明白装糊涂的流氓无赖。我自认为正理和正气在我这边，哪知对方却不按常规出牌。轻蔑、嘲弄、侮辱加威胁，无知、粗俗、霸道加冷酷，我怀疑我的对手还是不是同类。如果事故造成的不是重伤，是死亡呢？他们又会是怎样一副嘴脸？也会这样轻描淡写加无动于衷？也会这样耀武扬威地凌驾于法律之上？可双方交锋还未提及法律，人家就已经无耻地逃避了，接下来该怎么办？

　　既然说了要去现场，那我就该去。我租车来到矿上。一进入山里，车子便上下左右颠簸。不宽的运煤道像一条乌梢蛇盘亘在山里。整条山沟深不见头，但小煤矿不计其数。山体处处被掏得千疮百孔，每一矿洞口都堆起十余丈高的煤矸石，像一条条黑色瀑布，从洞口流向山脚。运煤车黑不溜秋，像丑陋的屎壳郎，艰难地拖着一个个大粪球。河里已无干净水，像一股股黑色的血液，带着无限悲痛，缓缓流出山口。山上绿植本来就少，遭这么多黑洞侵略，显得更加荒凉。我想，如果大山有灵，不知在忍受着多么巨大的疼痛，同时压抑着多么巨大的哀伤啊！为了金钱，贪得无厌的人们竟将大地母亲戳戮得如此伤痕累累！

我来到大师兄干活的煤矿，洞口无人，只有几台横七竖八摆放的机械。我朝洞口望了望，里面阴森黑暗，寂静无声，可能因事故停工了。我正拿出相机拍照，听到汽车疾驶而来的声音。回头一看，一辆"沙漠王子"嘎地停在面前，下来几人，是老板和那几个壮汉。你在干啥？拍照干嘛？老板气急败坏。取证啊！既然你们蛮不讲理，那就拿证据说话。我毫无畏惧地说。几人要抢我相机，我躲闪不让。你得解释清楚，他们怎么就违规操作了？我质问说。解释！解释！解释你妈那个屁！老板瞪起牛眼，大张他那喷粪的嘴巴骂我。几个壮汉抓住我胳膊，老板飞起一脚，踢在我胸口，我踉跄后退几步，跌入了矿井……

　　醒来，四周漆黑一片。我伸了伸手脚，疼痛难忍。本能的恐惧促使我大喊救命……可是，外面没有应答。给我带路的两个农民工，早就吓得撒腿跑了。这歹毒的老板，既然敢把我踢下矿井，也不会留下来救我。分明是安心要我的命！我战战巍巍地爬起来，虽然腿脚和身体很痛，但至少证明没有骨折。没有一丝光亮，我该怎么逃生呢？难道就这样等死吗？辨不清方向，我只有瞎摸瞎撞，我摸到几块方桌大的煤层，应该就是从上面坍塌下来，砸断大师兄双腿、砸伤另两名工友的煤层吧。我继续在黑暗中探索，又摸到铁锹、镐头、手推车等物件。我抓住一把铁锹，四处敲敲打打，想探出一条通往洞口的路。如果到了洞口，外面应该有亮光，如果发现有绳子，我就可以攀着绳子出去了。这样想，身上也便有了力量。

　　探寻一阵，还是没有发现亮光。但探明了里面的空间，大约百余平方米。这应该是一个出煤的地层，刚采出这么大一块就塌方了。既然空间不大，应该出口不难寻找，我始终清醒地坚信这一点。于是继续探寻，把锹触及的地方抬高一些，终于在离地面一米左右，我戳到了一个空洞。我用锹试探，洞是斜着往上的，角度大约三十多度。我猛然回忆起，刚才跌入矿井时，没有重重摔在地上的感觉，而是顺着斜坡一路翻滚下来，中途腰背和腿脚还撞到几处凸起的硬物。证明矿井不是垂直的，而是斜伸的。难道这就是洞口？我心头一热，仿佛看到风中摇曳的烛火。丢下铁锹，我弯腰钻进洞里，匍匐往洞的一端爬。摸到两道光滑冰凉的东西，更坚定了我的判断！是铁轨！出口，这就是我逃生的出口！刚才我在下面敲打，也触及到叮当作响的长条状物，脑子里也曾闪出"铁轨"这个词，但没有跟逃生出口联系起来。这下有救了，我不顾浑身疼痛，抓住铁轨，脚蹬洞壁凌厉的岩角往上爬。我爬得很慢，但越爬越有劲，爬到大约一半，我看到了洞口的亮光……

洞口果真没有一人。已是黄昏，其他矿洞已经亮了灯。记得那是农历九月，北方已经冷了，如果我这样走出山谷，一定得耗费一个通宵，饥寒交迫加身上有伤，不知会出什么意外。我试着走近附近一个矿洞。几个留守工人正吃晚饭，看到我的样子，都吓了一跳。我说明缘由，几人相互看了阵，同意我坐下。他们给我倒来热水，还泡了碗面。

我正要起身告辞，一个五十多岁的老汉说：这样走出去？不得行哦！山里还有狼！我吓得只好停下来。那怎么办呢？我必须出去。我无助地说。几人想了想，劝我先住下来，明天再说。明天？我担心更多人知道，反对我不利。老汉猛然想起：还有一趟运煤车，坐他们车出去。人家不怀疑他身份？另几人认为不妥。老汉说：就说是新来的工友，不小心跌了跤，要出去看医生。那他这衣服也不像啊？其他人还是认为不妥。换一身不就是了？老汉说。我换上老汉的旧工作服，把自己的衣服和其他随身物品装进一个蛇皮口袋，顺利地坐上最后一趟运煤车出了山，在一片灯火密集的地方下了车。

我四处打听来到派出所报案。我的讲述警察都听入了迷。警察说：这只是你的一面之词，我们还要调查，搜集证据。听这话，我心头凉了半截，但细想也没啥毛病。另一个警察悄声告诉我：你这伤也无大碍，关于踢你下井的人，我们即使找到他，又能咋样呢？要解决好你大师兄的问题，还得去找政府部门，首先进行伤残等级鉴定，然后依法依据维权。

起初，我认为这名警察的话是踢皮球的态度，目的是把我支使到其他部门，转嫁他们的麻烦。后来才慢慢明白，他说的也不无道理。经验须无数次经历积累而成，遇事必须冷静，靠法律、靠智慧才能取得斗争胜利。尤其是碰到那些混杂在人类社会的直立动物，不能按照他们的频率去与之互动，吃亏受伤不说，反而于事无补。因此，接下来几天，我把自身受到伤害的事搁置一边，全力奔走有关机构给大师兄做伤残鉴定，并写材料向当地安监部门和煤监部门反映，同时把情况反馈给五师妹，叫她向我们市相关部门争取援助。

大师兄最终被鉴定为四级伤残，有关法律资料也搜集得差不多了，我们市政府也给当地政府发来公函，请求当地相关部门引起高度重视，积极妥善处理好赵振国伤残一案。

所有工作就绪，我决定跟对方进行第二阶段的斗争了。

5

天气热了，我有些犯困。慧珠跟李春梅去逛街，大师兄留在病房照顾我。我说：靠在椅子上休息会儿吧。大师兄叫我自便，不用管他。他说他几天都睡不好，中午再困也难睡着。怎么回事？我问。还不是担心你。他说。片刻，他问我：你难道不想找个说法？我愣了下：找谁？他说：当然是你出事的地方。我笑了。我知道，我这病是长期累积压抑而成，那次仅是压死骆驼的最后一根稻草。找他们要说法？于理于法说不通，我也没那么刁蛮。

每次踏上维权之路，也就自然启动了失眠的按钮。至今已整整十六年了。二〇〇六年那次矿井脱险，更加重了我的失眠。也正是那时起，我养成了早上冲冷水澡、强使头脑清醒的习惯。那天，安监局打来电话，上午十点在会议室开协调会。往安监局的路上，我感觉身体轻飘飘的，一夜思绪奔涌耗费不少精力，加之早晨冷水骤然一激，又被浇灭了许多。我边走边挥拳舞袖，踢腿扭腰，想重新给体能充电，以便应对今天难以预测的场面。到了安监局，我去了趟洗手间，再用冷水洗了把脸，正了正衣冠，方进会议室。

坐在对面的有分管安全的副市长，姓刘；市安监局副局长，姓张；市煤监局副局长，姓王；市信访办副主任，姓李；市公安局治安科副科长，不知姓啥；还有几名没职务的政府部门人员。没有发现煤矿那个杀气十足、嘴巴喜欢"滚蛋"的老板，也没有看到那几个凶神恶煞的壮汉。我是准备好要与他们战斗的，但对手缺席，多少让我有点失望。

对面一溜近十人，我这边一人。对面全是官，我是民。我虽然身为我们市农民工维权中心工作人员，隶属市委农办，但当时中心却是一个社会组织，农办代管；我本人加中心所有人，均无任何编制，属社会临聘人员。这一点常使我底气不足，生怕被目的地的官或商看穿。此刻，我感觉一阵萧萧寒风扑面而来，恍惚间，眼前的场景似移至茫茫沙场，对面的人，个个稳坐高头大马，手擎十八般兵器，斗志昂扬地集中注视着我。

风卷黄沙震天，马嘶长空惊雷，而我呢，单人单骑单兵，身后不过是虚张声势的丛林迷烟……

片刻慌乱没动摇我。我把自己想象成当年的张老三，横矛立马于当阳长坂桥头，就看今天能否凭借一声怒吼，呵退百万曹兵了。煤矿老板怎么没来？没等会议主持人出声，我先声夺人。这似乎打乱了他们预设的节奏，都诧异地相互视一阵。公安局那位副科长说：已被我们传唤，正在调查。哦！很好！希望你们尊重事实，遵循法律，秉公办案！我说。

我乘胜追击，声情并茂地讲述了几天前的矿井之遇。我如何被辱骂，如何被踢下矿井，如何在井下摸黑自救，如何艰难爬出矿井……每人都在专心听，副市长拿笔在纸上画了画，但大家没任何表情。

会场的时钟"当当当"地敲响。战鼓正式擂起，号角正式吹响。

肖先生，你此行目的究竟是为谁？煤监局王副局长首先出招。啥意思？我回应说。

好！说正事。我说：主要解决事故造成农民工受伤的事。那好！安监局张副局长说：此次事故，煤矿责任不可推卸，但工人违规操作也是事实；根据你提供的赵振国伤残鉴定报告，结合我们的政策，各种补偿大致算了一下，总额为十二万元。

什么？断了两条腿，就给十二万元？我大感意外。你们说工人违规操作，有何事实依据？你们调查核实了？违了什么规？哪儿制定的规则？违反了规则中哪一条哪一项哪一款？即使是有违规，管理方在干嘛？工人事先有没有专门培训？有没有进行过专门考试？考试是否合格？工人有没有相应上岗证？一连串问题抛出来，把一直稳坐钓鱼台的刘副市长逗笑了。他突然金口定调：别提工人违规操作了，就算有，矿方就能逃避责任？还是该全盘负责！既然出了事，就应该担起责任！肖先生，这十二万元的数字，是按煤矿全责来核算的。

我朝刘副市长笑了笑，又提出连串问题：你们给的数，依据什么政策？哪里出台的政策？国家层面还是省级层面？煤矿与农民工签劳动合同了吗？买养老保险、医疗保险、工伤失业保险了吗？正常工作时间发生的事故，该不该按工伤保险来算？究竟是赔偿还是补偿？两词看似近义，实则内涵不同，怎能混为一谈？若没与农民工签劳动合同，没购买各类保险，煤矿是否已经违法在先？是否该给予处罚？我这边也算了，仅赵振国一人就七十五万。

对面的人笑了，有人笑得连摇头，有人笑得打哈哈，刘副市长笑得则很矜持。他们是笑我狮子大开口？是笑我天真幼稚异想天开？统统不管，我继续单骑横矛立马地发挥：这可笑吗？大家渐渐收起笑声，回到面无表情盯着我看的状态。我说：旁人不知实情，还以为我们在谈生意，在玩数字拔河游戏；十二万与七十五万的差别，是对生命予崇敬还是漠视，对法律予尊重还是践踏的差别；大家都有一颗肉心，试问一个人失去双腿，就算拿到七十五万，能保障一辈子吗？在座诸君，谁愿拿自己的双腿来换这七十五万？

无人应答，也无人能答。刘副市长定调：肖先生，关于农民工伤残事故处理，按我省的规定，各项算完算尽，就只这么多钱；就算我们万分同情农民工，可也不敢超越规定，超额给予补偿；当然叫赔偿也好，补偿也好，归根到底是落到钱上，落到具体数字上，你说呢？出于人道，我擅自做主再适当多给点，二十万是顶天了的，你看怎样？

你们省的规定，不应与国务院制定的法规相抵触吧？据国家《工伤保险条例》中有关规定，据贵省上年度职工平均工资，各项赔偿、补偿和抚恤金加起来，就该是七十五万。煤监局王副局长说：可他们不是我省职工啊。在你省企业上班，不是你省职工？我不同意王副局长的说法。他们是外省农民工，当然不是我省职工，王副局长强调说。就因为他们是外省籍？是农民身份？我追问：这岂不是对外省籍的歧视？对农民身份、对农民工的歧视？

刘副市长第三次定调：针对外省籍农民工，我省确实专门出台过《伤残事故一次性补偿标准》，各市县处理同类事件都是依据这个；肖先生，农民工是个特殊群体，至少在我的认知局限下，目前我们所处的发展阶段，农民工确实还无法等同于城市职工；至于这个标准是否有省籍歧视和城乡歧视，已不是我们今天探讨的范围。我的意见还是二十万。

首轮交涉无果。对方撤兵，我也收兵。但我告诉他们：我没有放弃，更不会撤退。

一连几天无音讯，双方互不搭理。但他们派人做大师兄工作，并施加压力。大师兄就一个态度：还我一双好腿，我分文不要。对方说：腿毕竟没有了，就说没腿的事。大师兄又说：那我断你一双腿，给你一百万，行吗？对方哭笑不得，灰溜溜地走了。

几乎每天，我都向五师妹反馈情况。我也请教了几个资深律师，他们说就算上了法庭，判决也多与诉讼请求有差距；双方数字取中比较合适。那也就是五十万左右。我征求了大师兄的意见，他无可奈何地表示也能接受。我心里有了底，便耐心地等待。

一个陌生人自称代表有关方面来看我。此人面容衣着干净整洁，总是笑着脸，腋下夹个黑皮包，说话和气谦恭。肖先生，我们去宵个夜？不。那我们去泡个澡？不，宾馆自己可以泡。那我们去……那个……轻松一下？算了。我一天吃了睡，睡了吃，够轻松的了。

……还是笑。没话找话跟我说。请问您贵姓？身居何职？我问他。哈哈哈……肖先生真会抬举人，在下免贵姓朱，非政府工作人员。

我狐疑不定的神情，让眼前这个笑面人看透了。肖先生多虑了，在下跟这个事故没半毛钱关系，领导念及您孤身在外，寂寞无助，特安排我来陪陪您，按你们四川话说，陪你耍哈哈儿……哈哈哈！那就喝茶吧！我提议说。也好也好！朱先生说。茶叙中，朱先生还是没掩藏住前来的目的：市里给煤矿下了死命令，在此前二十万元基础上再加十万，您看如何？我心头一热，此事看来有走趖。但我无动于衷地默默喝茶。朱先生又说：可以了嘛！那煤矿也刚开张没多久，钱没赚到，偏出了这事，三个人赔下来就上百万！换位思考一下嘛！我生气了：你怎么不换位思考？他怎么不换位思考？你们还有他们怎么不换位思考？朱先生慌忙按住我的手臂，生怕我摔茶杯。你问问嘴巴喜欢"滚蛋"的那老板，他给工人开多少工资？提供什么样的伙食？什么样的住宿？什么样的生产条件？处处精掐细算，那煤矿一点安全防护措施都没有！不出事故才怪呢！我的态度也很坚决，七十五万！一分不少！

双方自然不欢而散。我正担心是否过了头，一个家乡陌生号打了过来。电话里的女声柔柔的、怯怯的，一口一个肖老师。我细问身份，她说她是市报实习生林慧珠，带她的老师忙，让她采访我几个问题。我一向对谦卑柔软的人富有耐心，便鼓励她不用紧张，反正又没见面，隔着千百公里呢。慧珠渐渐放松了，语句不再吞吞吐吐，问话也比较连贯。她问我这次维权顺不顺利，我把整个过程讲了，尤其是矿井脱险那段。她听着，时不时发出哎呀啊的惊叹。她还问我伤者的情况，这边相关部门的态度等情况，我都一一详细介绍。能感觉，慧珠是个认真细致的人，我一边说，她一边记，电话里能听到刷刷刷的笔记声。有时我说快了，她就抱歉地请我重述。我说你记个大概就可以了，她则不然，说老师要求，实习生就得做详细记录，起初就得养成良好习惯。我深感佩服，祝愿她成为一个好记者。

我又失眠了。耳边老是萦绕慧珠那柔柔的、怯怯的声音，心想她到底长什么样子呢？个头应该不高，身材应该瘦瘦的，白净的皮肤，连嘴唇都缺少血色，还戴了副眼镜，比较文弱的吧？她多大年纪呢？实习生，应该大学没毕业，也就二十一二吧！想我已单独在世上混了三十三年饭吃，心中不禁一阵凄凉。但更折腾我的还是大师兄的事。朱先生走后，那边又会出什么招？三十万离五十万，说近不近，说远不远，可不能急着答应，否则就前功尽弃了。突然，我脑子一闪，何不利用下新闻舆论的力量呢？等慧珠的文章刊登出来，我把链接发给刘副市长，迫于舆论的压力，情况应该有改观吧？

一晚上寻思琢磨，天蒙蒙亮时才迷迷糊糊地睡了会儿。七点半，手机闹钟响起。我挺身而起，打开电脑就上网查询。慧珠的文章果然登了。标题《千里维权惨遭黑心老板踢下矿井》就很抓心！我激动万分地读完，文章所写基本与事实一致，只是在描绘我井下自救的细节上，稍稍带了点文学色彩，但不影响文章的真实性。我将标题输入百度，几秒钟便弹出数百条网络转载，新浪、搜狐等全国知名门户网站都转了！顿时，疲劳和困倦瞬间消失，我给刘副市长发了条短信：请上百度搜索《千里维权惨遭黑心老板踢下矿井》，报道还将继续追踪。放下手机，我打开浴室龙头，把水量调到最大，任凭冰凉的水从头顶倾泻下来，伴随一声啊的痛快喊叫，整个人似乎瞬间蒸发，化作云烟升腾在天宇之中……

刘副市长没回我短信。但很快，信访办李副主任打来电话，说下午三点开第二次协调会。看来这枚"核弹"是有效果的。会上又该是怎样的对峙呢？他们会不会气得吹胡子瞪眼，纷纷声讨我不该让媒体曝光？还是干脆死猪不怕开水烫，想咋地就咋地，坚守三十万的防线？或者是受报道震慑，都变得和和气气，退守至四十万、五十万一线？再或者，依然老成持重，继续探我口风，逼出我方底线，再进一步讨价还价？已耗费多日，大师兄一直躺卧病床，我也想尽快了结，更不想结怨太多太深，数字嘛，适可而止。这样想时，我心头沉重，如千钧之坠。大师兄何错之有？牛马一样下井干活，一朝事故，整个下半生的支撑没了，这是几十万几百万能买来的吗？依法依据维权，再天经地义不过了，偏又九曲回环的波折！双方招来招往，费时费力费精神，不是沙场，却胜似沙场交兵。何苦呢？何必呢？

下午的会果真不同。对面的人增加了近一倍，新增了市委宣传部、市委政法委领导以及当地市报、市电视台记者。我依然是单骑横矛立马。气氛看似紧张，但在宣传部领导发言后，迅速缓和了下来。他说：看了《千里维权惨遭黑心老板踢下矿井》一文，触动很大；在我们市居然还有这等事！

41

公安机关要严惩，给受害人一个满意交代；肖先生，我代表本市向您道歉！这位领导站起来向我鞠躬，我很是受宠若惊。接着，政法委领导给公安局下了指令。有了这样的前奏，下面就顺利了。对方拿了一份拟好的协议书给我，我快速翻到有金额数字那页，当看到五十五万这个数字后，心中的石头倏地落地了。至于其他条款，什么不得再请新闻媒体炒作，什么签字盖章后不再反悔等等内容已不重要。

　　没有争吵，没有拉锯，没有讨价还价。拟好了协议书只等我签字，尽管有非签不可的逼迫之意，但对方能这么三下五除二，也足可消除我心头的抵触和埋怨了。真有点不敢相信。放下协议书，我朝对面扫了一圈，个个脸上带着期盼。怎么样？肖先生。刘副市长问。我没有立马作答。双方默默地对视着，足足有一分钟。随后，我长长地舒了一口气，笔拿在手中，仍故作迟疑不落在纸上。肖先生，我们已经跟赵振国沟通过了。刘副市长说。他什么意见？我搁下笔问。他全权委托给你了。哦……那我跟他通个电话。我走出会议室拨打了大师兄的手机。

　　回来后，我干脆利落地在协议书上签了字。搁笔那一瞬，竟有掌声不断。

6

　　大师兄在轮椅上有些不安，李春梅问他：是不是想上厕所？是的。大师兄笑了。看来，这对夫妻已十分默契。慧珠忙带他们去残疾人专用厕所。李春梅挽着大师兄胳膊，让他扶住马桶两侧扶手坐上去。可以了，我好了喊你。大师兄说。片刻，李春梅推着轮椅回来。大师兄一脸轻松，李春梅也春风拂面。这些日常琐碎，早已不是困扰他们生活的难题。

　　然而，当初大师兄可不是这样。回来后，家国和我把他从车上抬下来，放到轮椅上时，他忍不住哭了。家国推着他，我跟随着，行进在老家的碎石公路上。跨过银溪河石拱桥，再走一里多就进入了鱼嘴村。深秋已将山林染成一副五色流淌的水粉画，天蓝得如耀眼的绸缎，云白得像弹疏的棉花，河里的水轻轻地绕着干净的石块流淌。很美的一幅秋天乡村图景，而大师兄却不愿看一眼。这可是生养他三十六年的家乡啊！

　　母亲忍着悲痛，把饭端到大师兄面前，他把头扭到一边。家国把洗脸帕扭干递给他，他一甩手打落在地。屎尿胀了，他干脆拉在裤裆里。晚上家人把他放到床上，他用脑袋使劲地撞墙……事故发生后紧锁于心的种种情绪，都在回家后爆发了。他莫名其妙地冲母亲和弟弟吼叫，他往往在夜深人静的时候突然放声大哭，他还会不告诉任何人，手推着轮椅往家门外走。他走在家门外那条碎石公路上，一直走到银溪河边。他把轮椅停在石拱桥上，望着河下无声无息的流水发呆。有时他故意把轮椅推到陡峭的河边悬崖，闭着眼仰头朝天，不知在想什么。幸好每次母亲及时发现，赶忙跑来，一阵痛骂后，又流着泪把他往回推……

家国走后，剩下母亲一人照顾他。痛定之余，母亲劝他：儿啊！事已到这个地步，埋怨得谁呢？还得活下去呀！只要妈在一天，我就会照顾你一天。听到这话，大师兄心中的愧疚和怨恨像决堤的洪水奔涌而出，眼里的泪止不住往下流，瞬间打湿了胸前的衣服。妈！你养育我们兄妹四人，我现在成个废人，不但无法报答您，反而要让您老人家受累，还不如让我死了好！母亲也失控了，蹲下身抱着这个苦命儿子的头，放声哭了起来。

老人家忙完一天的活路，也常常坐下来舔舐心里的伤口。生于贫穷人家，嫁给有手艺、身强力壮的赵篾匠，本想一辈子有个靠头，哪知赵篾匠年纪轻轻却被牛用角顶死！你说这牛啊，千百年来，农人喂它、护它，跟亲儿子一样，却为何偏要回头来害自己的娘老子？难道是赵篾匠上世造的孽？振国儿孝顺，心善，近二十年来成了家里顶梁柱，三十好几婆娘都没接，本指望他找个好姑娘，生个一男半女，也好向他爹交代，可好人却没得到好报，好好一双腿说没就没了！往后这娃娃该咋办呢？这难道又是我上世造下的孽？早知这样，何不让我去抵偿这冤孽？老天啊！如果人的遭遇可以倒回去，就让我去承受这恶报吧！还我儿一个完整的身体吧！他还年轻啊，后面的路还长啊……想着想着，老太婆不禁泪流满面。这样一次次地舔舐，心就越来越空，也越来越苦，不觉身体也越来越消瘦。

　　一次趁母亲到坡上拾干柴，大师兄给家国和母亲留下一封信，便手推着轮椅出了门。门前那条碎石公路，还是家国刚出生时，村上组织农民修的，每个村一段，把七星场镇和每个村连在一起。过了石拱桥，就接上了去县上的大公路。多年没维修，这条路已经坑坑洼洼，连汽车走在上面都摇晃颠簸不停，手推着轮椅走，就更加艰难了。大师兄慢慢地推着，脑袋歪在一边，若有所思的样子。这条路，是他每次回家看望母亲，以及从家前往打工地，不知已走过多少次的路。是收藏了他许多急切、欣喜和幸福，浸润了他无限思念、牵挂和不舍的路。如今，他就要沿着这条路走向另一个完全陌生的境地，他就要彻底地告别人世间所有烦恼和伤痛了。这样想着，大师兄心情平静如水。在信中他叮嘱家国，自己剩下的将近五十万元钱，留给母亲养老，并恳求家国把母亲带到城里，好好奉养她，别再受苦受累。

　　大师兄把轮椅推到悬崖边，闭上眼默默待了一会儿，他两手用力一推，等待一种凌空飘落的感觉随之而来，可是轮椅却纹丝不动。他睁开眼，再次双手用力，轮椅还是没动。他奇怪地回头一看，一个年轻女人死死地攥住轮椅手把，充满祈求的眼神望着他，并摇了摇头。大师兄略为吃惊，愣愣地看着她，不说话。我是……李春梅。女人低头小声说。他当然知道她是李春梅。你来做什么？你拦我干什么？大师兄很不领情地说。女人把轮椅往回拖，无论大师兄如何挣扎，她都默默无语，只一个劲地拖，直到轮椅重新回到碎石公路上，她掉转头，把大师兄往家推。我几次坐车路过，都看到你把轮椅推往悬崖，我就晓得你终有一天想不开。李春梅说。然后，两人都沉默着，各自想着各自的心事。

李春梅是五师妹李冬梅的姐姐。当年我们上初一，她正上初三，她早就听同学说，初一年级有一个又高又壮的大男生，还会点儿功夫。也曾听妹妹讲过，大师兄组建"七人团"，结拜师兄妹，教大家练功夫的事。于是，她偷偷地瞅过大师兄，有几次她正瞅着，不料跟大师兄的眼睛对撞，吓得自己红着脸赶忙跑了。无疑，她悄悄地喜欢上了大师兄，可大师兄却执恋于七师妹，这让她很是失望。后来，李春梅被七星镇茧子收购站招了工，经媒人介绍与大师兄相过亲，已丢下七师妹的大师兄对她很满意，可李春梅这时倒犹豫了，因为县丝绸公司常来拉茧子的司机钱万富在追她。该选谁呢？年轻女孩儿一时迷茫了。选大师兄吧，那就意味着一辈子在农村。选钱万富呢，极有可能成为城里人。钱万富也善于利用这个条件来诱惑她，反复承诺只要嫁给他，立马调进城，在丝厂安排工作。本来自己就拿捏不定，更何况父母、亲戚们一个劲儿劝，最后她咬牙作出了大胆决定：选择钱万富。

嫁进城，李春梅也如愿以偿进了丝厂。可好日子没过多久，丝厂就垮了，李春梅两口子都成了下岗职工。厂里给每个职工一次性买断，但两口子工龄短，拿得少，加起来也不多。钱万富到处找工作找不到，索性窝在家里，可那点买断工龄的钱经几吃？没两年就吃空了。钱万富开始嫌弃李春梅了，甚至觉得是李春梅给他带来的霉运。两口子经常吵架，李春梅吵起来毫不示弱，钱万富吵不赢就动手，好几次把李春梅打得遍体鳞伤。最无法容忍的是，李春梅哪怕挨了打，晚上还得忍气吞声地让钱万富睡，后来钱万富竟养成了变态的习惯，特别喜欢先打后睡，他觉得把李春梅打伤，然后看着她眼里关一眶眶泪水，睡起来特别刺激！越是这样，他用劲越不节省，越是这样，李春梅便越是如刀剑宰割着肉体……

李春梅想离婚，但考虑两人毕竟还有个孩子。女儿在两人登记结婚前就生了，还不到六岁，如果离了，钱万富肯定还要找女人，不知女儿会在后妈手里遭啥罪？于是，李春梅暂时放弃了离婚的想法。女儿是她难以割舍的心头肉，也是她用来防御钱万富的武器。晚上，她把女儿紧紧抱在怀里睡，要是钱万富打她欺负她，势必将孩子惊醒，孩子的哭声也会让钱万富的兽性得到遏制。后来，钱万富干脆不回家了，整天在外面鬼混。再后来，钱万富因盗窃罪判刑八年。二〇〇五年，钱万富出狱，李春梅终于跟钱万富离了婚。女儿也大了，在县一中上初三。李春梅常回七星镇看父母，也听人常讲起大师兄的事，听说他在煤矿砸断了双腿，更是日日为他揪心。她几乎天天都要坐车经过他家门口，每次在车上看到坐着轮椅在碎石路上踯躅前行的大师兄，本想下车跟他说句话，但心里总是跳得十分厉害，也就没有胆量喊司机刹车。这次，她是步行从七星场镇走到鱼嘴村的。在大师兄家没找到人，她就一路寻到河边的悬崖处。

李春梅决定留下来照顾大师兄。大师兄想死没死成，却又把另一个人拖累进来，他越想越惭愧。从此，给大师兄端汤送水、洗衣做饭，甚至给他清洗身上的屎尿，推他到外面散散步，都成了李春梅的义务劳动。李春梅毫无怨言，默默无闻地做着，大师兄既十分难堪，又深深为她心痛。有一次，大师兄哀叹一声：春梅！你还是走吧；你这样辛辛苦苦照顾我，我拿什么来报答你呢？我这个样子，就是个真正的废人了，你这样做不值得。李春梅不吭声，还是默默无闻地做着。该洗脸的时候她把毛巾扭好递给他；该吃饭的时候，她把碗送到他手上；该睡觉的时候，她把他抱到床上；该洗澡的时候，她更是全程不离地给他冲，给他搓；该上厕所的时候，她给他放两条板凳在两边让他撑手，然后帮他脱裤子、擦屁股，完全就像带孩子一样……大师兄要说啥，她伸手将他嘴一捂。大师兄只好闭着眼睛让她摆弄。可日子一久，大师兄就憋得难受，他不知在心里哭过多少次，他不但不觉得这是一种幸福，反而感到这是一种负罪，李春梅为他做得越多，他就负罪感越深，他就觉得自己活着越来越没有意义。是啊！自己就是一坨毫无价值的肉，而且这坨肉还得别人来养着，保护着！

得想个法子把她赶走！好言劝不行，那就恶语骂。于是，大师兄狠下心来。李春梅！你是不是想我那几十万块钱？面对大师兄突然而发的怒目吼叫，李春梅着实惊了一跳，但很快便镇定下来。她把一块馒头塞进他嘴里，把一碗稀饭端到他面前：吃饭！看来这句话还不够恶。大师兄把饭碗往地上一甩：李春梅，你死皮赖脸赖在我家，算个啥？想给我当婆娘？算了吧，早点死了心，我一辈子都不找婆娘！李春梅正埋头在衣柜里找衣服，然后伸手去解他的扣子：脱了，都穿好多天了？脱了洗！大师兄反抗不让她动手，可最终还是被李春梅剥了个精光。这句话都没起作用？还有啥话能起作用？李春梅！你男人不要你了，你就来缠我？你就那么下贱？既然你那么贱，那快来舔我的屁股！正在拉屎的大师兄喊道。李春梅冲进厕所，"啪"地扇了大师兄一耳光，然后默无声息地帮他把屁股擦干净。明天给你买个坐便器，从此自己擦屁股！李春梅丢下这句，就跑到院子，找其他活路做了。晚上，李春梅把大师兄伺候上床，正要转身离开，大师兄一把揪住她的手，不停地抽打自己的脸。你这是干啥？李春梅忙把手往回收，但怎么也收不回来。振国！不要这样，不要这样好不好？李春梅哭了，大师兄也哭了。两人哭着哭着便抱成一团。两个苦命人儿，总算心频跳动一致了。两人坐在床上，哭一会儿，聊一会儿，然后又哭一会儿，再聊一会儿，不觉就天亮了。

大师兄开始变得听话起来。李春梅喊个啥，他就"哦"地答应着，然后配合她。李春梅鼓励他学会适当自理，渐渐地，他会自己穿衣服、自己上厕所、自己洗澡了。只是要走哪里，必须李春梅把他抱上轮椅，然后推着他走。冬天来了，李春梅给他织了几件厚厚的毛衣，给他定做了几套没有小腿脚的裤子。她把大师兄打扮得精神神的，推到门口等过路车，一起乘车去七星镇赶场。她把大师兄推到田边地头，看她在田地里打理瓜果蔬菜。她把大师兄推到石拱桥上，两人探出头，一起欣赏着水里两人的笑脸。她把大师兄推到下了雪的山上，放眼眺望那银装素裹的世界……村里人见了，都夸赞李春梅，说她把赵振国救活了。大师兄母亲倍感欣慰，最让她放心不下的大儿终于让她放心了，若是李春梅能成为自己儿媳妇该多好！可这样的想法也仅仅是想想，她从不敢对人说出口。即使有村里人开玩笑：干脆你们俩在一起算了。老太婆也只是笑笑：哎呀！振国哪有那福气哟！话虽这么说，但她心里是万分期盼的。老人家也懂得给他们多创造单独在一起的机会，吃过饭就借故去别人家串门，或者到坡上割草、拾柴。可一年快到头了，还不见两人有往拢靠的迹象，老太婆渐渐着起急来，光着急也没用啊，慢慢也就不再指望，也就淡化了心头那份期待和奢望。

　　元旦放假，五师妹来看望大师兄和姐姐。五师妹的肯定和鼓励，提足了两人的信心。当大师兄眼见李春梅含羞点头那一刻，他心里别提多高兴了。没出事前，他是想再打两年工，多存点钱就回家孝顺母亲，随便找个吃苦耐劳的女人过一辈子。出事后，别说指望找女人，就连活下去的勇气都快没有了。他不敢相信，命运在残酷地关闭一扇门的同时，又为他打开了一扇窗。像他这样肢体残缺的人，能得到漂亮、贤惠的李春梅，简直是他上百辈人修来的福！事实也果真如此，得到李春梅，大师兄感觉收获了一片丰美的田园。这片田园的勃然生机，唤醒了他几近枯竭的青春活力，当看到这片田园是那么润泽多姿，他就浑身充满着要下犁深耕的冲动和欲望。他日日乐此不疲地在田园上耕耘着，驰骋着，哪怕是铆足了劲地冲撞着，那片魅力田园总是默默无悔地回报着他，回报他的是那油亮闪光的泥浪，是那春风化雨一般温柔的昵语，是那沸水翻腾一般的热情，是那雪霁夕阳映照大地般的圣洁……

　　大师兄跟李春梅的婚礼，七个师兄妹都聚齐了。大师兄仿佛又回到了当年组建"七人团"时候的意气风发，在李春梅的推动下，他坐着轮椅反复跟师兄妹们痛饮，直到李春梅好言劝阻他为止。二〇〇八年，李春梅给大师兄生下儿子，取名赵劲松，如今都十一岁了。

7

劲松明年上初中了？我问。是啊！时间过得真快。李春梅说。他们打算直接送市里，让小姨李冬梅照顾，市里的教育资源好于县里，更好于七星镇。我由此想到我的大宝。五年时光仿佛一瞬，不觉明年也将上小学。这些年疲于奔波，少有时间陪伴他，现又有了二宝，等出了院，要多跟他们筑造更为厚实的父子感情。人生如白驹过隙，来也匆匆去也匆匆，什么名啊利啊，真是生不带来死不带走，唯有家人间浓浓的亲情才可陪伴终身。我望了眼慧珠，慧珠也正回头来看我。我俩真是心有灵犀，关键时刻总是能彼此读懂对方的心语。

坐在轮椅上的大师兄若有所思。李春梅问他在想啥，他猛然从灵魂出窍中回过神，喃喃自语：村里的夏季采果节快到了，不知他们筹备得怎么样？李春梅白了他一眼：离了你世界就不转了？大师兄笑了笑：我毕竟是村里的掌柜呀！李春梅说：都已经上路了，还牵着马缰绳？你就是个操心的命。我说：你们回去吧。大师兄讪讪一笑：明天你把第二次穿刺做了，七师妹来了，我们就走。七师妹要来？我诧异地问。大师兄点点头：给我打电话了。

当年大师兄回到村里，县上正鼓励各乡镇兴修村道，但财政资金紧张，大部分需群众集资。鱼嘴村二百余户人家，千余人口，三分之二青壮年在外务工。家庭的经济大权都掌握在这些人手里，要集资修路谈何容易。老村支部书记焦头烂额，村主任更是百事不上心，眼看这路修不起来了。在这紧要关头，大师兄作出了一个让全村人震惊的决定：把自己还剩下的四十几万元先拿出来，路修起后再慢慢从村民手里集。老支书说：万一以后集不起来呢？大师兄没考虑那么多，当然也没明确回答。他心想：能集好多算好多吧，就算万一一分钱都集不起来，我又能怎样呢？就当是我作了贡献了。但路修起来了，全村人都在上面跑，哪个不集资，他好意思？除非他一辈子在外面躲起不回来。

李春梅对大师兄啥事都将就，但这事她反对。这可是你拿一双腿换来的！李春梅说。大师兄搂着她的肩膀：有了你，就等于又有了腿。李春梅心头虽然暖暖的，但还是不乐意：也亏了人家三师弟，他可是拼了命才帮你要到的。大师兄说：三师弟是明事理的人，如果他晓得，也会支持我的。李春梅又说：全部拿出来？就不留点儿？大师兄在李春梅腮边亲了下：就这还不够呢，要拿就全部拿出来。李春梅无语了。她知道已无法改变大师兄的决定。但她心里还是很担心，说是先垫，正如老支书说的，哪晓得后来能否集资起来？就大师兄眼下这个家庭，不说富裕，连小康都算不上，家国尽管大学毕业工作多年，可人家也是一大家子人，哪顾得了资助他们呢？再说，就算家国有这个心，大哥当惯了的赵振国，也不会答应，他可是出了名的要强和要面子！哎！还有，月有阴晴圆缺，人有旦夕祸福，说不准哪天又碰上啥急需用钱的事，一时半会儿又上哪儿去找钱呢……

母亲对大师兄的决定也不同意。儿啦，你也三十七八的人了，按说你决定的事，妈不打岔嘴，可这毕竟是几十万元钱啦！好不容易成了个家，人家春梅是在城里过过的，不嫌弃你就算万幸了，难道你就不想让她以后跟你过上好日子？她要哪一天狠心跑了，你又咋个办呢？说啥路修起了慢慢集资，村里人你还不了解？等有了现成的路，再去掏人家腰包里的钱，就等于割人家的肉啊！哪个不心疼钱？人家不拿钱出来，哪个又能拿他们怎样？就像往年的农业税上缴提留款，那些不理不睬一毛不拔的人，最后还不是说算就算了？该给国家的都说黄就黄了，更不要说该给你的，到时候，我不信还能叫派出所把人抓起来？

大师兄心里很清楚，春梅和妈的担心都很有道理。但他同时坚信，春梅既然选择跟她，就不是图物质上的享受，绝不会半途抛弃他。有了春梅相伴，岂止是找回了失去的双腿？简直是又增添了双翼。他相信自己的行动会感动春梅，感动母亲，同时感动村里所有人。他相信自己这几十万元能最终收回来。到时收回来的不仅是钱，更重要的是全村的信任和尊重，是全村的凝聚和希望。鱼嘴村已默默沉睡多年，是应该唤醒的时候了，是应该迈步前行的时候了。他这些年在各地打工，是见了些世面的，人家那些地方的农村能建设好，鱼嘴村凭啥就不行呢？他也多次在打工地做过白日梦，等有朝一日回到家乡，一定要竭尽自己所能，带领家乡改变面貌，让吃了一辈子苦的母亲、让盼望过好日子的村里人过上富裕的生活。只是那次突如其来的煤矿事故中断了他的梦想。现在既然又找到了一双翅膀，他怎么能不尝试着重新起飞呢？最终，大师兄还是把自己剩下的四十多万元全部拿了出来。

大师兄的义举和壮举成了新闻，而且传播得很快，通过五师妹的嘴让市上领导都晓得了。市领导专门来村里看望这个身残志坚的男子汉。一起来的县领导当即拍板：资金缺口县财政全部解决，一切审批程序从简。就这样，鱼嘴村迎来双喜临门。大师兄喜得爱子的同时，一条宽三米五、长一公里多的村道竣工了。村道通过石拱桥连上了去县里的大公路，从此，大部分人家从家门口坐车去县城，一个半小时就到了。当年春节，就有长年在外打工的人开车回家过年。儿时的小伙伴们，多年没见，都不由竖起大拇指夸赞大师兄，说他给村里办了件大好事。甚至有人说，如果你赵振国当村干部，叫我们做啥就做啥。

老支书一听，对呀！反正班子成员人心涣散，何不趁机换换血呢？老支书来大师兄家做工作，可大师兄说啥都不愿意。他说，如果我马上就到村里任啥职，别人还以为我做那些事别有企图。老支书说：哪个敢说，我去责问他、咒骂他。大师兄还是不同意。可老支书悄悄地在村民中搞起了宣传，说目前村"两委"班子青黄不接，像赵振国这样的好小伙子都不吸纳进来，我们鱼嘴村还有啥希望？要想富，先修路，赵振国帮我们修了路，大家才有条件致富。我看这小伙子行，有本事！能带动大家继续朝致富的路上走……

翻年村换届选举，大师兄全票当选村委会主任。同时，在老支书的介绍下，向乡党委递交了入党申请书。等你一入党，我就把挑子让给你，你就甩手大胆地干！老支书说。

大师兄发现，好多人打工挣了钱，不是在县城买房，就是在镇上买房，这不好。农民毕竟有自己一亩三分地，最终也得依靠这一亩三分地。不是吗？打工之人，哪个老板会给你买医保、社保？打工打老了，住在城里，谁给你发退休金？病了去哪儿报销医药费？就目前的政策看，国家还不能实现城乡统一的社会保障制度。所以，这一亩三分地不能丢。尽管土地荒芜的多，但那是暂时的，最终还必须把地种起来。所以，大师兄上任后第一件事，就是劝大家不要去镇上或城里买房，农村老家才是大家落叶归根的窝。有人说，我们也想回来，可各方面条件就是没有城镇好呢。哪些条件？比如水、电、气、交通、通信光纤等，比如城镇有小区，小区有管理，房屋设计科学合理，住着既方便又舒适。大师兄当即承诺，三年内解决基础问题；与其在城镇买房，不如在农村建房，按城里的设计方案来建，既经济又宽敞，家家都可以住上大别墅。他说农村要发展，首先得把人留住，有了人才有人气，有了人才有希望。这样，一些准备到城镇买房的人把钱存起来了，就等大师兄的承诺兑现了。

此后，人们看见李春梅推着大师兄，常在公路边等进城的车。

有人问他：振国，去哪里呀？他说：去电力公司，争取这个月把村里电网改造过来。过段时间，又有人问他：振国，又进城啊？他说：是呢，电网改造了，水还没通呢，总不可能让大家还去井里挑水吃吧？有人赞同说：是啊！祖祖辈辈吃的伤心水！要是碰上下大雨，老头老太婆去挑水，一跤滑下崖滚下河都莫人晓得呢。大师兄说：就是嘛，所以我去自来水公司争取政策，把水从七星场镇牵过来。再过段时间，人们又问：振国，水电都有了，气好久通？他说：我去天燃气公司跑好几趟了，人家说每户要交三千块初装费，我还在协调能否少点。有人说：只要能通气，三千块就三千块。他说：能少一个是一个，实在少不了就安。大家都称赞他替村民着想。结果，天燃气公司经不住他千缠万磨，每户少了五百元。第二年，天燃气通到每家每户。大师兄母亲最高兴，说这下不用去坡上拾干柴了！村里也从此告别了砍柴烧的历史，家家厨房既清洁又漂亮。

剩下通信光纤，振国给小姨妹李冬梅打了个电话，喊她帮忙协调。李冬梅因是市政府的人，电信公司和广电局都给面子，纷纷让县里两家公司主动上门来解决。所以，这两项几乎没费好大功夫就解决了。承诺的三年，不到三年就办好了，第三年年底，回来过年的特别多，好多人买了火锅，还有各种农村没有的食材，年三十围在院坝里烫着火锅，喝着啤酒，放着烟花，都咂着嘴喊安逸！鱼嘴村从来还没这么热闹过。大师兄更是被人轮流请去吃饭，推都推不掉，从初一直到初八，李春梅就没下过厨，家里的灶也没点过火，连同儿子和母亲，一家四口，光吃转转户就忙不过来。

老支书看时机已到，申请镇党委搞村党支部换届，目的是也兑现他的承诺，把支书位置让给大师兄。大师兄说他才入党，没啥经验，怕挑不起这么重的担子。老支书说：看你这三年做的事，超过我们过去三十年，这还不够经验？鱼嘴村的支部书记，非你赵振国莫属！就这样，经过必要的程序，大师兄的身份由村主任转变为村支书了。人们亲切地称他赵书记，戏称他为"轮椅书记"。渐渐地，"轮椅书记"的名号响彻了全县，进而全市都有了名。

我曾劝过大师兄："轮椅书记"固然好听，但你不可能一辈子坐在轮椅上吧？大师兄不解：那还能咋个？我说：现在有假肢，安一副，可以学着自己走路，也不至于啥事都耽搁两个人。大师兄恍然大悟，笑着说：那样，我跟你嫂子岂不是难以分分秒秒在一起了？大师兄没有用假肢，还是每天由李春梅推着。推着他走亲访友，推着他进社入户，推着他开村民大会，推着他到镇上汇报工作，推着他进城跑项目要政策。他乐意被李春梅推着，简直形成了严重的依赖。李春梅也没句怨言，无论刮风下雨，还是打霜下雪，她都情愿这样把他推着。

但是，新问题来了。村里基础条件好了，大家愿意回来，也仅是过年凑个热闹，一过正月初九，年轻人又陆陆续续走了。村里要开个会，决策个事，留守的老人往往不愿意做主。每年还是有人在城镇买房。大家都这样一个一个地走了，建这些基础设施有何意义？得想法子把人拴住才行。可想啥法子呢？想了又想，大师兄还是觉得只有房子才能拴人。于是，他决定趁县里号召新农村建设，鼓励大家就地拆旧建新。要说服别人，就只有自己率先示范。他托李冬梅帮他找人设计，图纸很快就敲定了，三楼一底带露台带花园的独栋别墅。当初自己垫出去修路的钱，这几年零零碎碎收回来大部分，总共三十八九万，建房足够了。剩下的几万，是那些家庭特别困难的户，大师兄也没打算要，口上虽说你啥时有了啥时给吧，但他心里很明白，真正收回来是遥遥无期的，也就没指望能收回来。

春耕过后，大师兄便动工建新房，因资金到位，工程进度很快，到六月份就基本完工了。秋后，房屋开始装修，入冬整体竣工。那些陆陆续续回来过年的人，车一过石拱桥，就立马看见大师兄新建的别墅。这如同古老的枯树上突然开了一朵鲜艳的花朵，是那么令人新奇，那么扯人眼睛，那么撩拨人要靠近触摸的冲动。

几乎每天都有人到大师兄家来参观。

……振国，你这房子修得好哦！花多少钱？

……哇！一楼大客厅，带厨房、卫生间，二楼三个卧室，还有个客厅和卫生间，三楼是坡屋顶阁楼，啧啧啧！简直跟城里一样……

……哎呀，赵书记！都说你家新房子豪华，我也来看看呢，哦哟！确实不错，不错不错！啥时我也修成这样，这房子住起好安逸嘛……

……赵书记，你请的哪个设计的？找的哪个施工队？材料是从哪里买的？问个熟门熟路，我明年也来修，有这房子，就是在农村过一辈子，也不会厌倦……

这年春节，大师兄家开起了流水席，凡是来参观他家新房的人，他都热情地留下来吃饭，李春梅天天在厨房里忙，

58

来的妇女也喜欢帮忙，不过有天然气灶，不管是炖煮炒，还是煎蒸炸，不一会儿就是一大桌菜。鲜活的现实事例，深深触动了大家的心。

村里再也没人到城镇买房了。一过了十月，回来的人就忙着筹划建自家的新房，短短一两年，鱼嘴村整体面貌发生了翻天覆地变化，道路两旁那一幢幢新居，成了最靓丽的风景线。鱼嘴村也成了全县新农村建设样板村，大师兄被评为全县优秀村支书。

8

第二次穿刺，又抽两管红色液体，不过颜色较第一次稍淡。脑袋感觉又轻松了些，但还是痛。上肢知觉感强了些，但腹部以下仍然麻木。医生说，还得继续卧在床上，大小便仍需有人伺候。慧珠总是准确地掌握时间，一天给我倒五六次尿，清理一次大便。她尽量不让李春梅插手，以免我难堪。大师兄则一直陪我聊着天，让我转移注意忘记疼痛。

我劝大师兄他俩回去：你不是一直挂念村里的夏季采果节吗？李春梅说：再待一天吧，天塌不下来。我说：你们陪我两天了，加上往返就是四天。大师兄说：电话里我已经安排了，晚回去一天不要紧。我不再言语了。我知道大师兄在村里的威望，他说安排了就一定是安排了。其实，我懂得，大师兄是想见见七师妹，哪怕见一面就走。这些年，七师妹虽然回了老家，但跟大师兄还是少有机会见面。大师兄还是在悄悄地牵挂着她。

鱼嘴村新农村建设虽然在县里树了一面旗，但大师兄还是不满意。他发觉改善了基础，建了新居还是留不住人。那些修了新房的人家，几乎花光了多年打工的积蓄，房子外壳的确高大上，可走进里面便空空如也。他们还必须再打几年工，才能把房屋装修一新。几年后呢？即使把房子装修好了，难道就坐在家里喝西北风？那就还得再出去打工。那样鱼嘴村还是个只有鲜亮面子、没有鲜活里子的空壳。虽然早已是县里的样板，但也仅仅是拿来给人看的样板。一旦走了进去，发现家家关门闭户，不说有人在，就连院坝里一只猫儿狗儿都没有，难免触发人的惋叹和伤感。因此，没有产业和就业，难以留住人。

大师兄决定要发展产业。产业怎么发展？村里的资源只有土地。要在人均一亩三分地上动脑筋，不说产出金子，至少要能让人在家门口创业，在家门口打工，吸引人不再向往外面的世界，安心留下来。账算下来，还得不比在外面差。显然，如果仍遵循传统的生产方式，路肯定走不通，还必须从新的角度突破，从新的路子突围。

要找到这个答案，大师兄冥思苦想了很久。吃饭的时候，他一边拿筷子刨饭，一边神不守舍地想问题，明明一碗饭都刨光了，筷子还在碗里叮叮当当地划；睡觉的时候，他翻过来倒过去地折腾，弄得李春梅也无法睡，好不容易睡着，嘴里却还在喃喃地说着梦话；上厕所的时候，他一进卫生间就一两小时，直到李春梅或母亲去敲门才出来。他还会独自推着轮椅行走在村道上，不知不觉过了石拱桥，上了大公路，直到别人碰到他，问他一个人要到哪里去，他才如梦初醒似的调转往回走……他在脑子里搜索过去的记忆，曾经走过的那些打工地，农村发展比较好的地方，人家是靠什么发展起来的？他们地下有矿，或者地上有厂，村里人不是老板就是在当地企业上班。可鱼嘴村地下既无矿，地上也没厂，村里不说有老板，连在本地上班的机会都没有。有的地方虽说没矿也没厂，但人家土地多，人均一二十亩，一家人随便种个啥也能赚钱，可鱼嘴村就那么点土地，光靠这点土地难以致富。他再把思维拉回来，三十里外的戏台乡，早年全村种桃，如今春天办桃花节，夏天办采果节，人均收入早就过万了！每年桃花节，七星镇的人都往那里跑。如果鱼嘴村有一大片桃林，全镇的人还不跑这里来看桃花采桃子？来的人多了，商店、农家乐也就起来了！

　　大师兄把自己的想法拿到村"两委"讨论。他说：我们把山脚下地势较平、水源较好的地方留下来种粮食，把二台土以及山坡地调出来种桃子，这叫山脚填肚子、山腰挣票子。大家认为点子是好，可要这么干，没资金怎么启动得了？像修路那样，大家集资，以后根据集资多少占股份。大师兄说。万一搞砸了呢？怕是没几个敢集资哟。有人提出担忧。是啊，以前没搞过，谁能保证一下就能成功呢？修路集资，路摆在那里看得见，谈不上成功与失败，种桃子把钱投进去就如同水洒在地上，再也看不见摸不着了，要是桃子种不好卖不成钱，一切都打了水漂，再想回头就难了。大师兄毕竟是经过深思熟虑的，他说：种不种得好那是技术上的问题，只要肯学肯钻那就不难；有没有人愿意集资，到底能集多少资，这个也不成问题；能集多少就是多少，拿钱集资的以现金入股，不拿钱的或者拿不出钱的，可以出工出力以劳动入股，我们建园子不是要人干活吗？既然没有启动资金，那就动员大家参与劳动，折算成钱记在账上，以后算进股份；还有，要集中建园子需要地，村里没钱付租金，那就将前三年租金也折入股份。大家听了，一时茅塞顿开：咦！这个想法倒是新鲜呢，恐怕很少有人能想得到。戏台乡搞的是每家每户自主经营，那样不好，没几年都集中到几个大户手里了，大户挣了钱，难以惠及全村；我们要搞就搞成集体股份制，全村人都来参股，有钱的出钱，没钱的出力，村上把现有的集体资产和现金都入进去，如果搞成功了，那才是真正的社会主义新农村。大师兄兴致勃勃地说。

意见得到统一，村民也很支持。在外务工创业的人共筹集一百五十多万元，村上资金加资产折资共一百万元，县上配套了项目资金二百二十万元，有了这些钱，就可以开干了。一声开干，个个都想多劳动多占股，鱼嘴村出现了多年来少有的大生产场面。这种场面只有在大师兄小的时候见过。那时候生产队长一敲钟，家家户户就扛着锄头、犁耙赶到集中地，按队长安排的任务下地干活。往往一块田里就几十号人，这里笑声荡漾，那里号子连天，或者山歌不断，一块田里的活不知不觉就干完了，大伙儿既劳动了，又快乐了！鱼嘴村建香桃产业园，不仅吸引了本村在家劳动力积极参与，还吸引了外村看稀奇的人跑来参观。挖掘机、推土机踩着震天动地的节奏，在荒坡上砍出一层层梯田，虽然上了年纪，但干劲依然十足的老头老太们，打窝、扶苗、培土、浇水，忙得不亦乐乎。大家心头都装着满满的希望，看着一株株新栽的桃树，仿佛看到又红又大的桃子已缀满枝头，一筐筐桃子从园子里抬出来，装上车，沿着村道，上了石拱桥那边的大公路，进了县城，进了市里，还到了省城……

五百余亩桃园建起后，还剩下一些钱，大师兄依葫芦画瓢，发动人入股投劳，又建起一座桃源山庄，两层四合院建筑，三百余平方米的院坝，周围是千余平方米的大草坪。他是想，等桃园投产，远近看桃花的、摘桃子的来了，总得有个歇脚的地方啊，顺便把休闲娱乐和餐饮做起来，岂不是又多了一份收入？平时还可承接农村婚丧嫁娶等大型宴席，那又是一份可观收入。整个场地可同时接纳六七十桌客人吃饭，可举办中西两种风格的婚礼。

之后，村委会为各家各户核发股权证。县上配套的项目资金，量化给村上六十万，其余平均量化给全体村民；三年的土地租金五十万元，量化给土地原承包户，三年人工工资七十万元，量化给出劳参与建设的户；这样算下来，鱼嘴村香桃产业园总股本五百七十余万元，村集体占股一百六十余万元，其余为全村村民占股。当然，村民占股有多有少，最少的户都有一万多元，最多的达三十余万元。这是真正大家共有的产业，就看掌柜的能否经营得好了。所以，全村人的眼睛都盯着大师兄，都盯着这个坐在轮椅上的支部书记，究竟有多大的神通？能在这五百余亩土地上创造财富，且能给大家伙儿分到真金白银。

大师兄呢？确实不负众望。为把桃子种好，他请五师妹在市上请果树专家，到村里搞技术培训。为把戏台乡张大户的经取到手，他坐着轮椅三顾茅庐。三年下来，鱼嘴村留在家里凡可下地的劳力，哪怕是六七十岁的老头老太，都熟练掌握了全套技术。他们知道了桃树不要枝繁叶茂，不要长高而要张开，一树留三个主枝，呈心形散开，让每一根细枝每一片叶子都能吸收充足阳光。他们懂得了桃子不在结多而在结大，果形要漂亮才有卖相，因此桃花开时要疏花，桃子结时要疏果，一棵四年的树最多留三十颗，一颗成熟时就可达半斤。他们还懂得了桃园除草不能用除草剂，人工除草施加有机肥桃子味道更美，或者在树下种植三叶草，既控草又保湿固氮，秋季一翻便可做天然有机肥，来年桃花开得艳桃子结得多……

　　李春梅也亲自参与劳动。疏花季节，李春梅推着大师兄来到桃园，把他放在产业路上，自己便投入到劳动大军里。大师兄自己划着轮椅，四处看看，叮嘱干活的人疏花一定要细心，要拿出绣花的精神，要把朵形大、朵片肥、颜色鲜艳的留下来，把花形难看、发育不良的尽量去掉。对，这就像皇帝选美一样，这样有助于让留下来的花吸收到更多的营养。又比如你屋头的母猪，一窝下了十二个，跟一窝下了七八个，你说哪个长得好？大师兄形象的比喻把干活的人逗笑了。他也笑着，继续划着轮椅在园子里转。划着划着，他便又回到了李春梅旁边。李春梅手攀桃枝，眼睛在花丛中打旋儿，挑出要淘汰的花，她的兰花指一捏一提一丢，那朵桃花从她的指尖飘落，蝴蝶一样翩翩飞舞，最后落在地上。他那样看着，看着，看着，渐渐地眼神模糊起来，已分不清哪里是桃花，哪里是李春梅的脸了……

第四年，产业园开始盈利。第五年，整个产业园毛收入近四百万元，不仅给本村人创造了上百万元务工收入，最终核算还盈利近一百二十万元。消息传开后，全村人激动不已，纷纷跑到村委会问，啥时候分红啊？这五年来的艰辛和期盼，眼看就要得到回报，不知最终落到自己手里，有多大个甜头？每个人都在心里盘算。村"两委"开会决定，腊月二十六，全村开总结大会，在外务工的人差不多都回来了，到那时进行鱼嘴村第一次产业利润分红。

到了那天，村上利用自己的山庄，大办宴席，请全村老少爷们海吃海喝了一顿。饭前开大会发钱，饭后看春晚演节目。四合院里高分贝音箱挂得老高，播放的音乐传得老远，就连七星场镇上的人都听得清清楚楚。下午两点，大会开始。大师兄坐着轮椅走到主席台正中，台下自发地响起掌声。总结匆匆走完，进入激动人心的按股分红的时刻。

……赵继明，土地租金入股二千四，劳动投入入股五千五，现金入股两千，项目资金股权量化入股二千二，合计股本金一万二千一百元，应该分红三千一百元……

台上念完，台下哇哇惊叹一片。这个说：一万多点的股份就分三千多，三年就拿回本了！以后就是净赚的啦！划得着，划得着哇！那个说：对呀，一万多点的本就分这么多，那股本多的就能分更多？我算下我屋头呢，五万多的本，五三一五……该好多？

……陈光水，土地入股三千六，没有劳动投入入股，现金入股二十六万，项目资金量化入股三千三，合计股本金二十六万六千九百元，应该分红六万七千元……

哇！这下几乎是台下所有人惊叹了。大家纷纷在人堆里找陈光水。找到后，便指着他骂：狗日的陈光水！没看出来哟，乌龟有肉藏肚子里，你哪拿怎么多钱入股？陈光水把脸一卖：老子儿子媳妇在外头打了十几年工，这点钱没得？有人问：那你就敢一下投入这么多？他说：舍不得孩子套不住狼，敢赌才会赢。有人说：你就那么相信一定会赌赢？他又把脸一卖：亏了算球，好大回事？其他人直瘪嘴：现在看到赚了，该他谝嘴了，若是真的砸进去泡儿都不冒一个，看他还敢说体面话不？众人便一阵哄笑……

台上摆的是白花花的钱啦！看得人眼珠子都快爆出来了。陈光水拿着一只皮口袋把分红的钱装进去，径直从会场离开，离开时还幽默地调侃一句：我存钱去了，等哈儿再陪你们摆空"龙门阵"。众人看着他的背影，又是一阵骂。但这骂不是恶意的，而是充满着羡慕和悔恨的。谁叫当初自己不多投入些呢？大家都数着自己手里的钱，心里想着陈光水口袋里的钱，两相比较，口中一再地骂着狗日的，然后自嘲地笑笑，极不情愿地离开了会场。

之后，鱼嘴村年年分红。经电视台和报纸一报道，鱼嘴村和"轮椅书记"的名声更加响亮了。记者问他：你头脑这么好使，怎么不想到先自己富起来呢？大师兄回答：一个人富不算富，大家一起富才算富。这话提前没人教他，是他自己真实的内心想法。因这话很准地切中了时代脉搏，大师兄去年被表彰为全市优秀村支部书记。

9

　　七师妹来了。当我们正和大师兄、李春梅闲谈得很高兴的时候。她的突然而至，让空气短暂凝固了阵。虽已四十有六，也颇经历了些风霜，但她仍似一株躲在石缝里、迎霜而开的野百合，浑身上下一片白，仍然散发着迷人的香。大师兄尽管在村里叱咤风云，可见了七师妹，手足竟然不知往何处放。李春梅倒十分坦然，抿嘴对七师妹笑了笑，便拉起她的手坐在沙发上，两人开始有一搭没一搭地说话，慧珠也把凳子挪近加入了进去。

　　过了会儿，大师兄说：月娥你来了，我们就走了。七师妹说：怎么？见不得我？大师兄说：这两天三师弟一直盼望着你呢，你好好伺候他两天。这大师兄啊，明明自己心里在盼望，临走时心有不舍，偏要栽在我的头上。慧珠看了我一眼，我笑而不答。李春梅起身拿自己的包包，一边跟七师妹告别，一边去掏车钥匙。看来，她也很想早点离开了。

　　屋子里清静许多，我仔细地观察着七师妹。她总是喜欢穿白色连衣裙，这点几十年都没变，不晓得的人，还以为她只这么一件衣服。笑起来眼角有鱼尾纹了，下眼皮厚了些，除了这两处略显年龄外，其余仍是年轻的标志。身材保持得很好，这便胜过许多同龄妇女了。难怪当年二师兄王家伟将

67

他视为女神，并常常以诗来赞美之，甚至日不能食、夜不能寐。

但那时，七师妹已被大师兄装进了心里。作为师兄弟，王家伟十分纠结。若不管不顾，也去追求七师妹，势必造成与大师兄决裂。若踟蹰不进，又怎么熬得了一个又一个难眠的夜晚？虽只是十三四岁的年龄，可青春的动力已然如饱润雨露的种子，甚至已然顶破疏松的土壤，长成甩脱种壳的嫩苗儿了。当时我们的宿舍是两排大通铺，上下两层，用粗木料穿斗而成。二师兄跟我都睡上铺，中间与我隔一个六师弟周浩。我那时也偶尔失眠，时常半夜三更听到二师兄在床上"翻烧饼"，口里小声地念叨着月娥月娥……后来，六师弟偷偷告诉我，其实好多时候他也没睡着，他还悄悄地去摸过二师兄的裤裆，如一条钢棍竖立着……

二师兄所在的猪食槽村，与鱼嘴村临界。每个星期天下午，他也许多次看到大师兄背着背篼快步如风地往学校走。他知道大师兄为什么要把弟弟家国甩在后面，还不是想半途去接七师妹？于是心里醋味横溢。他想跟着去看看他们究竟要干啥，也匆匆收拾好一周生活所需，匆匆地踏上往学校的路。为了紧紧跟上，好几次连母亲给他准备的红薯都忘了装，乃至在学校一周只能蒸半盅子饭，和上咸菜两筷子就刨完了。连续几天吃不饱，到上午第四节课时，胃子里一股一股地冒酸水。有一次，郑老师正讲着太行王屋二山方七百里高万仞时，忽听"嘣"的一声，大家惊诧地回头看，坐在最后一排的二师兄从凳子上滑倒，躺在地上了。我们围拢去，见他面色苍白，冷汗直流，手脚冰凉。大家吓坏了，还是郑老师有经验，赶忙去宿舍泡了碗白糖开水。半晌，二师兄睁开眼睛，他四下瞟了瞟，看到了七师妹的脸，但没在第一圈层，于是又眼睛一闭。郑老师忙叫人把二师兄搀到宿舍休息。

二师兄是全班最高的，但人瘦，有人给他取了个外号："电线杆"。论家境，那时大多数同学都是贫困之家。二师兄家兄弟姊妹多，上面有两个哥哥，他的衣服大半是捡哥哥的旧货，因此屁股和膝盖上补巴就不稀奇了。因为长得快，就算穿补巴旧货也难以满足，母亲就想出个奇招，把裤腿接上一块半新不旧的其他布，我们喊的接巴裤。二师兄常穿旧货、补巴甚至接巴裤，常让他在人前羞惭，见人总是微低着头，眼睛往上翻地看，若是跟人一对上眼，他会立马把眼皮耷下去，匆匆从人跟前走了。见了女生更是如此。但因抗不过七师妹的魅力，他竟然敢给七师妹写情诗！常常是在夜里，大家都沉入梦乡，他在床上"翻烧饼"的时候酝酿好，第二天第一节课扯一张作业本纸，一气呵成地写好，再趁第二节课敲了下课铃，大家都去操场做课间操的时候，他故意留在最后，偷偷把情诗塞在七师妹的书包里。

七师妹常收到这些如天外飞来的纸，不晓得是哪个写的乱七八糟的东西，也没落名字，就随便揉成一团丢在地上。二师兄看到后，心里很痛。同学们老是见吴月娥生气地往地上丢纸，有人好奇地捡起来看。渐渐地，不知谁在给月娥同学写情诗的消息传遍了全班，又传遍了全校。郑老师很生气，开班会时骂：你们才好大个人儿？就写起情书来了？想想你爹妈老汉儿，是哪个在脸朝黄土背朝天？是多么希望你

69

们好好读书？是多么希望你们将来脱了农皮参加工作？你们就这样糟践自己的前途？……是哪个写的？哪个写的自己站出来！咋有本事写，莫本事承认？站出来嘛！站出来我不理麻你，是哪个？真的不理麻，不好意思的话，下来悄悄给我说也行，要得不？……到底是哪个嘛！哪个怎么不要脸？你自己不想读书不想考学，也不要人家读？月娥同学成绩那么好，就不要去祸害人家好不好？……嗨！究竟是哪个？是英雄好汉的站出来！……都不说？别小看我的侦破能力哟！想想如果我查出来，有你好果子吃？所以有种的就各自站出来……人家月娥同学，是要考中师中专的哟！她是这块料！奉劝那个不争气不要脸的家伙，趁早收起你那不轨之心……

那天郑老师一改师道尊严，简直就跟个村妇一般。郑老师痛骂了一整节课，中间还去宿舍换了两杯开水，回来接着骂。而七师妹一直把头埋在课桌下，后来有人说，发现桌下一摊湿湿的，那一定是七师妹掉的泪。其他同学呢，表面上战战兢兢地绷着脸挨着训，其实心里都在忍住笑。甚至有人说，当时多希望郑老师一直这样骂下去，骂他个几天几夜，那样就可以装模作样地坐在那里，不用动手不用动脑地闲着了，因为读书实在是苦。大家都清楚是谁写的，但没有人站出来出卖二师兄，二师兄自己更是没那个胆量主动承认。我想郑老师也晓得是哪个写的，要是过早公布答案，他知道若是捅到学校，校长是会拿这个事做文章的，作为班主任自己脸上挂不住不说，要是再全校开个大会点名批评，那自己就只有挥泪斩马谡这一条道了。这时装作不知道，还可在班上大骂痛骂，把心头对那个人的恨都发泄出来，把对一群孩子不懂事的怨一股脑儿释放出来，趁机让吴月娥明白，老师对她的殷切期望，以及对她非同寻常的疼爱……

郑老师万万没想到，他的骂没有管用。没过两天，七师妹书包里仍然意外地飞来情诗，居然还落了名字。当然是二师兄王家伟的名字。郑老师气急败坏地又开了次班会，这次班会的主题成了评诗会，点评二师兄的诗写得烂，写得肉麻，写得低级下流！整个评诗会，二师兄被请上讲台亮相。记得那次二师兄尽管穿的是接巴裤，但脚踝还亮在外头。脚上穿的是一双黄胶鞋，脚尖对称地破了两个燕子口。我们那时管鞋子前头破口称燕子口，取笑哪个同学了，就说你屋燕儿要出窝了？人家就明白，是说他脚指头快从洞里露出来了。二师兄本来就害羞，就一直把头勾得低低的。郑老师几次把他头发抓起来往上提，要让他看着下面，但二师兄就是坚贞不屈不愿意抬头。郑老师没办法，就继续发挥他的功夫点评二师兄的诗。

你看，你写的啥？"我是乡野一村夫，爱住荒郊茅草屋。月光流进柴门来，蛾萤近前作灯烛。"哪个不晓得你写的藏头诗？你才几斤几两就玩起藏头诗？嗯？我爱月蛾（娥），天啦！肉麻不肉麻？我看你就永远是个村夫，永远住茅草屋吧！还月呀蛾呀灯啊烛的，蛮浪漫主义的嘛！要追求浪漫就好好读书，今后去城里浪漫，那里的花前月下才浪漫，一辈子当农民，浪漫个屁呀？七师妹还是一直把头埋在课桌下，桌下渐渐又是一摊湿湿的。

郑老师继续评诗。你以为之前我不晓得是你？你给月娥同学写的每一首大作，我都收藏着呢。来看看你还写了些啥？"想去后山摘朵梅，连同梅上初冬雪。越过荆棘与坎坷，我不惜痛心头血。"啥狗屁东西？不押韵，不对称，格律也不讲究；开头两句还有点意思，后两句就是口水话；咦！也是藏头诗？想连越我，不就是想念月娥吗？才好大个人儿？就一天想啊念啊的，还嫩泡泡的一颗心，经得起想啊念啊的吗？同学们都笑起来，二师兄脸红了起来。郑老师又抽出一篇。再来欣赏你的大作，看又是咋个想啊念啊的。"清清山水露个头，弯弯月儿水中游。愿作鱼儿游水中，不做人儿岸边留。"啥意思？再读一遍看。清清山水露个头……弯弯月儿水中游……愿作鱼儿游水中……不做人儿岸边留……嗯，这个不是藏头的。文字倒是整齐，看起来像古体，却仅仅是押了韵，格律对仗完全不讲，说是现代诗又不像。你这个四不像的诗还有那么一点味道。可还是在写情啊爱的！同学们问哪里写了？郑老师说通篇都写了，写他想某个人了，一个人晚上到水边照，看到了水中的月亮，这月亮指的哪个还用说吗？前两句写景，后两句抒情，言志了，想做个鱼儿，不愿做个人儿。同学们问为啥？郑老师说，因为做鱼儿就可去追水里那个虚无缥缈的月亮啊，哪怕是虚无缥缈，也比做一个孤独守在岸边的人儿好啊！能认识到虚无缥缈就好嘛，别做梦了，该醒悟了！

　　这场评诗会将近两节课，且中间都没休息。人家班下课了，见我们班还关着门没人出来，就有人趴到窗子边往里瞅，看到郑老师激情满满地张牙舞爪，不知在讲什么。看到台上还站着个高个子男生，勾着头，脸上还在淌泪水，不晓得为的啥事。窗边聚的人越来越多，外面吵吵嚷嚷的，不觉惊动了校长。校长过来吼，窗边的人"唰"地飞散了，像一块石头突然砸进麻雀群里，"噗噗噗"乱扇翅膀的声音。校长也好奇，凑在窗边往里瞧，判断是郑老师在批评学生，也就没进来过问。可二师兄实在是颜面扫地了，我们见他跳下讲台，拉开前门便往外奔跑……大家都惊慌失措，郑老师镇定自若地说：晓得羞了？早晓得就好了嘛！

那时候"小灶班"已经开班了，郑老师是想用"小灶班"政策斩断班里过早冒出来的缕缕情丝，保护好几个有望长成大树的苗子。可是，不久郑老师就发现，虽然堵住了一个武来的赵振国，却又冒出一个文来的王家伟。他很吃惊，都说农村娃儿胆小、本分、老实，可眼下看来，这些农村娃娃一点儿都不比城里孩子省油。看来以后得倍加防范才是。从此，只要是郑老师的课，中途下课他就干脆不回寝室，一直在教室里转悠，甚至干脆就坐在七师妹、五师妹、赵家国等他视为重点苗子的周边，跟他们聊天，问他们的学习，关心他们的生活。哪怕不是他的课，下课铃一响，他就会时不时地从哪里冒出来，背着手码起脸轻手轻脚地走进教室。因此二师兄不再有机会往七师妹书包里塞情诗了，就算有机会，他也没脸面了，七师妹好像也很反感他这样。

一次午饭时间，二师兄见七师妹也在乒乓桌边寻找自己的饭盅，喜形于色的二师兄要跟她说几句话，可她往旁边一趔，嘴巴一撇，抓住自己的饭盅赶忙离开了。二师兄红着脸呆了很久，才慢慢腾腾地去找寻自己的饭盅。还有一次，记得是个山花烂漫的春天，郑老师鼓励我们去山上采些草药，卖了充当班费。我们像打开笼门的鸟儿，三个一堆、五个一

73

群地往后面那座山上跑。记得当时遍地都是火一样艳丽的映山红，而我们要寻找的是威灵仙、华药皮等，大家眼里盯的也是这些，手里攥的也是这些，可二师兄眼里手里却都是红艳艳的映山红。他采了一大把映山红，抱在怀里。人家问他采那干啥？他笑笑不答。后来，有人看见他趁无人时将花送给七师妹，七师妹偏过头不要。他又把花伸到另一边，七师妹还是不接，他就硬塞给她。七师妹可能是真的气倒了，不但把花扔在了地上，还用脚使劲地踩。二师兄傻了，从那以后再也不敢接近七师妹了。

客观来讲，二师兄是有诗人天赋的。初中孩子，比如说我，当时写作文都是困难户，更别说写诗了。二师兄虽然家贫，可他一个远房亲戚家有本发了霉的《唐诗三百首》，他那次去亲戚家发现了就爱不释手，后来那亲戚干脆送给他了。二师兄小学时就能背诵上面一两百首，上初中更是全能背诵，尽管他其他科成绩一塌糊涂。郑老师那样踏践他，可仍暗暗对其文学天赋表示佩服和惊叹。这是他对别的同学讲的，我也亲耳有所闻。

可谁又能预料，老天偏妒英才，才华横溢的二师兄，却处处受挫，乃至于后来发生了那样令人不忍心接受的事情呢？至今想起二师兄，我心里仍是沉重的、潮湿的。

10

郑老师的"小灶班"起效了，初中毕业，"小灶班"中八人，三人考上中师，其余人考上县重点高中。当然，非"小灶班"的同学毫无悬念地被剃掉了，我也是其中之一。七师妹考上了中师，五师妹和赵家国都考上了县城重点高中。也从这一年起，七星镇初中中考不再被剃光头了。郑老师也从此引起学校领导的另眼相看，很快被提拔为教导主任。

那年暑假，凤尾村人的议论跟暑天的天气一样热。都说凤尾村终于飞出了一只凤凰。还说吴月娥开了个好头，今后还会有更多凤凰飞出去。但热议更多的，还是七星镇初中出了了个了不得的老师，老师名字叫郑江，听说下学期学校还安排他带毕业班，得赶紧请郑老师到家里来吃顿饭，好让自己娃娃得到他的关心和厚爱！郑老师也的确常往凤尾村跑，但不是来有孩子在他班上读书的人家里，是来吴月娥家里。一个暑假，就跑了不下三四十趟。

郑老师的常来，左邻右舍觉得反常，七师妹爹妈也觉得羞人。一个男老师常往女学生家里跑，啥意思？学生本来该谢师恩的，本来该给老师带礼品的，可郑老师却颠倒了，不仅常来，而且每次来都带上厚重的礼物。不是一提篮烟酒就是一刀四五斤的鲜猪肉，不是供销社扯的时兴最贵的料子布，就是县城买来的一家老小的成衣，这些东西都快堆满一只屋角了，收也不是，不收也不是。村里人明眼看得也明白，都劝七师妹爹妈，郑老师把你女儿教成了吃国家粮的，你还嘟个？人家人才差了吗？人品坏了吗？莫知识莫文化吗？莫能力莫水平吗？都不是，这些人家都占齐了，还想嘟个？你屋月娥人是长得乖，现在又脱了农皮，今后肯定能找个城里当官的家庭，可人不能昧了良心，吃了饭就砸碗，过了河就拆桥，你屋月娥跟人家郑老师配一对，也是很合适的，不就大那么几岁吗？哪个男的不大女的几岁？男大三，靠金山；男大五，有钱数；男大八，全家发；男大十，躺倒吃。郑老师大月娥好多？也就七八岁，不算啥子，所以啊，赶紧！让两个年轻人自己去耍，不要干涉，月娥读三年书，回来在镇上当老师，两口子都吃国家粮，月月拿工资，年头岁尾还给你们两个老的拿几个，这日子还要嘟个？村里种庄稼的人，怕是天天做梦都梦不到这样的好日子呢！

众人这样说，七师妹爹妈耳朵痒痒的，觉得大家说得有理，可心里还是刺刺的，总感觉如花似玉一个姑娘，像是遭了人算计。可仔细看说话人的脸色，个个都是一副羡慕不已的神情，也就慢慢心安下来。七师妹呢？表面看老是噘着个嘴，不管是村里婶啊姨啊说什么，也不管爹妈在耳边传什么，她都这个表情。就是郑老师来屋里坐，她也是一甩头就把门关起来。难道她心里真的不乐意？一次妈说你若不同意，我们喊郑老师今后别来了。而她又一把扯住妈的袖子，说先不忙。那你同意？妈跟着问。七师妹低着头，手指绞着辫子说：不是不同意，但要是同意，我该咋个面对班上的同学呢？人家咋个看我呢？妈说都毕业了，考虑恁么多做啥？

你是不是还想着那个赵振国？你现在可是脱了农皮的人了，跟他不是一个台台上的人了，想他做啥？他屋头听说穷得狗在锅里困，你今后几个工资还不够填他屋头的窟窿！七师妹左思右想，觉得眼下只有接受这一条路。要是不同意，郑老师脸面往哪里搁呢？学校其余老师又该怎样评价她呢？嘲笑郑老师竹篮打水是一回事，咒骂自己忘恩负义可就严重了。想当初，自己本没有进"小灶班"的资格，论成绩，跟赵家国和李冬梅差得远，班里好多人都在自己前面，可郑老师偏偏把自己弄进"小灶班"，背地里不知遭到多少人咀嚼和嫉妒。郑老师在自己身上确也费了不少工夫，时常把她一个人喊到寝室单独辅导，可谓"小灶班"中又特为她开了个小灶，这样才会有自己成绩上的突飞猛进，才会在中考中顺利考上中师。可是……自己毕竟是学生，郑老师毕竟是老师……自古师生恋就有那么点不伦不类、不洁不净的嫌疑，更重要的是，她心里并不是多喜欢郑老师，如果除了师生这一份情以外，要强行嫁接上爱情在上面，心里总是觉得像是甜滋滋的蛋糕上撒了层沙子……

郑老师持之以恒地往吴月娥家跑，甚至后来村里人见了，都直接开起玩笑：郑老师！又来看你丈母娘了？或者说：郑老师！好久请我们吃糖？到时候不要阴悄悄地哟！七师妹也就只好劝诫自己接受这势必成为事实的事实。她开始对乘兴而来的郑老师报之以灿烂的笑了，开始为他端板凳、倒开水了，开始为他拿蒲扇扇凉，为他拿毛巾隔汗水了，开始为他盛饭、添饭，为他夹菜，并在母亲暗示下悄悄在他碗底埋一块大肥肉，并在端碗给他时，给他一个他应该懂得但不知究竟有没有懂起的眼色。当郑老师吃着吃着猛然发现，并抬起头意味深长地瞅她一眼时，她还会脸一红，忍住嘻嘻嘻地偷笑起来，然后郑老师也一边吞着笑一边吞着肉吃起饭。她开始觉得这也是一种幸福，或许恋爱甚至今后的婚姻就是这样的幸福吧？

七师妹爹妈对郑老师说：虽然我们答应了，但月娥还小，还不满十六岁，还要读三年书，希望你们交往得不要太勤，要给娃娃安心读书的环境，虽说毕业了要分配工作，可也要好好读不是？人家说倒学生一碗水，老师必须有一桶水，如果不好好读，没学到多少本事，以后咋个教学生？你是老师出身，这个道理你是最懂的。郑老师鸡啄米一样地点头答应。回头看月娥，果真还是个刚刚醒事的孩子，个子虽然已超过一米六了，该有的地方都有了，但那偏起头来恨人的样子，和时不时趴在桌子上淌眼泪水的毛病，无疑还保留着几分稚气。郑老师心想，三年说长不长，说短不短，三年后月娥十八九岁，那时的她该是一朵更娇艳的花了？三年工夫眨眼就过去了，幸福美好新生活会立马到来，有啥不好等的呢？况且，师范学校是在县城，那里的一草一木他都熟悉，学校每一个老师他都了解，难道还怕煮熟的鸭子飞了不成？自己想见了，蹬几个小时自行车不就见了？自己二十多岁的人了，谁还能拴得住他的手脚？在这三年里，两个年轻生命该会演绎出多少精彩的故事啊！

但二师兄却走了另外一条路。这条路，是诸多农村孩子必然要走的一条路。初中毕业，二师兄十六岁，借了哥哥的身份证出去打工。打工的艰辛，从第一天天不亮迈出家门那一刻便开始了。他背着已伴随他初中三年的旧棉被，打着一支竹筒火把，行走在猪食槽村前往七星镇的山路上，为赶上每天仅有的一趟去往县城的班车。然后，从县城到市里，再到省城，然后才能坐火车，去往一位远房表哥信里留下的地址，外省一家服装厂。这是他长这么大第一次出七星镇，班车一路走一路颠簸不停，在九曲回环的碎石公路上足足爬行了四个小时。这也是二师兄第一次进县城，县城修筑在一片广阔的河滩地上。还没来得及吃上一碗面，他又买了去市里的票，不得不跟县城擦肩而过。这更是他第一次到市里，他记得往市里的路有一段是水泥，但还是跑了三个多小时。进到市里，他没来得及惊叹市里比县里繁华，就又急急忙忙地买票去省城。当然，这更是他第一次到省城。他感觉省城好比一片海，任何人钻进去，就像一粒尘埃掉进了茫茫大海，随便多小的风浪都可将你淹没。人多车多房子多，到处是变幻莫测的流动色彩，到处是嘈杂喧闹的场面，是上万个七星镇加上千个县城再加上百个市里构成的庞大复杂的万花筒。可是，跟前几个第一次一样，还没来得及仔细感受这海洋的浩瀚与神秘，就又慌里慌张地第一次挤上绿皮火车。那哪是火车呀！分明就是一根拿人当肉馅的香肠，人塞得满满的，连一丝缝隙都没有了，却还在不断地使劲往里塞！三天三夜，人塞在香肠里都发酵了，发酸了，发臭了。好多人被塞蔫了，上吐下泻，命被摧残得只剩下一口气。直到火车到达最后一站，二师兄方才又活过来了，一下火车顾不得看风景，便瘫坐在长椅子上张口吸气，仿佛要把这三天三夜没吸够的氧气一下子全部吸进来。

后来二师兄回想，连他自己都惊诧，一个从来没出过门的农村娃娃，居然敢独自一人跑这么远！如果路上被人欺负了怎么办？被人抢劫了怎么办？找不到远房表哥了怎么办？那个年代，这些都完全可能。或许是年少无知，无知便无畏的缘故吧，他完全或者说根本就没有考虑这么多，也考虑不到这么多，因为从他走出家门的每一步路，都是崭新的一段旅程，小小年纪是没有这样的预见的。可父母就不同了，二师兄的妈妈整天提心吊胆，时不时像是问他爸又像是问自己：晓得伟儿走到哪儿了？晓得他吃了饭没？晓得他今晚睡哪儿？晓得他找到他表哥了没？……足足一个多月没有任何消息，妈妈吃不香睡不着，有时候突然从梦中醒来，口里伤心地哭喊着伟儿——她一定是梦到二师兄遭遇到什么不幸了。她开始自言自语地后悔和埋怨：早晓得嘛，该不让伟儿出去打工，他才十六岁呀！本来人就长得瘦，在屋里锄头都扛不起，在外头不晓得要吃好多苦啊……

　　这次是真正看到海了，因为打工的城市就在海边。老板给二师兄安排的活路是扛包，一大包大包的布料从一楼扛到三楼，再把加工成半成品的衣服从三楼扛到一楼。这对从来没干过重体力活的二师兄来说，是个极苦极累的活。每天下班后，他喜欢骑着自行车来到海边，一趟子跑到沙滩上，仰躺下去。蓝天白云在头顶旋转着，潮汐海浪在脚下拍打着，一天的辛劳渐渐散去，大地渐渐又给他传导着力量。直到夜色凝重，夜幕垂降下来，他才长长地饱吸一口充满海腥味的空气，从沙滩上站起来，骑上自行车优哉游哉地回到宿舍。

　　时间长了，二师兄注意到一双眼睛。每当他扛一大包布料汗流浃背地上到三楼，迎着门的那台缝纫机后面，一双清澈明亮的眼睛死盯着他。尽管她的手脚都在忙碌着，但丝毫不影响她拿眼睛看他。起初二师兄也没在意，后来他觉得那双眼睛里有特别的东西。一次食堂吃饭，他正埋头刨碗，突觉眼前一黑，下意识抬头，他又发现了那双眼睛，眼里含着笑：我可以坐这里吗？那是一个身材娇小、皮肤白净的姑娘。二师兄点头同意。姑娘坐在对面，一边吃饭，一边主动找二师兄说话。她说你这么瘦居然还扛得动那么重一大包，汗水把自己淹了也没喊一声累。二师兄说，哪没喊？在心里喊了。姑娘赞叹说：你不晓得找老板安排轻松点的活儿？二师兄说：啥轻松点的活儿？姑娘说：像我们踩机器呀！二师兄说：踩机器就轻松？我是想干轻松活，可人家相信我吗？姑娘诧异问：你能干啥？二师兄骄傲地昂起头：我会写。姑娘轻蔑地说：这里又不要会写的。二师兄说：我是说我有文化，我可以搞管理。姑娘笑得更严重了：这里管理都是老板的亲戚。二师兄叹了口气说：所以只有扛包了。姑娘同情地看着他：那多累呀！不过你可以找老板试试。二师兄说：我肯定会试试。

　　渐渐地，二师兄与那姑娘熟了，他知道她叫周晓芸。又渐渐地，周晓芸跟二师兄成了男女朋友，并住到了一起。二师兄原以为，此生只有跟七师妹在一起才幸福，哪知周晓芸给他带来的，也是如醉如仙一般的感受！两个人劳累一天，回到小租房，一起弄一顿简易的晚餐，上床癫狂一阵，趁着慢慢退却的激情，相拥畅谈通宵，第二天竟然还是精神百倍。休息日，他们会骑一辆自行车，来到海边看夕阳。他们偎依在一起，看红彤彤的晚霞，看翩翩飞舞的海鸥，看晚潮一浪高过一浪地攻城略地，看茫茫暮色中遥远而迷离的海峡对岸……二师兄又开始酝酿他的诗作了。然而，周晓芸突然打断他：你不是想找老板要轻松的管理活吗？怎么还不去？二师兄猛然醒悟：是呀！一沉入温柔乡里，就什么都忘记了。

第二天，二师兄果真去找老板。拿着自己的诗作敲开老板门时，他看见老板椅上坐着一尊黑色的肉，他一下子想起了农村老家圈里的黑猪，连额上深嵌下去的皱纹都像。但黑猪旁边还立着个袅袅婷婷的女子，这使他坚信坐着的原来是个人。老板问他啥事，他却吞吞吐吐起来，一时半会说不清楚，干脆把诗放在老板面前。老板纳闷了好阵子，才挥手示意他出去。二师兄出门后，听到里面两人在说话。这是写的啥？你给我读读……你自己读嘛……你知道我不识几个字……接着是那女子故意捏着鼻子一样的声音，她在给老板朗读二师兄的诗。接着是一阵狂浪的男女混合笑，犹如猎狗追撵着猫咪，苍鹰扑打着麋鹿，粗壮的喷吐加细柔的环绕。那笑声中还夹杂着一些当地方言粗鄙的骂人语词。

二师兄失望了，看来他的满腹文采彻底没有了用武之地。周晓芸说让她去试试。二师兄说：算了，继续扛包吧。周晓芸却不以为然：一次不成功就气馁了？要锲而不舍，用诚意去打动老板。二师兄不言语了。可周晓芸进了老板房间，半天没见出来。二师兄急了，轻轻地敲门，也没人开。他使劲敲起来，还是没人开。他怕了，用脚踢。并贴耳上去听，似乎听到里面有缠斗碰撞的声音，还有人急促的喘气声。瞬间，二师兄气炸心肺，后退两步，飞起一脚将门踢开。眼前的一幕把他惊呆了！周晓芸满脸泪水，衣衫不整，老板胸前的衬衣都被扯掉几粒纽扣了。二师兄跨步向前，提小鸡一样把重二百余斤的老板抓起来，左右勾拳打在他两边脸颊。周晓芸忙把他拉开说：算了，他还没得逞。

两人回到小租房，二师兄仍然气得浑身发颤。当得知周晓芸确实没有吃亏后，他放心了。于是，二人连夜商议，明天一起离开这里。次日，他们到老板处结算了工资。然后，当即买车票离开了那里。

11

天气越来越热了。屋里虽然有空调，但长期仰躺在床上，翻个身都要人帮忙，背部紧贴着床垫，不一会儿就感觉发烫。医生说，你能感觉发烫，说明你的知觉在逐渐恢复。但还是不能下床，必须把穿刺手术做完了，身上知觉恢复得差不多了，才能坐轮椅出去转转。那还要好多天呢？医生说大概还要十天吧。我只有继续麻烦慧珠跟七师妹了，在我感觉背部发烫的时候，帮我翻个身，好让背部也吹吹风透透凉。

跟家国和五师妹他们见面多吗？我问。七师妹说，当年在县城念书的时候，三人经常一起耍，毕业后各奔东西，工作后联系不多，这几年嘛，好像联系要多一些。

七师妹当年考上中师，虽说一起考进城的还有，但她跟家国和五师妹玩得最好。尽管两个学校间隔了半座城，相约一起耍要跑好远的路，但几乎每周末，不是五师妹把家国喊上去找七师妹，就是七师妹到县中学来找他们。郑老师也总是周末来找七师妹，但因她提前就约了家国和五师妹，所以常常被撂到一边。郑老师就改变策略，周内没课的时候，不辞辛劳地骑自行车进城，跟七师妹匆匆见一面，或吃一顿饭，又急忙骑车赶回七星镇。

家国跟五师妹同班，两个成绩依然保持得好，均在前五名内。一起耍时，七师妹就开他们玩笑：你们俩既有才又有貌，既然才貌双全，才貌匹配，为何不耍起来呢？要是耍起来，有爱情的滋润，一起学习，一起进步，将来再考同一所大学，再恋爱四年，毕业就结婚，那多美好哇！五师妹羞红了脸，举手捶打七师妹。家国呢？一个榆木脑袋，脸上没有任何反应。这让七师妹感觉奇怪，也让五师妹更加难堪。五师妹想：这人难道没有一颗正常的心？我都这样害羞了，他居然无动于衷！于是后悔自己咋怎么多情脆弱，轻易就暴露了自己的心迹，他的麻木与冷漠，岂不是对我情感反应的轻慢与忽视？出于年轻优秀女孩子的尊严，七师妹再开类似玩笑时，她也就矜持起来，甚至还故意哼一声，把脑袋扭到一边。可家国还是那不进油盐的痴傻相，这更让五师妹无所适从了。我是不是反应过度了？恰恰更加透露了心内的秘密？表面矜持，实则内心虚怯，虚怯说明你害怕，害怕是因为你在乎，你希望得到回应但又害怕得不到！所以再后来，五师妹干脆就不再同家国一起去找七师妹了，要么一个人去，要么告诉七师妹，来找我就找我一个人，不要把那个傻不拉几的人喊到一路。

就这样，家国被她俩"孤立"了。家国也似乎无所谓，只埋头读自己的书。五师妹也不示弱，看家国这么努力，她也加起了劲。毕业后，家国考上了省农业大学，五师妹考得更好，上了省内一所重点大学。七师妹中师毕业，毫无悬念地分配到七星镇初中。郑老师总算熬到了头，两人大张旗鼓地恋爱起来。一九九三年，两人结婚，次年，七师妹生了儿子灵儿。

二师兄跟周晓芸离开服装厂，辗转来到昆明。两人都不是干重活的料，就找了家餐馆当服务员。虽然工资不高，但老板提供食宿，两人能住上单间，早晨一起上班，晚上一起下班，日子似乎也没那么艰苦。一九九二年，周晓芸生了儿子，二师兄取名王春晓，因为儿子出生那阵，正是春花烂漫的季节，等在产房外的二师兄，看着窗外风起花落、五彩缤纷的场景，很自然地吟起那首古诗：春眠不觉晓，处处闻啼鸟。夜来风雨声，花落知多少？

儿子踏着春天的脚步而来，重新焕发了二师兄的诗歌激情。他又开始写诗了。当一天中第一缕晨曦从天边洒向人世间时，他翻身起来，一边做着早餐，一边酝酿着他的诗作，把早餐端上桌，待周晓芸梳洗打扮的时候，他拿出专为自己创作购买的一个精致的硬面抄，一气呵成把酝酿成熟的诗句写下来。然后，两人一起吃饭，给孩子喂奶。然后，他深情地吻着自己的女人和孩子，暂时与他们告别。然后，骑上自行车，吹着口哨去上班。

有时他正在工作，端着一盘香喷喷的菜到客人面前，当他看到客人大快朵颐的样子，听到客人满意称赞饭菜美味时，他顿觉自己的辛劳得到了最满意的回报。他感受到劳动的光荣和伟大，感受到人世间的温情和善意，感觉生活就是一首诗，是一首动听的歌。于是，他胸中会立马潮涌起创作的冲动，他会把自然涌出脑际的诗句写在菜单上，回到家再凭记忆抄到那本硬面抄上。他会大声朗诵自己的诗给周晓芸听，周晓芸也会面带微笑侧耳恭听，有时还会恭维几句，夸奖几句。来自心爱的女人的赞赏，他认为是世界上最高奖赏，他会抱起周晓芸一阵狂吻，甚至把周晓芸吻得喘不上气来……

　　有时他回到家，看着酣睡中的儿子，那粉嘟嘟的脸蛋，柔软细密的头发，长长的睫毛搭盖在下眼睑上，有时嘴里衔着一只手指，时不时还一吮一吸地动着，他便忍不住用手指去拨弄，用嘴巴去亲吻。周晓芸则嗔怒地提示他不要把孩子吵醒了。他深感这种天伦之乐是无比的幸福，想想自己也不过二十出头，老天便赐给了他最珍贵的礼物，尽管物质上他们还十分贫乏，但精神上他觉得无比的富有。此时此刻，他哪能抑制得住心中那份写诗的冲动呢？他会在晚餐后，在有些昏暗的白炽灯下，在满是油污的破餐桌旁，打开他那本硬面抄，一丝丝地捋，一句句地写。仿佛笔头有一眼孔，孔里穿了条无形的线，随着笔头在纸上滑动，那条无形的线便从心头慢慢引出，在纸上汇成了色彩鲜艳的世界，织成了神奇美妙的云霞。他这样写着写着，不觉就到了深夜，当一篇得意的诗作完成，他猛然回头一看，周晓芸不知不觉早已沉入了梦乡，儿子王春晓则躺在妈妈的臂弯，也睡得那么安稳，那么祥和。他打开窗，想让凉凉的夜风吹进来，快速冷却自己已是滚烫火热的心。他看着窗外的城市，灯火越来越稀疏，整个城市都在酣睡之中，唯有他王家伟仍然处在大白天的状态。世人皆睡我独醒！原来就是这种状态。他拿起手中的硬面抄，从头至尾一首一首地默默读着自己的诗。读着读着，他又独自伤感起来，自己不过一名普通的打工仔，没有多少文化，更没有一门技术，手无缚鸡之力却不得不靠简单的体力挣钱糊口。要是自己多读些书，也能上个大学什么的，说不定就是个真正的诗人了！就能坐在体面的办公室里，泡上一杯好茶，慢条斯理地写诗，陆陆续续地发表在一些正式文学刊物上，还能领一份丰厚的稿费，拥有众多文学青年的追捧，再娶一个有文化、长得漂亮的妻子，那样的日子才是真正的舒心惬意啊……想着想着，他不觉流下冰凉的眼泪，唉！这样的日子怕是永远都不会有了，还是现实些，洗洗睡吧。

这样的伤感也并非仅是在夜深人静之后。周晓芸生孩子后，就没上班了，二师兄独自承担起一家三口的生活重担。孩子的奶粉、尿不湿和衣裤，就要花费他大半部分工资，所剩不多的钱，想改善一下生活都不能，更何况还要面对建立一个真正的家的现实。周晓芸也时时提醒他：我不满二十岁就跟你未婚生子，你总得要给我一个名分吧？孩子渐渐大了，我们还住在这样的破出租房里，你一个人上班也不是长久的办法，你也该替我们的未来着想啊！难道写诗就能写出人民币？就能写出孩子的奶粉和玩具？就能写出房子？就能写出今后的好日子？面对这些问题，二师兄一筹莫展，除了四处求人想换一个收入更高的工作外。可是，一个初中生在职场中竞争是毫无优势的，尽管他每次都带上那本没有变成铅字的诗集，几乎没人有兴趣去翻阅。所换的工作大多是一些技术含量低，甚至毫无技术含量、单纯凭劳力挣钱的，那些工作薪酬都不比饭店服务员高，生活的窘迫依然是个严峻的现实问题。

一晃三年过去，孩子到了上幼儿园的年龄，他们依然还在最低廉的出租屋里焦愁着。周晓芸实在忍耐不住了，就说：我们回你老家吧？好歹孩子有父母帮忙带，我们俩一起挣钱，还愁把一个孩子养不大？二师兄想了想，是啊，孩子都三岁多了，他们俩还没办正式的结婚手续，周晓芸期待已久的婚礼也一直拖着没办，这次回老家，一是解决孩子的上学问题，二是一定要把这件大事弥补上。二师兄同意了周晓芸的建议，一家三口说动身就动身，很快打理完昆明的一切事务，就急着往家赶。

回到七星镇猪食槽村，老家六间房，上面两个哥哥结婚各自分走两间，剩下的两间，二师兄三口只能跟父母一起住。虽然住起来逼仄，但毕竟是自己的家、自己的房，不用愁房租，孩子还有爷爷奶奶很乐意地照顾着，他们可以放心地到外面挣钱了。可干什么呢？还是去找份毫无技术含量的工作，挣那少得不能再少的工资？二师兄是有梦想的，有了孩子，身为人父的他更是感觉到肩上的担子的分量，跟周晓芸商量后，他们决定去做生意。做生意需要本钱，做大了他们经济上承担不起，又怕有个闪失一辈子翻不了身，就决定先从小生意做起。父母和哥哥都借了点钱给他们，他们跟以前打工地做服装生意的熟人联系，从那边批发些价格便宜、适合内地乡镇销售的衣服，逢七星镇当场，就背到街上去摆摊。一场下来还不错，能赚个一两百元，一个月也能净挣两三千元，那在上世纪九十年代已是很不错的收入了。夫妻俩开始在镇上租铺面，把服装店开得更大些，这样稳扎稳打，一两年后，两人每月收入能稳在四五千元了，二师兄的心情又好了起来，不再是整日愁眉苦脸的样子，写诗的激情又复活了，那本硬面抄又成了他生活中十分重要的伙伴了。

因都在七星镇上，二师兄难免会碰到郑老师和七师妹。第一次是他们在镇上摆摊的时候，二师兄戴一个鸭舌帽，手拿一个小喇叭，站在凳子上喊：来买啦！最新沿海款式，价格便宜啦！一件十五，两件二十五啦……周晓芸腰里缠着一个包，一边收钱，一边留神着手脚不干净的人。忽然，一个抱孩子的女人钻了进来，那女人尽管没有抬头，但那身影却让二师兄惊了一跳，差点从凳子上跌下来。那女人低头挑了一件一两岁孩子的衣服，问老板多少钱。这时，两双眼睛同时呆住了。是你呀！王家伟，啥时候回来的？七师妹满面红光地问。二师兄尴尬地笑笑：回来一阵子了，生活所迫，摆个小摊摊养家糊口……七师妹说：不错嘛，凭劳动挣钱吃饭，有啥难堪的？二师兄心里有些不悦，心想我都在做生意了，还算是凭劳动吃饭？所谓凭劳动吃饭，就是卖体力！我这可是既劳心又劳力的活儿，是生意，怎么还是划归到卖体力的活儿中呢？七师妹看出二师兄脸色不好，赶忙说：祝你生意兴隆哈！说完抱着孩子匆匆走了。二师兄呆在那里半天，不是周晓芸喊他，他都忘记继续叫卖了。

第二次看到七师妹，是在下午收摊的时候。那是个周末，七师妹抱着孩子，脸紧紧地贴着孩子的脑袋。孩子像是睡着了，头耷拉在七师妹肩膀上，她一边走一边轻轻地拍着孩子的背。旁边，郑老师推着自行车跟着，一边走一边说说笑笑的，一家子看起来别说多温馨了。镇上很多人看到他们走来，老远就打招呼：郑老师！吴老师！准备回家了？哦！回家了。两人笑着朝那些人回应。等他们走了，后面便有许多人议论，大多是称赞这对年轻夫妇十分般配之类的话。二师兄听了，心里酸酸的，脸开始发烫。是啊，他们多般配啊！两人都是师范毕业，都拿着国家开的工资，都干干净净地、轻轻松松地工作着、生活着，哪像他们俩，平时在地里务庄稼，逢场天便起早贪黑地卖衣服，两相比较，简直一个在天上、一个在地下。又回想起当初，自己给七师妹写情诗的情景，心里更是自惭形秽得不行。那天回到家，二师兄就沉默不语，晚饭时不跟任何人说话，哪怕儿子跑过来亲热他，他也极不耐烦地把孩子呵走，弄得孩子莫名其妙地大哭，周晓芸也给他一阵骂。他独自坐在院子里，周晓芸把孩子哄睡了，也不理他就各自睡了，他仍然一个人坐在院子里。抬头看着满天的星星，他独自一人惋叹，仿佛这个世界没有任何人能理解他心头的苦，不觉眼泪又流了出来。

　　第三次看到七师妹，二师兄夫妇已经有了自己的服装店，店里还有个不大的卧室，平时整日待在店里，成了职业生意人。那时候，服装生意还不错，周晓芸也有闲暇时间打扮自己了，冷场天没啥生意，她也会上场下场地溜达转悠，嘴里一边嗑着瓜子，一边哼着时下流行歌曲，仿佛自己跟那些国营商店的营业员也没啥差别了。二师兄一个人守店，就租来武侠连续剧光碟看，一日三餐可以有酒有肉，日子如流水，平静无波澜，似乎也挺好的。

那也是一个下午，夕阳映红晚霞，霞光从窗外打进铺子里，那些挂着的衣服，件件光鲜华丽，恍然间，仿佛置身皇室的更衣间。二师兄正欣赏着这道风景，门口进来一人，正是七师妹。七师妹说：家伟，晓芸呢？二师兄说她逛街去了。晚上来我家吃饭吧！七师妹的邀请，让二师兄颇感意外。我……我们还没请过你跟郑老师呢。二师兄脸一红，仿佛霞光穿透了皮肤，映照到肉里去了一般。你请我请还不一样？毕业这么多年了，还没聚在一起过呢，那些师兄妹和同学，工作的工作，打工的打工，只有你正巧在镇上。七师妹说晚上六点半，她跟郑老师在学校等。二师兄答应了，顺便反问了句：为什么要请客？有啥好事就说。七师妹告诉他，再不请怕是以后机会更少了，他们就要调进城了。哦，是这样。二师兄既为七师妹感到高兴，心里又不免失落。是啊，他们进了城，岂止很难有机会请他吃饭，连见面都很难的了。

那晚上，郑老师情绪很好，跟二师兄喝了好几杯。但两个男人都管控得很好，都没有喝醉，所以也就没有谁提起当年之事。周晓芸那晚特意多看了几眼七师妹，之后多次略带醋意地开二师兄的玩笑：难怪你当年那么痴迷她，看来确实不错哦！二师兄便尴尬地笑。

12

慧珠腹部的伤口感染了，医生给她作了处理，责备我不要再让她多累。我心里有话说不出，像我这种情况，不劳累她劳累谁呢？好在七师妹在场，七师妹主动说，慧珠你就好好休息两天，把伤口养好了再说，其余的事我来帮你做。我万分感激地向七师妹道谢。

要问当年，我喜不喜欢七师妹？答案是肯定的。只是我没有像大师兄、二师兄那样强烈。或许那还没上升到一种境界，我只是觉得七师妹很美，想时时刻刻看到她。当然，一天两天看不到，我也能渐渐忘了。在那个还属于孩子的年龄，见异思迁是很正常的，直到今天，我都没领会到，同样属于孩子年龄的大师兄和二师兄，竟然怀揣的是一种叫爱情的情感。

我对大师兄和二师兄虽然有些嫉妒，但还不至于嫉恨。只是当时郑老师的心思，让稚嫩的我很是不服。他把七师妹弄进"小灶班"，即使是一个孩子的我，也能探查出他的别有用心。于是，我便想出一些破坏的招数。郑老师吹一口好笛子，据说在全县还得过一等奖，我便以学笛子为由，常常在晚自习后，也就是"小灶班"开小灶的时候，跑到郑老师的办公室。为了不打消我的积极性，或许准确地说，为了更好地掩饰他在"小灶班"上的真实用心，郑老师只好在辅导

"小灶班"的同时，抽空教我笛子。"小灶班"在屋里攻书，我和郑老师在走廊上吹笛子。《赛马》《今昔》《秋湖月夜》等古今名曲，就是那时学会的。

渐渐地，郑老师对我厌烦了。我想大概出于几个原因。作为一个成年人，他不难看出我故意捣乱的动机，只是既为成年人又为师长，他不得不表现得大度包容。然而，我就像一块嚼过的口香糖，一旦粘上就甩不掉，这多少让郑老师很为难。二来呢，我学习笛子时，也有些心不在焉，有时明明在听郑老师讲解，可耳朵却在关注室内"小灶班"的动静，尤其是一刻不停地在注意着七师妹的动静。要是听到里面的人应和着笛声哼起来，我心头便说不出的兴奋和激动，要是再听到七师妹的夸奖，我更是要发癫发狂了。每每这个时候，郑老师就会皱起眉头，狠狠地瞪我两眼，然后步入室内，批评"小灶班"几句。

为了保证不影响"小灶班"学习，你明天不要再来了。郑老师对我说。那……什么时候能跟您学笛子呢？我小声问。如果你真想学，你就星期天上午来吧，我教你半天，下午是"小灶班"的课，我不得空，周内每晚下自习后，也要看着"小灶班"。郑老师说完，目不转睛地盯着我。那时我们一周上六天课，只有星期天能休息，叫我星期天上午来，分明是让我知难而退，因为没有哪个孩子会舍弃难得的一个星期天。可让郑老师意外的是，我居然答应了。你就不想在家休息一天？郑老师诧异地问我。我说：学笛子也是休息。其实我是想，在家里反正也没事，反正下午也要返校，提前半天来学校既学了笛子，还能在下午看到七师妹，尽管她会被关在"小灶班",但总能在偶尔一刹那,在校园某一个角落看到她。

我的纠缠超过了郑老师的承受限度,他明确表示不再教我笛子了。理由是:你已经学会了,基础和技巧你都掌握得很好,曲子你也会吹几曲,水平嘛,马马虎虎就可以了,随便去哪里参加个晚会,露两手已绰绰有余。我没有说话。郑老师急于摆脱我,是想抽出身来,全心全意地辅导"小灶班",那才是他在学校确立地位树立威望的大事。我能理解。

可是,我依然每周星期天上午就到校。除了完成没有完成的作业,就是自个儿揣摩吹笛子的奥妙。我坐在教室里吹,一个人;我靠在操场边那棵大槐树下吹,一个人,偶尔路过一两个人,好奇地盯我两眼;我登上学校后山去吹,一个人,一曲终了,方才知道周围还有鸟叫虫鸣。我吹《赛马》,眼前似有万马奔腾在辽阔草原的情景;我吹《今昔》,从曲调的转换对比中,似乎感受到了一种悲欢离合的人生之旅;我吹《秋湖月夜》,似乎身坠冷月无声的秋夜,湖畔微风送凉,激发我思念近在咫尺又难以相见的佳人……我这样吹着吹着,吹完了,人似乎也被抽空了,灵魂已远离躯体,飘飘荡荡在云天之外,被遗弃的皮囊,耷拉在草地灌丛之中。我四肢平伸,舒展在大地之上,闭上眼睛,任凭世间万物万灵来侵袭啄食我的躯体……

我开始酷爱上吹笛子,除了郑老师教我的曲子,我从磁带中还学了几首。我们班有个同学,他父亲是镇上食品站站长,他家一年四季、一日三餐都没离过油荤,而我们那时一周回家才能沾点油花。对于早已衣食足的食品站站长一家子，生活品质自然超越了绝大多数人的水平。他家有一台双卡录音机，有很多当时流行音乐的磁带，也有一些古典音乐的，其中就包含不少笛子乐曲。你也喜欢笛子？那次我到同学家去玩，他的站长父亲惊讶地问我。我点点头。他笑着摸了摸我的头顶，颇有忘年知音的喜悦：你想听随时来听，你想借也行！

于是，我经常去那个同学家，有时还能蹭上一顿有油有肉的午餐或晚餐。我听着磁带里的曲子，嘴里哼着曲谱，只需一两遍，我就能准确地吹出来；再听几次，我就能模仿个六七分。我同学的父亲成了我的忠实听众，他说我吹得比录音机里还好听，因为录音机里时时发出滋滋的杂音，而我吹的，清纯干净，不仅吹出了原曲子的主旨意趣，更融入了一个十四五岁少年的青春活力和天真烂漫。得到一个音乐爱好者的赞赏，我很受鼓舞。不知不觉地，我能熟练地吹出二十多首乐曲了，当然也包含少数的几首流行歌曲。比如，那时最流行的《十五的月亮》《望星空》《军港之夜》《妈妈的吻》等等本不是笛子曲的歌曲。

一转眼，初中毕业临近。郑老师终于能松口气了，他对他的"小灶班"信心满满，通过几次模拟考试，"小灶班"成绩令他惊喜，尤其是七师妹，他估计考上中师绝对没有问题。可对我们来说，毕业是伤感的季节。大家都知道，这怕是一生中所剩无几的几天学生生涯了！考不上高中，要么回家务农，要么过两年出去打工。不像"小灶班"，能有更好的前途。

中考过后，班上组织了一次毕业晚会。那天下午，我们从街上买了些彩纸，女生发挥她们灵巧的手剪成纸花，缠绕在日光灯管上，几个具有绘画才艺的同学，在黑板上画了几幅粉笔画，墙壁上挂了几只气球，这就算是一个奢侈的晚会现场了。大家齐心协力地布置好教室，激动地等待晚会时刻的到来。郑老师把自己新买的双卡录音机提来，老早便放起当时最流行的几首歌曲。晚会上，大家一致要求我上台多吹两曲。我当然很乐意，也预感到会有这样的安排，因此下午就躲到学校后山上去练习。我先吹了几首流行歌曲，同学们都会跟着哼唱，大家脸上都是笑盈盈的，一度歌声盖过了笛声，每一曲结束，大家都热烈地鼓掌，气氛十分欢快。流行歌曲吹完了，我便吹起我最拿手的几首笛子乐曲，吹《赛马》还好，大家跟着打节拍，其实这是最影响独奏表演的，但这不是什么正式的表演场所，是大家一起寻找快乐的场所，所以也就抱着好要好玩的心态去对待。大家拍得起劲，我也吹得用心，居然这首《赛马》将晚会带到高潮。同时开毕业晚会的还有一个班，那个班硬是没弄出什么响动来，班主任草草结束，班里的同学纷纷挤到我们班来了。到了吹《秋湖月夜》的时候，因乐曲净美，谁都不忍用节拍来破坏气氛，都静静地听着。此情此景，我深受感染，很快置身于乐曲的意境之中。我充分调动感情去吹，渐渐地，我看到有女生眼里闪亮起泪花，后来，一个感染一个，满堂学生竞相抱头痛哭起来。我也是泪流满面，视线模糊，但仍坚持把《秋湖月夜》吹完。演奏完毕，大家还沉浸在悲伤的氛围中，是郑老师率先鼓的掌，然后大家跟着鼓掌。郑老师还说了一句：想不到肖荣这么有天分！几首曲子吹得这么好！

初中毕业，我毕竟才十五岁。我不打算出去打工，因为哥哥的经历，让我能感受到打工并不是一件轻松愉快的事情。干农活吧？父母那时还年轻，家里那几亩地还吃得消，不需我过早地消磨在土地上。说媒开亲也为时尚早，况且我不希望重复家乡父老千百年来重复的老路。小小年纪，我就坚信我的女神必定不会在农村，那将是一个幸福美好、令人充满幻想的地方。可这样的人、这样的地方，不会是傻守在农村就能等来的，馅饼都不可能从天上掉下来，更何况是让人痴醉的女神？我给父亲说我还要读书，那就只有重新回到七星镇初中，插到下一个毕业班当补习生。我的志向现在看起来很可笑，是必须考上中师，踏进县城继续追寻自己的梦。是不是七师妹的原因？当时真的说不清，现在分析，很可能有这个因素。

父亲当然支持我，背了几百斤玉米卖给对面山上一个养公猪的万元户，换来的钱供我交补习费。记得那是一个早晨，天还下了点小雨。我提出跟父亲一起去，也帮他分担一点重量。父亲背着一大夹背走在前面，我背着一小袋走在后面，须下一道坡，过河再爬一座山。土路有些滑，父亲光着脚，脚趾深深地嵌入泥土走得很稳，我没经验，脚板平展地接触每一步土坎，突然一跤摔个仰朝天，玉米袋子在坡上翻滚几圈，撒得满坡都是。父亲没有责怪我，而是放下夹背，跟我一粒一粒地往起捡。我顿时泪流满面，父亲一直安慰着我……

我开始"认真"地读书。在学校的时间，我不再吹笛子，甚至带都不带。可是，每当听到郑老师一个人在寝室吹，我的心便痒痒的。有几次下了晚自习，郑老师的笛声传进耳朵来，那声音婉转悠扬，如泣如诉，我不由自主地移动脚步，来到他门前。本想敲门进去，但心里紧张不已，最终只好默默守在外面听。屋里的白炽灯瓦数不大，灯光昏黄，郑老师的影子印在窗帘上，笛影在灯光中斜着刺向一角，足有三尺来长。几根指头在笛孔上跳动，显得十分优美。过了会儿，郑老师叹息一声，不再吹了，再过了片刻，里面的灯"啪"地拉灭。那晚，我失眠了。虽然初中时候我经常失眠，但补习那一年，我失眠尤为频繁。身体机能完全黑白颠倒，夜深人静本该沉睡入梦的时候，我偏偏思绪如净水洗涤，越发的清晰明了，如果这时候读书，定能一目十行，且过目不忘。但我不敢这样去尝试，怕的是一颠倒就永远颠倒不回来，因为考试总是在白天，不可能因为我的怪异特殊，专为我开设一次夜场。可是，到了白天，甚至天边刚刚露出一丝明亮，我的脑子便开始昏昏沉沉，人家都匆匆起床的时候，我却睡意沉沉。不管是上午的课还是下午的课，老师的讲解，就像是一锅糨糊灌进脑子里，冷的热的酸的辣的麻的，各种滋味一齐刺激着我，使我不知所云，考试自然是一塌糊涂。老师骂我白费工夫了，还不如趁早滚回去，免得到时候丢你屋先人的脸！但为了那个想要实现的愿望，我还是坚持着，在我幼稚的认知里，我在盼望着奇迹的出现！万一后来我考上了呢？

事实终于印证了，盼望奇迹不过是幼稚的幻想。中考看成绩的时候，我忐忑不安地来到学校，刚进校门就碰到班主任。虽然跟我正面相对，但他表情却丝毫没有欣喜，反而有想躲避的意思。我心想肯定完了。我还是主动喊了声赵老师。赵老师轻描淡写地说，都贴在窗子上的，自己去看。按理，我应该知趣地扭头就走，但我还是去看了。结果，我的成绩在全班倒数第五名。瞬间，我感觉仿佛有一万只手掌在扇我的耳光！扇得最凶的就是赵老师。

我真想有一闪便溜出校门的本领，不，那都太慢，真想有个地缝立马钻进去。又有几个同学来看成绩了，他们跟我打招呼，我没有搭理。我恍恍惚惚地走着，把一阵叽叽喳喳的声音抛掷脑后。那时，我毕竟只有十六岁，我真想有个人能搂着我，让我好好哭一场。

不觉，我竟然走到郑老师寝室旁。我听到屋里有人说话，且是一男一女。我仔细听，那女声分明是七师妹。放了暑假，回到老家，她自然是要来看郑老师的。郑老师也时刻在盼望这一天。忽然，里面传来笛声，郑老师吹的是《阳关三叠》。本是重逢日，却为何要吹奏这曲赠离别的曲子呢？郑老师不可能不懂曲子的意思，大概是以此为前奏，先诉离别之苦，再言相思之情吧？但又觉不符合常理。突然，我猛间顿悟，这大概是吹给我听的吧？

我是应该走了，应该走得远远的。

于是，我默默无声地走了。

13

补习一年再次落榜的还有六师弟。父亲也鼓励我：要不还是再复读一年？大不了我再做一窑瓦，你妈再做几十斤豆腐？或者是把玉米再背几百斤去卖？我态度坚决地表示放弃。哥哥写信来叫我跟他一起打工，我也明确地表示不情愿。那……一个十六岁的娃娃能做啥呢？带着这样的疑问挨到了冬季，一个改变我命运的时机来了。

我一个本家叔叔在当村支书，记得那天一早，他嘴里衔着纸烟，蓝色的烟雾和着白色的晨雾，一路笼罩着他来到我家院坝。荣儿就这样天天耍起？支书叔叔说。母亲正在切热气腾腾的豆腐，她知道支书叔叔喜欢，就笑盈盈地用塑料袋装了一满袋。有个机会，可以说千载难逢。支书叔叔卖关子说。父亲和母亲都停下手里的活，急盼支书叔叔快点把话吐完整。今年冬季征兵，可以给荣儿一个名额。支书叔叔说完，父亲皱起眉头：可他只有十六岁，比规定的年龄小了两岁呀！支书叔叔将纸烟送进嘴里，嘬了一口，并深深地吸进肺里说：还不简单？年龄改大两岁。这样行吗？母亲的疑问里已带着欢喜。那咋不行？往年这样的事还少吗？支书叔叔胸有成竹地说。父亲当然高兴，明确地说翻春给支书叔叔家烧一窑瓦，从做坯子到烧制成品，一分钱不要！支书叔叔客气了几句，就兴冲冲地走了。

就这样，十六岁的我，成了一名"十八岁"的新兵。出发那天，七星镇上锣鼓喧天，我和十几名同镇青年乘坐一辆帆布篷军车，一路颠簸进了县城，在武装部跟其他乡镇的新兵会合后，仍然乘坐帆布篷军车来到另一个市。这里有火车，我们简单休整了一天，就乘坐火车一路向北了。这几天，因军车帆布篷的遮挡，我们没有机会观看沿途的风景，就连县城和有火车站的另一个市，也没有机会深入其中观看体会，因此在脑海里基本没多少印象。可坐火车就不同了，装载新兵的几节车厢，不像装载农民工的其他车厢，我们能保证一人一座，且不超载，每到饭点准时开饭，平时还能相互闲聊，或者观赏窗外的风景。我感触最深的是，火车越往北走，大地的颜色越来越枯萎，开出始发站那几十公里，虽是冬季，但毕竟还在南方，无论是山峦还是平地，无边无际的绿树充斥着眼球，它们都十分奢侈地享受着这冬日暖阳。而一翻越秦岭，仿佛进入了另一个世界，绿色像是农民手中的余粮，每过一天就减少许多。后来，绿色干脆完全消失，一种苍茫的黄色铺天盖地，稀稀疏疏的树木，无不是赤裸着枯瘦的躯体，迫不得已地在风沙与冰雪交替的天地间冬眠。

　　坐了三天三夜的火车，我们又转乘帆布篷军车，几节车厢的新兵，不断被分流，最后到达军营时，同镇来的老乡基本没有。同县的，据我后来才知也才两三名。我们的连队深处一片戈壁，我们的任务，是守护祖国西北大动脉的畅通。我们每天的训练，是在风沙吹得人睁不开眼睛的操坝上练队列和射击，后来在一道一道的黄色砂砾和岩石的沟梁上练战术。每天的伙食，早晨馒头稀饭，管够；中午米饭炒菜，米饭管够；晚上馒头菜汤，馒头管够。本来酷爱米饭的我，逐渐学会了酷爱馒头，晚上要吃三大个，不然半夜肚子会饿醒。三个月新兵训练结束，我被分到一个专门守护去往新疆的铁路运输线的排。我们每个人都有枪，枪里都有子弹，一是随时防备敌人或坏人的破坏，二是防备冷不丁冒出来的荒原狼。尤其是在夜晚站岗或巡逻的时候，一两个人独自冷落在茫茫戈壁，狼是会冷酷无情地搞偷袭的。据排里的老兵说，前好多年或前好多好多年，某某战友就遭遇过狼，有的被啃断脚筋，有的被咬烂胳膊。那时，部队为节省子弹，除非是遇上敌人或坏人，原则上不允许随便开枪，鼓励战士用枪刺和枪托对付狼，为此还专门训练了一套对付狼的刺杀搏斗术。只是后来，上面一个首长发了话，给足了这个排足够的子弹，并说当战士生命受到威胁时，是可以开枪射击狼的。我很感激这位首长，他能以人为本地考虑到战士的生命安全。每次轮到我夜晚站岗和巡逻时，背上装满子弹的枪的那一刻，我心里便热乎乎的，甚至莫名其妙地期盼着晚上能遇上一只狼。但我终究没遇上狼。随着时间的推移，我遇上最多的是寂寞，是呼天抢地、捶胸顿足都无法排遣的寂寞！寂寞的时候，我会想起我的笛子，会想起郑老师，进而会想起七师妹。

唉！文工团啥时候又来呢？一个老兵百无聊赖的时候叹息说。啥？啥叫文工团？面对我的无知和天真，老兵几乎将牙笑落进裤裆里。老兵一个传递一个，新兵蛋子肖荣连文工团是啥都不晓得！尤其是城市兵，简直是用看外星人的眼神在看我。等文工团来了，你就晓得是啥了。一个皮肤黝黑的陕西农村兵搂住我的脖子，和善地笑着对我说。

我是在进连队一年半左右时间才明白什么是文工团的。其实，更准确地说，那只能算是文艺轻骑队，十人左右的小团队，全是各连队有文艺特长的兵组成。但在大西北基层连队里，战士们更喜欢叫它文工团。可见，大家心里对文艺的渴望有多强烈！

那天下午，接连队通知，除两名留守人员外，其余都回去观看文艺演出。老兵们个个兴奋不已，甚至斗志昂扬。在布置演出会场时，大家抢着干活，各个排争相抢占最佳观赏位置。文工团来了，开着一辆同样是帆布篷的军车，十余名文艺兵加各种演出器材，几乎塞满了车斗。老兵们一拥而上，帮忙搬东西，碰上女兵不敢从车上跳下来，都争着押手去扶。我也加入了这个队伍。只见一个粉嘟嘟脸蛋的女兵，几个男兵都伸出手，她却不搭理，而是巡眼扫了一圈，将手背在背后。当她的眼睛扫到我的脸上时，我背上一热，似有蚂蚁在爬。她的眼神停留在我的脸上，并微微一笑，把手伸向了我。我赶紧把她扶下来，她仍抓住我的手不放，并叫我帮她把行李拿到她的住处。那晚，文工团演的什么节目我已忘记了，只是记得熄灯睡觉前，战友们纷纷骂我：你他妈走的啥狗屎运？张猫咪几乎是我们所有人的梦中情人，凭啥你一来就截我们的胡？

张猫咪本名张玲，因长相甜美，尤其是眼睛圆润有光，乖起来可以甜得让你起鸡皮疙瘩，发起威来比老虎还凶。对了，她一九七四年生，属虎的。当时她将满十七岁。

文工团在我们连队演出两天。第二天，文工团领导说，今晚的主题是联欢，欢迎连队中有才艺的战友登台献艺。老兵们鼓励我上去吹一曲，我就上去吹了一曲。哪知这一曲不仅打动了文工团的领导，还抓痒了张猫咪的心。晚会一散，她就径直走到我身旁，一拳打在我肩膀上：肖荣，没想到哇！你还有这本事？然后又是一拳：干脆来加入我们算了！

我没有答应去文工团。我们连长和排长都不放我。因为在没有文工团的时候，我还可以凑合充当文工团。我的笛子在整个连是出了名的，不仅战士爱听，班长、排长、连长都爱听。他们说，我的笛声可以唤醒沉睡的大地，可以让戈壁充满灵性，可以在人心里植入活泼泼的情感。但是，文工团临走时，他们领导非要我送他们到驻地，我们连长拗不过答应了。

我当然是背着枪，一路送他们到驻地，一是代表连队感谢文工团，二是路上也有个保护。因为连队到文工团驻地还有很远的路，中间要穿越一条荒无人烟的峡沟，而且经过那里大约是晚上。偏偏那么凑巧，走到那条峡沟，张猫咪嚷嚷肚子不舒服，实在憋不住了要找个地方解手。文工团领导只好叫我陪她去。我背着枪把她带到一个僻静处，她说不行还得走远点。我只好继续陪她找更合适的地方。军车的车灯一直亮着，照亮我们往前走的路，我俩的影子向前倾斜，曲曲弯弯地落在凹凸不平的戈壁滩上。张猫咪总算找到了一个安全的地方，那是一处低于地面的凹坑，蹲下去军车车灯也照不到。她示意我后退十余米，我照做了。我静静地等待，心里总是毛骨悚然的。尽管身后有一车文艺兵，但他们手里都没有枪。我不停地左顾右盼，还好，除了幽蓝的夜空下深灰色的戈壁，就是左右五十米开外壁立千仞的崖石。突然，我看到两束寒气逼人的萤火，显然不是弱小的昆虫屁股上发出的。那对萤火，先是等距离地保持静止，然后开始等距离地左右晃动，然后是……渐渐地朝我移动！狼！荒原狼！我的心顿时提到了嗓子眼！张猫咪……我大声喊。喊声刚落，就见她慌慌张张地从坑里爬起来，疯了似的朝我跑。那两束萤火便跟在她身后，似乎比她跑得快。我"唰"地从肩上取下枪，握在手里，瞄准那两束萤火的中心点，手抖得十分厉害，这是我第一次瞄准活的目标，生怕一枪没瞄准，打伤了张猫咪。后面的军车开始不断地闪灯，还按起了喇叭，可是，这阵仗根本没吓到那两束萤火，它们还在以比张猫咪更快的速度朝她奔来！肖荣，快开枪！军车里的人喊了起来，霎时间，一阵泼心的凉意掠过我的胸膛，整个人一下冷静了下来。我的手不再抖动，呼吸平静了许多，瞄准，准星跟随两束萤火移动的速度移动。"啪"——一枪响后，那两束萤火以一条弧线的姿势歪倒一旁。几乎同时，我听到张猫咪"啊"的一声也倒在了地上。我顿时傻了，那一枪究竟是打在了狼的身上，还是打在了张猫咪身上？军车里的人都跑了过来，越过吓傻了的我身旁，从前面地上扶起张猫咪。枪没伤着她，她只是吓晕了。

那次护送文工团之后，我被授予三等功。这更加剧了连队和文工团对我的争抢。最终，文工团得到上级首长的支持，我被无条件地调入了文工团，成了一名很多城市兵都羡慕不已的来自农村的文艺兵。我的两项特殊本领，让我在文艺舞台上和护送文工团的使命上得以充分地展示。平时，我就成了战友们和首长们的勤务兵，因长得一张娃娃脸，一笑两个酒窝窝，有什么事，他们都喜欢招呼我，跑腿送东送西，甚至去几十公里外的城镇搞采购，一般都是我的事。用现在的视线来看，有点像前几年电影《芳华》里的那个"活雷锋"。

支使我最多的就是张猫咪。文工团附近有一个场镇，日常所需基本上都能买到。张猫咪似乎一天不叫我给她做点事就不自在。一会儿：肖荣，去街上帮我买点护肤霜。一会儿：肖荣，去团长夫人那里帮我要点"金嗓子"。一会儿：肖荣，我的麝香虎骨膏用完了，你看谁那里有？那天，张猫咪一改过往大大咧咧的样子：肖荣……去帮我买点那个……哪个？就是那个嘛……我一脸懵懂地看着她，不知她说的那个究竟是哪个。哎呀！就是……女人每个月都需要的那个。我见她脸红了，粉嘟嘟的脸颊上开出两朵红玫瑰。但我还是没弄懂她说的那个究竟是什么。一个年长一点的女兵把我拉到一边，凑近我耳朵边说：你到商店就说，买几盒女人每月都要用的东西就行了。我似懂非懂地点点头。等去了商店，照话原样说了，店主莫名惊诧地看了我半天，问我给谁买。我说帮战友买。店主赶忙又问买几盒？我说随便几盒吧。店主忍住笑说：那就六七盒吧。我拿到手一捏，那东西香皂盒那么大，软软的，凑到鼻子闻，淡淡的香味。店主笑得差点喷饭，连她都不好意思地脸红了。

后来，省军区搞文艺调演，我们团张猫咪的独舞和我的笛子独奏都抽上了。我们提前一天到了省城。省城在一条大河的两岸延展，具有龙腾万里的气势。张猫咪说：反正明天才演出，我们今天去逛逛吧。我是第一次到这么大的城市，当然也不想错过这个机会。我们来到大河边上，当时还没有河道景观打造的理念，河边保持着自然原生态，因此来玩耍的人也少。我们来到生长着一大片芦苇的河滩，找了块干净的石头坐下。

张猫咪说：给我吹支笛子，我给你跳曲舞。我吹了曲《喜相逢》，张猫咪充分发挥她的舞蹈天赋，临场现编现舞。老实说，她的舞姿很美。别看她平时有些霸道，可一进入舞的世界，似乎立马变了个人。要悲有悲且比常人多一分，要喜有喜并不输人一寸毫。她就像是天外飞来的一只仙鹤，飘荡在洁白的芦花之间，她就像一条身形灵动的鱼儿，纵身跃出水面那一瞬间让人又惊又喜又爱。她跳着跳着，忽然跑过来，一把拉起坐在地上的我，说：肖荣，我们处对象吧！我愣了。我能感受到她胸中正燃烧着一团火，呼吸急促，胸口一起一伏地，眼里湿润有光地看着我。我低下了头。她不依不饶地把我的脑袋提起来：我要你回答我！同意不同意？我心跳得十分厉害，吞吞吐吐地说：我……我……她似乎不想听到她不愿意听的话，抢先说：你可以考虑几天，等回去了再答复我。然后，她紧紧地抱住我的脖子，嘴唇衔着我的嘴唇，直到我有些呼吸不上来……

回到文工团，我有意躲避张猫咪。几次路上碰见，眼看已来不及躲，她就跑过来拦我的路。一边问：你还没回答我呢！快回答我！一边随我的躲闪伸手伸腿地不让我过。我还是吞吞吐吐的样子，最多回报她一对盛满歉意的笑靥。致使我不敢答应她的原因，我总结应该是我出身农村的自卑和清醒。张猫咪不仅出身城市，而且是大城市，而且父母都是机关干部。几次三番地拦路逼问都没有得到她想要的答案，张猫咪在日记本上连写了三十几页"肖荣我恨你"。这是她同宿舍一个女兵后来告诉我的。她还告诉我说，张猫咪这样高傲的人，连一些首长的儿子想都没得到，可偏偏被你这个傻瓜忽视，你晓得她心里有多难受吗?!

后来，张猫咪不理我了。再后来，文工团莫名其妙被撤销。后来的后来，我们都不得不面临转业。因立过三等功，县里特别照顾将我安排在丝绸公司，具体工作是在影剧院放电影。

正式参加工作前，我回过一次七星镇，那是一九九四年。我看见七师妹已为人母，心里说不出是什么滋味。

14

第三次穿刺前，医生给我做了全面检查。颅压大大降低了，血压恢复正常。我不再惧怕穿刺用的针头，看见几个熟悉的面孔靠近，我主动侧身，让七师妹把我的衣服撩起来。还是抽了两管，医生照样会给我看液体的颜色。比上一次更淡了，但还是红色占主体。我的脑袋感觉更轻松了。几次穿刺，仿佛被人从头顶一次次地移走压着的重量。现在的感觉是，头上似乎还戴着一顶金属头盔，但已经完全能承受，并能比较灵活地转动脖颈。脊柱还是会隐隐作痛，但知觉恢复得更好了。医生叮嘱说，还是不能下床，吃喝拉撒都必须在床上。

慧珠腹部的伤口感染一好转，她又不得不忙着伺候我了。不过，有七师妹帮忙，她会轻松些。七师妹主要负责给我喊护士、医生，帮我们到食堂打饭，帮我洗脏衣服。慧珠则专心伺候我病床上的一切事务。对了，我们市在市长的要求下，市委、市政府、市人大、市政协及市总工会、市委农工委等单位都组织人来看望我。这使我感到莫大的荣幸。

看着七师妹忙上忙下，我很愧疚。自从返回七星镇，她也是一天忙里忙外的。二师兄的父母需要她照顾，周晓芸长期住在精神病院，也需要她隔三差五地去看望。现在又被我拖累在这里，我不知该怎样感激她。我偶尔会问一些二师兄父母及周晓芸的事，她似乎不愿意提及。哎！她跟二师兄一家子的恩恩怨怨，牵扯了她半辈子，怕是还要搭上下半辈子！

当年，郑老师跟七师妹调进县城，郑老师因在七星镇初中出了名，被安排在县一完小当副校长，七师妹也在一完小教书。时光就这样平稳地过着，不觉灵儿已到十岁，七师妹也已跨过而立之年。郑老师想安于现状，但七师妹却觉得，人生再不挑战下自己，就再也没有机会和斗志了。那时，职业技术教育方兴未艾，七师妹不顾郑老师的反对，硬是从学校辞职，独自创办了远大中等职业技术学校，招收初中分流出来的学生。

二师兄跟周晓芸在镇上开了几年服装店，手头积累了些资本，也不再满足七星镇狭小的天地，也杀进了县城。他们在县城最繁华地段租了三百多平方米的商铺，开起了服装城。进货还是原来的渠道。多年来，他们已与那边的厂家混熟了，很多次都是直接打款过去，那边便发货过来，人根本不用来来往往地折腾，也节省了不少成本。可是，两人忙于生意，也就不能照顾到孩子，王春晓留在了七星镇，由爷爷奶奶监管。一转眼，王春晓初中毕业，成绩没能考上高中。二师兄想，没考上就没考上吧，趁早学一门技术，早点进入社会打拼，说不定还会闯出一片比别人更宽广的天地。二师兄找到七师妹，王春晓便进入她的远大中等职业技术学校，学习电子专业。

过了一年，学校组织学生到广州一家电子元件厂实习。一向贪玩好耍的王春晓，经常溜出厂到街上打游戏，多次被带队老师和厂方管理人员批评。一天深夜，二师兄跟周晓芸都已沉沉入睡，手机突然爆响不停。二师兄接了电话，顿时人都傻了。电话是带队老师从广州打来的，说王春晓失踪了！他在前天深更半夜从宿舍溜出去，就再也没回来。厂方和老师分头四处寻找，可怎么也找不到。一个十六岁的孩子，身上既没钱，又没手机，还没身份证，他能上哪里去呢？网吧没有，舞厅没有，电影院没有，桥洞没有，荒郊野外没有，流浪儿童队伍里也没有。他们报了警，但在数百万人口的广州市寻找起来，确如大海捞针。二师兄夫妇连夜赶到广州，加入到寻子队伍中，众多人连找了一个月，还是没有任何音讯。

七师妹也急得团团转，学生在广州实习失踪的消息已经传回老家，学校也是传得沸沸扬扬。眼看下一年级就要招生了，许多家长闻讯后打起了退堂鼓，在读的学生也有退转学的打算。身为校长，七师妹一个一个地去做工作，声称王春晓所谓的失踪，一是偶然现象，二则学校、家长和公安机关正在加紧寻找，不久肯定能找到。这样好说歹说算是稳定了生源。七师妹随即也赶到广州，将二师兄夫妇安顿在宾馆，白天陪同一起去寻找孩子，晚上更是寸步不离，生怕再出什么意外。尤其是周晓芸，整日茶饭不思，以泪洗面，要是再有个三长两短，她不仅对不起二师兄一家，消息传回老家，她的学校也很可能立马关门。

两口子都耗在广州找人，服装店只有关门。事发前不久打给服装厂的一笔数量不小的货款，也不管货物发过来没有，一心只在孩子身上，再多的财富哪能比孩子重要呢？不觉又过了一两月，孩子仍没消息，货物也没消息。二师兄感觉不妙，给服装厂打电话，电话没人接听。再打，还是没人接听。过几天再打，号码已成空号。二师兄脑子里一轰，难道天下真有祸不单行一说？便留下周晓芸在广州继续找儿子，自己火急火燎赶过去。来到服装厂大门，几张法院的封条如晴天霹雳，二师兄双腿一软，瘫在了地上。

一打听，才知因全球金融危机，这家一直做外贸的服装厂订单锐减，老板资金链断裂，债务累加，工人工资都发不出来了，就只有跑路。丢下一个搬不走的厂，以及一些卖不出去的货物，留给债主通过法院查封来抵偿债务。二师兄赶忙去了当地法院，声明自己也是债主之一，可法院说，该厂所有资产均已做了诉讼保全，你已晚了一步。再说，你那几十万元算啥债务？人家都是几百上千万的，你也来插一杠子，那些大债主哪会同意？你只有等他们诉讼完了，法院执行结束了，再通过诉讼，看还有没有剩余财产可供执行。

还用说吗？辛辛苦苦十余年，一夜回到解放前。二师兄失魂落魄地来到海边，他仍像往常那样一趟子跑到沙滩上，四仰八叉地躺在地上，闭上眼。晚潮一波一波地涌上来。海水冲击脚板了，渐渐地又淹没裤腿了，瞬息间都袭涌至胸口了！二师兄依然纹丝不动地躺在那里。耳边传来阵阵汽笛声，那是渔民丰收晚归的信号。每一声鸣笛，都是在给渔家妻儿传递着一份平安和幸福。可这样的幸福，都是属于别人的，他自己不仅又变成个穷光蛋，还成了个失去爱子、家庭残破的不幸者！一阵咸涩的苦味涌进嘴里，不知是眼泪还是海水。

又是一个汹涌的浪潮劈头盖脸地打来，将二师兄淹没。海水又迅速退却。如果再不起来，下一个浪奔过来，可就是具有席卷和搬运的巨大力量了。二师兄清楚那意味着什么。他睁开眼，望着高远的天空，天上已有星星在闪烁。恍然间，他似乎看到了一双孩童的眼睛，那眼睛是那么亲切，是那么明亮，分明是在向他诡秘地微笑着。他缓缓地坐起来，眼看下一个浪潮就要冲过来了，在灰黑的暮色里，一堵比人高的水墙，像是被千万人抬着往前冲。他赶紧起身往后跑，就在他拼命跑了十余米远时，浪潮追赶上他的脚后跟，他的一只鞋差点被卷走。回头看时，银白的高墙已经轰然坍塌，变换成无数细碎的白沫向后撤退。

我还不能死！二师兄提醒自己，现在钱已经不重要了，寻找儿子才最重要。他这才意识到，远在广州还有他焦急万分的妻子。他得赶紧过去，分担她的悲痛和焦虑。到目前，也才找了两三个多月，虽然活不见人，但死也没见尸，说不准儿子尚在人间？既然可能活着，那就一定能找到！二师兄又立即买票乘车赶回广州。他隐瞒了服装厂那边的实情，只是说他跟厂家说好了暂时不发货。从七师妹和周晓芸反馈的信息来看，情况很不乐观。他们将寻人启事几乎贴遍了广州市各条街道的电线杆，至今没有得到任何有价值的信息。警方那里也没有，尽管他们每两天都要去派出所打听，连警察都只有无可奈何地摇头叹息。

　　七师妹请了个人代替她陪同二师兄夫妇，并留了一笔钱，自己先赶回去了。学校的状况也不容乐观，本来刚处于发展初期，出了这档子事，教育部门要求停止招生。她是急急匆匆赶回去协调的。费尽周折，学校虽然暂时保住了，可生源较上一年下降一半。一些优秀的老师看到这个趋势，提出种种辞职理由。七师妹苦口婆心地劝慰无效，也只好让他们走。

　　二师兄夫妇在县城的服装店，房东也催着他们退店。二师兄只好又回来处理，两三天后，他带着自己所剩不多的积蓄又去了广州。两口子租了间简陋的房子，仿佛又回到了当年。他们省吃俭用，节约下来的每一分钱，都是为了寻找儿子。就这样，又寻找了整整两年，王春晓就像人间蒸发了一样，不说活不见人、死不见尸，就连一点捕风捉影的踪迹都没找到。可夫妇俩仍没有丧失信心，就算是找到老找到死，他们也要找下去。

　　警方根据有关法律规定，宣布王春晓死亡。这让年仅三十八岁的二师兄一夜白了头。周晓芸则昏厥不醒，送到医院抢救，一天一夜才缓过一口气，醒来后嚓着沙哑的嗓子仍哭喊不停，手也不停地在病床边沿敲打，头直往墙上撞。现场任何人看到这一幕，无不同情地流泪。七师妹呢，学校勉强维持了两年，实在办不下去了，被教育部门勒令停办。这还不算最惨的。走投无路的二师兄，一咬牙将七师妹告上法庭，要求她赔偿五十万元。双方经过几轮官司，法院判决最终尘埃落定：吴月娥赔偿王家伟夫妇三十九万元。

七师妹几乎是同时收到两份法院判决书。一份是判赔二师兄的，一份是郑老师跟她离婚的。郑老师一根筋地认为，七师妹一意孤行办职业技术学校，为夫妻感情破裂埋下了引线；后来招王春晓入校，便是引爆一系列倒霉事件的雷；果然，王春晓失踪、被宣告死亡、被告上法庭、被判赔三十九万，祸事接二连三，"王家伟"三个字，就是一切一切的根源。七师妹啥话没说，接受了离婚的事实，也接受了赔偿的事实。处理完这些事，她回到七星镇。

二师兄夫妇也回到了七星镇。周晓芸回来后，便得了间歇性精神病。好的时候，她能做一些家务，吃喝拉撒都正常。坏的时候，她会让你毫无防备地突然发作，一把将头发扯成乱鸡窝，伤伤心心地又哭又闹，你要是去劝她，她抓住你又撕又咬又打。二师兄身上，到处是青一块紫一块，心里万般苦楚，更是无法向人倾诉。二师兄要把她送到医院，她整死不去，医生来了，她将医生祖宗八辈地咒骂，医生谁还敢上门给她看病？两个哥嫂，无不避之不及，父母虽然不躲不避，可也束手无策，只好偷偷落泪。还是七师妹有办法，她多次来到二师兄家，碰上周晓芸病情发作，哪怕是遭她抓扯，吐口水、擤鼻涕，她只是轻轻地一擦拭，又耐心地去诓去哄去劝慰。有时候，两个女人一来二去就抱头哭成一团，直到周晓芸发泄完毕，突又破涕为笑为止。七师妹会趁热打铁地向周晓芸不断道歉，请求她的原谅。这样说着说着，两个人又会一阵唏嘘流泪。后来，七师妹对二师兄说：反正我也没那么多钱赔你了，我就来照顾你的父母和老婆吧！你放心出去挣钱，把这个家重新撑起来。

七师妹的话让二师兄意料不到，他有些后悔当初状告七师妹了。正是因为他的一纸诉状，以及后来法院的一纸判决，给七师妹两口子的婚姻撕裂推了一把力。但想到自己，我又招谁惹谁了？儿子从小到大，屎一把尿一把地拉扯，眼看就要长大成人，说没就没了！我们两口子风里来雨里去，十余年奋斗积蓄的家当，说被人卷走就被人卷走！找谁喊冤鸣屈去？你吴月娥早年看不起我，让我在郑老师的羞辱下忍气吞声，初中毕业不得不外出打工，有幸遇到周晓芸，夫妻俩一直恩恩爱爱的，有了孩子又有了事业，一家子的日子眼看就要蒸蒸日上，可偏偏你吴月娥要办啥职业技术学校！偏偏儿子送到你吴月娥手里就没了！看来你吴月娥是注定要克我呢！既然你让我遭遇如此不堪的境地，也是你自己提出来的，那我也不会跟你客气，就算是你自己在赎罪吧，在偿还欠我的债务吧！

二师兄这样想，也就理直气壮起来。他默认了七师妹作出的表态和付出。没过几天，他给七师妹交代了一些事项，背着背包就出去了。他选择的仍然是去广东，一边四处找活干，一边继续寻找王春晓。他心里始终有个不灭的信念，他坚信儿子还活着。他心里还有个信念，他不相信自己一辈子只是个平凡的打工者，他在寻找儿子的同时，他还要寻找机会，寻找东山再起的机会，寻找千金还来的机会。他相信自己能做到，因为他曾经就做到了。

15

二〇一二年，五师妹已担任市信访办副主任。我也被"提拔"为市农民工维权中心副主任。我这个副主任内涵丰富：主任由市委农工委主任兼任，我实为主持工作的一把手，但无事业编制也无级别；单位总共就三人，农民工维权工作全是我一人承担，所以我既是领导又是兵；其余两个二十来岁的小年轻，有复杂的背景自然也有事业编制，但只做一些文档类的内务工作，名义上归我管，但实际上我管不了也不愿意管。

我是怎样走上农民工维权之路的呢？还得接着我部队转业回来时说起。我在县丝绸公司放了两年电影，在当时一股国企改制风潮的席卷下，县丝绸公司也没能幸免。五年当兵加两年放电影，七年工龄买断，拿到手可怜巴巴的七千七百七十元钱。我把这笔钱拿给父亲，加上他跟母亲多年省吃俭用存下来的钱，刚刚凑成一个万元户。父亲一边担忧起我的前程，一边焦虑起我的婚姻。在农村干农活，显然不是父母的愿望，好歹我曾经在部队风光过，也让他们荣耀过。当时我已经二十三岁了，档案年龄二十五岁，在农村还没对象已算稀奇。找个农村的吧，这不符合父母对我的人生定位。找个有正式工作的呢，作为一名下岗工人，那是一个不低的奢望。形势逼迫，我只有继续奋斗，看能否重新杀出一条路来。

在部队五年，我很吃了些没文化没文凭的苦。那些城市兵绝大多数是高中毕业，一退伍就能参加工作。虽然有幸进入到文工团，但文工团也是高中生多，甚至还有中专毕业。张猫咪就是他们老家艺术职业技术学校毕业的，彼此文化水平的差异也是我不敢答应她的原因。有一次，一个首长开玩笑叫我当他的勤务兵，并问我啥文化。我吞吞吐吐地告诉他后，他十分遗憾地叹了口气：要是个高中生就好了！后来有人告诉我，这位首长的夫人在部队驻地市一中当老师，他输送了好多手下的兵去那里突击，结果都顺利考上了军校。

看来，文化能改变人的命运，文凭能提高人生起步的台阶。我必须继续学习。父亲把那一万元取了出来，让我出去闯一闯。通过战友的介绍，我来到省城，一边打工一边自考法律。四年后，我顺利取得法律本科文凭。二〇〇二年，省上成立了一个农民工救助中心，并在各市成立分中心，我顺利被聘为我们市分中心工作人员。二〇〇三年，我们市分中心更名为市农民工维权中心。当时有四五名成员，坚持到至今的只有我一人。

那天，我正在外地解决农民工因讨薪被刑拘的事，五师妹打电话来说，二师兄向她求助，说他跟几个老乡在外做建筑活，老板恶意拖欠他们的工资，有几个人等着拿钱给家人看病，给子女交学费，可他们多次到公司去要都被无情地赶了出来。五师妹说这个事情常务副市长签了，喊你赶快去处理。

可这边的事还没处理好，二师兄那里就只有再等几天。我赶紧给二师兄打了电话，叫他们一定要耐心地等待，千万不要做什么过激的事情，否则我来了也会陷入被动。

从电话中，我感觉到二师兄的情绪很不好，那是一个濒临绝望的人发出的微弱的哀号。同时，我了解到他为什么会来到那里。这两年，他在广东各处寻找儿子，但还是没有找到。他开始将找寻范围向周边扩散，在几名老乡的邀约下，就来到跟广东相邻的那里。从不干建筑活的二师兄，也只有像其他老乡那样，搬起砖头，调起灰浆，白天汗水雨水不离身，晚上腰痛腿痛膀子痛困扰一夜，吃的是缺肉少油的大锅菜，啃的是馊馒头。

我想加快手头事件的处理节奏，便天天去找当地有关部门，恳求他们尽快召开协调会，妥善解决问题。但得到的答复，不是这个领导不在，就是找不到总包方头头。我已来到这里整整一个星期，事情仍停留在原点，离妥善解决毫无松动的迹象。

这里的工地现场负责人叫温三，是我们市另一个县的农民，警方以"拒不支付劳动报酬罪"将其刑拘，另几个同镇老乡去理论，也被治安拘留。本身他们是讨薪者，却被以"拒不支付劳动报酬罪"的名义拘留，听起来十分荒唐，也十分可笑。

118

我到达当地时，正是零下十余度的寒冬，四十余名拿不到工资的农民工，蜷缩在残破不堪的工棚里。外面下着鹅毛大雪，工棚顶上堆积起三十余厘米厚的雪，地上的雪已冻成了冰，人踩在上面，一不小心就会摔一跤。我代表家乡党委、政府，首先用温暖的言语安慰了他们，但似乎并没有多大的效果。因为在这样的寒冬，再滚烫的言语，都不会融化他们已近冰点的心绪。他们需要的是钱！只有钱才能带来食物，带来衣服，带来回家的路费，带来丰盛的年货。有了这些，才意味着真正的温暖。我向五师妹讲述了我所看到的情况，五师妹向市领导汇报后，市里专门拨了五千元钱，叫我先安顿他们吃一顿热饭。可五千元钱，四十多个农民工！再节约开支也支撑不了几天。

终于等到双方谈判的日子。连续几夜失眠的我，照样一大早起来冲一个冷水澡，哪怕是在零下十余度的天气。坐在谈判桌对面，我目不转睛地盯着几张严肃的面孔，脑子尽管异常疲惫，但仍强撑起饱满的精神。对方发话了，声称此事已经引起当地党委、政府高度重视，领导有专门的批示，要求先解决农民工吃饭取暖的问题，至于其他事，本着以事实为依据、以法律为准绳，依法依规尽快妥善处理。我说：好！很好！那就尽快吧。

对方一个律师模样的人说，温三作为劳务公司负责人，作为雇佣农民工的直接实体，有支付农民工工资的义务；然而，在工程完工后，温三所代表的公司并未履行义务，对其实施刑事拘留于法有据；另外几人到公安局无理取闹，扰乱了公安机关正常的工作秩序，本已构成寻衅滋事，但考虑到事出有因，仅对其处以治安拘留，算是够宽容的了。

我来这几天，已做足了功课。于是胸有成竹地反驳说：首先，温三不是劳务公司的负责人，只是工地现场负责人；其次，真正支付农民工工资的主体是项目总包公司，实际上工程完工后，总包公司并未履约支付劳务公司劳务费，进而导致农民工工资被拖欠。所以，本案"拒不支付劳动报酬罪"的法律适用对象错误，理应纠正，理应尽快支付农民工工资。

对方又搬出双方的合同。称双方合同明文约定，工程竣工验收后且达到质量标准支付95%劳务费。劳务方所做工程虽然竣工，但未经验收，是否合格也不可知，故而总包方未支付劳务费事出有因。鉴于此，劳务方应该继续垫付农民工工资，而不该教唆生事。

已有多年维权工作经验的我，深知这是诸多不良商人惯用的套路。我强压心头的怒火，继续针锋相对：根据《建筑工程施工质量验收规范》有关规定，主体工程完工，施工单位必须申请验收，必须经质检部门验收合格后才能进行二次结构施工。但这个项目在主体完工后，施工单位也就是总包方为何不申请验收？为何在未验收合格的情况下就安排二次结构施工？直到现在工程已全部完工，仍迟迟不申请验收，其居心和目的究竟何在？当地有关主管部门，对如此违反建筑行业有关规定的行为为何视而不见？对真正恶意拖欠农民工工资的行为为何视而不见？究竟谁该承担拒不支付劳动报酬罪的法律责任？

我的言辞有些激烈，语气十分激动。谈判桌对面的人全都哑口无言，并万分惊讶地望着我。其中一位领导表态说：肖主任放心，我们接下来再做进一步深入调查，如果情况真如你所说，谁敢无视法律，谁敢违反法律，我们就敢动谁！

既然有这样掷地有声的表态，我只有等。其间五师妹几乎天天给我打电话，问这边的处理情况，并催促去二师兄那边。七师妹也是，一天打三四个电话，每次都是在二师兄屋后的山坡上打的，她说她怕这一家子听到，心里不知又是何等的焦急，要是被周晓芸知道了，直接逼疯的可能性都有。于是我心急如焚地等待，夜夜照样失眠，每天早上照样不得不洗个冷水澡。又等了四五天的样子，当地政府派人通知我，下午继续开协调会。

一份拟好的协议等待我签字。我只关注核心内容。温三可以取保候审。几名治安拘留的农民工结束拘留。立即核查清算农民工工资，保证十日内发放到每一个人手中。四十余个农民工如久旱逢甘霖，都磕头作揖地表示能接受。为了能尽快抽身去解决二师兄的事，我也没心思再紧揪总包公司违法的事情，也没精力再深究温三等人被拘是否该索赔的事情。我也知道，如果再去挖掘这两方面的情况，势必耽搁我更长时间，而且还不一定能有个结果。见好就收吧！这是善良的家乡农民工反过来劝慰我的话。即使遭受到再大的欺辱，只要最终得到了一个他们认为圆满的解决，他们总是会以博大的胸怀去原谅和包容的。

赶往二师兄那边，要南北纵横跨越整个中国。我穿着厚厚的羽绒服登上飞机，心里十分难受。不知是为刚刚获救的农民工？还是为等待救援的农民工？或者说还是为了二师兄？两年前见过一次二师兄，那是他准备重新南下广东的时候。碰巧我没出差，他到市里乘长途汽车，我留他在宾馆住了一晚。我们聊了一个整夜，聊初中时候的一些事情，聊我当兵时的一些事情，聊他跟周晓芸、跟儿子王春晓的一些事情。十八岁了！他说，像我在他这个年龄，都已经跟他妈认识了；第二年我就跟他妈同居了，应该是那个时候就怀上了他！说到这里，二师兄为此颇感自豪。可一瞬间，另一种情绪又立刻笼罩着他。不晓得我上辈子造了啥子孽，这辈子偏让我受这么多罪?!他悲天怨地的样子，让人看了特别心痛。我除了笨拙地安慰他，讲不出更多更好的道理。

现在应该二十岁了！我心里念叨着。这孩子，准确地说，我从来没见过，也长得跟二师兄一样？也会写两句诗？我闭上眼睛，靠在椅背上想象，但总不能勾画出一个轮廓。那些年二师兄忙于服装生意，我们碰头的时候少，再说，孩子主要是跟爷爷奶奶一起，我也很少有时间回老家。即使回去了，也是匆匆忙忙看一眼父母，便又匆匆忙忙往市里赶。吃不上一顿完整饭，就被电话催着去出差，这已经是司空见惯的事情。多年来，我为农民工维权，不仅牺牲了正常的休息，还牺牲了亲情、友情、同学情，更别提战友情了。张猫咪一直跟我有联系，这些年给我打过很多次电话，喊我去她那里耍，可我哪里有时间去耍呢？偏偏去她所在的省市出差的机会都没遇上。

我想到这些，不是埋怨这项工作有多泼烦，也不是表达后悔之意，而是实情实述。大多数时间里，我沉浸其中，根本没有机会去泼烦和后悔，有也仅是父母一次又一次逼婚的情况下，那也是偶尔一闪，仅露头一丝便又被我强行摁下去了。因为，对于婚姻之事，虽然三十九岁了还没着落，但我已经有了希望，准确地说我已锁定了目标。慧珠已在我心里悄悄地扎根，悄悄地萌芽，悄悄地开花，就等悄悄地结果了。慧珠，对呀，这几天我都没给她打电话，趁飞机还没起飞，我赶紧拨通电话。接电话的慧珠感觉正在忙，好像在参加一个集体采访活动。我们没说几句就挂断了。

　　慧珠是个优秀的记者，做事特别认真。自六年前大师兄的事经她报道后，我顺利地为大师兄争取到最大的赔偿，此后我经常采取这个无奈之举。这个被对方称之为威胁的无奈之举，确实很管用。无论是政府机关还是企业单位，只要我一提及动用新闻媒体的力量，对方往往在愤怒之余不得不妥协。事情也就迎刃而解了。就这样，我跟慧珠达成了默契，她十分理解和同情我的工作，我也十分敬重她对我的帮助和支持。不出差的时候，我请她吃饭，请她喝茶，名义上是感谢她，实际上是为了更多机会接近她、了解她，最终目的是将她发展成我的人生伴侣。一次，她应我之邀茶饮三巡后噗嗤一笑，问我三番五次约她究竟何意？我被这个比我整整小一轮的姑娘问得十分尴尬，也就被逼表达了我的心思。慧珠郑重其事地说，她也喜欢我，但她还不想那么早结婚。我尊重她的意见，也一直在等待她给我明确的佳期……

　　广播提示飞机很快就要起飞了。我关闭手机，向乘务员要了块毛巾盖在身上，闭上眼睛准备睡一觉。我确实需要好好地睡一觉，因为接下来不知又会是几个失眠之夜。

16

　　飞机正在缓缓下降，我被一波一波的失重和燥热惊醒。其实，广播已通知多次，飞机早已开始下降，只是我睡得很沉。我侧过头看了看窗外，蓝天白云已然不在，地面的建筑进入视野。我赶紧脱掉羽绒服，飞机上的乘客都在忙着脱厚外套。飞机再一次广播，在提醒乘客不要松安全带、不要开手机外，一并告诉了外面的温度，竟然高达20℃！这两三个小时里，我在睡梦中经历了冰火两重天。值得高兴的是，我在飞机上睡了个好觉。

　　下了飞机，换上了秋装，我立即打车到达二师兄打工的地点。

　　你终于来了！迎接我的农民工没有表现出欣喜，反而有埋怨和悲戚的表情。你怎么才来呢？也有人带着责备的口吻。怎么了？现在啥情况？我赶紧问。一个上了年纪的农民工抓住我的手臂说：我们正在商议到建设局搭灵堂。瞬间，我脑子一片白。一阵比乘飞机前还要刺骨的寒冷从头顶灌入，直渗入脚跟。搭灵堂？为什么要搭灵堂？我急忙问。其实我心里已经猜到了答案，只是还没经对方亲口证实，自己不愿意接受那个事实。

　　几个农民工抹着眼泪，哽咽不停地告诉我，昨天深夜，二师兄留下一封遗书，吞下了一整瓶安眠药……刹那间，我眼前出现一挂奔流不息的瀑布。身边的人，周围的房屋和花草树木，都被瀑布遮掩了。我只听见几个农民工在嗡嗡嗡地说着什么，但既看不见他们的肢体动作和面部表情，也听不清他们话中的具体内容。过了一会儿，我才听清有人在喊肖主任。我用手揭开眼前那挂瀑布，一个农民工将一个硬面抄本子递给我。我翻开硬面抄，那是二师兄这些年写的诗，诗页中夹着一张纸，那是二师兄留下的遗书。眼前的瀑布又奔流不息了。我不断地用手去揭，想看看二师兄临终时留下了什么话。但看了一遍又一遍，仍没能将仅仅几百个字串联成完整的内容。我的心一刻未停地遭受着那瀑布的冲击，根本无法静止。

　　农民工仍在商议到建设局搭设灵堂的事。我赶紧阻止他们说：千万不要冲动，如果你们相信我，我一定会为你们讨回公道。大家都不说话了。过了会儿，那个上年纪的农民工说：其实，我们也就是想借此给建设局施加压力。我说：那样已涉嫌违法犯罪，搞不好还会把自己弄进去。农民工很不理解：我们为要工资都死了个人，设台祭奠一下不可以？我说：仅仅是祭奠完全可以，可把灵堂搭到建设局，姑且不论此举能否成功，就算成功了，恐怕到场的人一个都走不了。几个人才害怕地缩了缩脖子。我说：这个人是我的二师兄，我比你们更悲痛；但我们的目的是解决问题，而不是让问题变得更复杂。最后，我向他们保证，既然我来了，一定帮你们要到工资，天王老子挡道都不行！至于王家伟的事，等这一步处理完了，我再跟他们理论。大家听了我的话，都点头表示赞同。

我把二师兄的噩耗传回市里，五师妹没听完就抽泣不止。市里领导给我打来电话，叮嘱我一定要安抚好农民工，并全权委托我处理王家伟的后事。七师妹知道消息后，也哭着打电话来说，她暂时只有隐瞒，要是二师兄父母和周晓芸知道了，不晓得会是怎样的状况。

我去了建设局，递上了一份二十余位农民工按了红手印的请求书，并递上了盖有我们市委农工委及市农民工维权中心红印章的介绍信。其实，此前农民工已多次向项目方和建设局、信访办等部门递交了请求书，建设局也已知晓二师兄自杀的事，并了解到农民工群情激愤，大有局面失控的趋势。一位副局长接待了我。

你先处理死者的后事吧，其他事我们一定处理好！那位副局长说。我给那位副局长丢下几句话：这个被标注为国际旅游会展中心的子项目，出了农民工讨薪逼死人命的事，究竟丢了谁的脸？总包公司明明是个上了黑名单的失信企业，为何偏能登上贵市的大雅之堂？农民工工资被拖欠，请求政府部门撑腰讨薪天经地义，你们为何漠不关心？王家伟临死前连续给你们发来几封告急书，声明如果你们再不重视只有一死，你们为何不予理睬？

副局长没有回答，只是表示将向市上领导汇报，并充分考虑我的几点意见。

在阴森瘆人的太平间，二师兄长条条地仰躺在一块白布下面。那就是二师兄吗？我揭开白布细看，没错，正是他。从他那一贯瘦削的脸，以及电线杆一样的身材判断就是他。

我瞬息想起，那个初中时老穿接巴裤的二师兄，真的已经不在了吗？那个经常在课堂饿晕过去，仍精神百倍给七师妹写情诗的二师兄，果然已经不在了吗？还有那个被郑老师叫到讲台上"批斗"，羞恼得一趟子从教室后门跑出去的二师兄，确实已经不在了吗？

曾经的二师兄给我们创造了不知多少学生时代的笑料，我们不仅嘲笑过他，我们还嫉妒过他，但后来我们更多的是想念他。我们想念他十五六岁就独自一人闯世界的那份孤勇，我们想念他哪怕再困难也不放弃诗歌梦的那份执着。我们还羡慕他，羡慕他老早就有了妻子儿子房子票子，羡慕他不甘寂寥一生的抗争精神，羡慕他赤手空拳打出了一片小天地。

这样的二师兄，此刻却静静地躺在这里，躺在被死神包围着的太平间里！他不应该躺在这里呀！他应该活生生地站起来，应该继续驰骋在他梦寐以求的诗歌园地里，应该继续跋涉在他千里寻子的征程中，应该继续追逐在他渴望千金还复来的理想上……

我知道，我们永远失去了二师兄。若干年之后，几个师兄妹重逢，"王家伟"三个字将是我们胸口永远的痛。我们会惋叹，会遗憾。惋叹一个天生有才却命运多舛的农村少年，遗憾一个勤劳本分却老天不助的乡下汉子！

明明说好的，一边打工一边寻找儿子，怎么仅仅过了两年，就不堪承受生活的磨难了呢？是什么样的波折让你的信心轰然坍塌呢？是什么样的羞辱让你甘愿舍弃自己宝贵的生命呢？你不是说，你相信儿子一定还在人世，只要有一口气在，你就要永远寻找下去吗？如果你儿子还在人世，已经二十岁了，如果他知道你今天的选择，他会怎样的悲伤与痛苦呢？家有年迈父母，还有半癫半疯的妻子，你让他们怎样承受这天大的打击呢？

我的眼前再次涌现出一挂奔流不息的瀑布，于是赶紧将白布重新盖上。

在殡仪馆，我看到建设局等单位送来的花圈。那位副局长也来了，他问我尸体好久火化。我告诉他这不应由你操心，你应该多关心下农民工工资好久能兑现。副局长略显尴尬地一抹脸说：也在关心，也在关心；只是人死不能复生，还是尽早安顿为要。我知道他们担心什么，他们害怕农民工挟尸威逼。我告诉他别小瞧了这些农民工，至少在道德品质层面，要比诸多不良商人高尚百倍。在切身利益没受到侵害、在尊严没受到践踏、在欺辱没冲破底线时，农民工安分守己的灵魂中，绝不会有丁点损害他人利益的想法。

二师兄火化第三天，我被通知到建设局会议室。由市政府及建设、信访、人社及公检法等部门人员，还有项目开发商、总承包公司、劳务公司组成的庞大队伍坐在我对面。我一如多年仍旧是主帅一人，最多旁边坐不超过五人的农民工代表。那天，三名农民工代表被阻止进入。我跟对方理论了半天都无济于事，一领导反复给我解释说，不让农民工代表入场，事情会处理得更顺利，有他们在场，往往会无法避免地争吵不休，那样反而不利于事情的解决。无奈之下我只有答应，倒不是我担心单枪匹马难以应对。

会场上先是上演了一出推诿之战。劳务公司说他们没有拿到应该拿到的劳务费，尽管他们已经将清算好的农民工工资表递交给了总包方，但在长达半年的时间里都没有得到任何回复。总承包公司说，劳务公司提供的工资表存在严重的造假嫌疑，农民工工资总额远没有那么多，再说，开发商没有按约支付工程款，哪来钱支付你们劳务费？开发商呢，则将责任推给政府，说这个项目层层审批的关卡太多，就是在施工建设过程中，仍有不少部门提出这样那样的问题，导致工程修修停停，原本去年初就能完工，搞得到现在都没完工，而他们的资金链已经断裂，实在拿不出钱来支付工程款了。

我只问了一个问题：难道这些都必须由农民工来承担责任吗？当然不是，三方都十分体面地说，可没钱怎么办呢？我又发问：坐在对面的有关部门，你们有没有深入实地认真调查，这三方所说是否属实？是否有相互串通想一推了之的情况？是否有联合一气，想吞并这几十位农民工工资的可能？

坐镇的那位领导说：我可以以我的党性和人格担保，他们没有那样的意思。我们已组成联合调查组作了调查，事情的根源确实是开发商资金链断裂，导致后面一连串的欠钱问题。也不多争论了，不管是什么原因，农民工工资无论如何都不该拖欠。现在，我们立马着手解决这个首要问题。我代表市政府在这里下个命令，五日内务必将工资全部兑现到每一人手里，一分不少！能做到吗？谁要是做不到，今天公检法都在这里，你们清楚后果。

开发商、总包方和劳务方代表均陆续表态能做到。不是刚才还说没钱吗？

还有问题吗？那位领导准备结束会议了。我立马提及二师兄的事：关于王家伟的死，不可能就这样不了了之了吧！

你说说你的意见。那位领导说。我说：据我所知，王家伟代表农民工，书面向劳务公司、总承包公司还有开发商，以及在座的诸多部门，先后呈送了三份请求书。我看过他写的请求书，可以说是字字含泪，句句带血。凡有一颗人肉之心的人，不可能不被感动。可事实偏非如此。你们不知道王家伟的身世，我在这里不想细说。我只是告诉大家一点，王家伟也曾经是个不大不小的老板，只是因为近两年突遭变故才出来打工的。他家有年迈双亲，还有一个近似疯癫的妻子。他本有一个儿子，可已失踪多年。他本是个坚强的人，曾发誓哪怕走遍大江南北，也要一直寻找自己的儿子……

我的话被人打断了。总包公司代表说，他是送了三份请求书，但也曾多次打电话来以死威胁！我一拳重击在桌面上：他为什么要以死相威胁？死亡，是一个弱者被逼无奈时做出的最悲壮的反抗！太平盛世，美好生活，谁不留恋活着的幸福？谁会选择死？你会吗？他为什么会死？导致他死的罪魁祸首是什么？在座的诸君难道就毫无怜悯和愧疚之心？

我的话再次被打断。这次是开发商派来的代表，我记得他自我介绍说是个律师。他说，王家伟的身世和遭遇固然值得同情，可他是自杀，不是他杀，作为一个有完全民事行为能力的人，自己选择自杀，总不可能向别人索赔吧？这在法律上是站不住脚的。

我说：这里不是法庭，是政府组织的协调会。法律我并不是不懂，也不见得比你懂得的少。就算从法律和政策的层面来讨论，根据《中华人民共和国劳动法》和国务院《关于解决农民工问题的若干意见》中有关规定，你们首先违反了法律及相关政策规定，侵犯了农民工应该合法取得劳动报酬的权利，之后又无视其正当合法的请求，最终导致了王家伟的绝望自杀。你们违法在先，你们的违法行为与王家伟的自杀行为之间存在着很大的因果关系，怎么说在法律上站不住脚呢？我们今天重点是从人道主义的立场出发，从人文关怀的角度思考问题，无论如何都该给予一定的补偿。尽管人命无价，但现在也只能用一定的金钱来给予补偿。

那位坐镇的领导想了想说：我认为肖主任说得在理。你们应该给予补偿。至于多少，你们下来可以继续谈。不许推诿敷衍，必须给，你们三家都拿点，同样是在五日内。

最终，我为二师兄争取到二十万元的补偿。但我心里一点都高兴不起来。返程途中，尽管我已是连续五六个夜晚失眠，白天也是连续五六天交涉谈判，整个人已疲惫不堪，但我总是无法入睡。无论我睁开眼睛还是闭上眼睛，要么就是二师兄活生生的样子站立在我面前，要么就是行李架上二师兄黑亮的骨灰盒不断地刺激着我的神经。

回到七星镇，来到猪食槽村二师兄的家，正好是腊月二十九。二师兄的父母知道一切后，一下子晕了过去。周晓芸见公婆那样，便抓住我刨根问底，我实在不忍告诉她。是七师妹将她拉到房间告诉的，不久就听到屋里撕心裂肺的哭声。那个春节，我们六个师兄妹都聚到二师兄家里，陪伴他的父母和周晓芸。直到年后上班，才又将重任托付给七师妹。

记得上一次聚这么齐，还是在大师兄父亲去世的那个晚上。二十多年了，七个师兄妹，而今只剩下了六个。我们时不时彼此无言对视，谁也不愿说出心中那个共同的感慨。

17

实在苦了七师妹了，一晃又是七年。这个曾经喜欢一身白好比深谷幽兰的女子，从三十五岁跟二师兄一家的厄运纠缠在一起，如今整整十一年过去了。这十一年，针对普通人来说，应该是人生最灿烂的篇章，而对七师妹来说，却是青春凋零、人生快意被囚禁的岁月。

二师兄走后，周晓芸彻底疯了。不说公婆，就连七师妹很多时候都拿她没辙。晚上，她会闹腾到深夜不睡，一个人在屋里亮着灯自言自语。时而哭时而笑，时而唱时而骂。她哭儿啊你究竟在哪里呀？这么多年妈妈一直在找你，你究竟躲在哪里的呀？乖乖，快快回家，都快过年了，你咋还不回来呢？她骂王家伟你个狗日的！你去找你儿，找了这么多年怎还没找到啊？没找到就没找到吧，你咋也不回来呢？你是不是在外面又有人了啊？她唱世上只有妈妈好，有妈的孩子像块宝，她唱亲亲我的宝贝，我要越过高山。她笑王家伟你写的啥子诗那么肉麻？你一个打工仔也想当诗人？空了吹吧！写诗能写出车子房子票子？……这样闹腾如果困了自然睡了还好，有时候闹腾着就打开门往外跑，还一边跑一边喊，喊王家伟……喊王春晓……别看她瘦骨嶙峋的身子，一趟子跑起来谁都撵不上。早上呢，若是晚上闹腾久了早上就起来得晚；要是晚上没闹腾或没闹腾多久早上就起来得早。早上起来第一件事是问你们都吃了？家伟和春晓起来没？大家不理她，默默地给她打洗脸水，帮助她洗脸。有时她老揪着问，就只好敷衍几句：他们都吃了，都出去了，就你没吃，赶快洗脸吃饭。上午吧，她就收拾她的房间，一会儿把衣柜打开数衣服，一会儿把首饰盒打开试首饰。她会穿了这件穿那件，戴了这样换那样，有时还会把七师妹喊进来一起参与她的游戏，你还不能不依。有时她发现哪件衣服没了，她甚至会光着身子跑到公婆和七师妹面前大声责问。公婆为此更离不得七师妹了。下午啊，她吃了午饭就出去逛山，这山走到那山，见人就打招呼，不管认识不认识。要是看到有小孩，尤其是男孩，她会跑过去逗去抱，搞得孩子父母惊恐万分，跑来喊二师兄父母把她拴在屋里。这又得七师妹去好言好语地道歉。好不容易熬到晚上，累了一天大家都想休息，她又开始闹腾了，就像一出老剧目总是日复一日周而复始地上演着……

　　周晓芸这样闹腾了三个月，公婆实在看不过，便做主将她送进县精神病医院。这样，一家人才算轻松了些。二师兄父母年龄大了，没法定时去医院张罗一些事情，还得靠七师妹跑来跑去。医院留的病人家属电话也是她的。几乎每半个月她要去医院一趟，一是结算半月以来的费用，一是询问医生治疗的情况，一是看看周晓芸的治疗效果。到了医院，周晓芸似乎安静了许多，只是偶尔会晚上又唱又闹，但打一针就消停了。她基本上不认识人了，好几次七师妹去看她，她先是带着仇恨和轻蔑的眼神盯着七师妹，然后嘲讽地说：我晓得你是哪个，你不就是王家伟现在的女人吗？你以为把我送到这里你们就能过好日子？我终究有天会出去，出去了我会找你们算账！老账新账一起算！不让我好大家都别想好……

这些委屈和苦楚，七师妹只有忍着。二师兄父母都看在眼里，对七师妹很是同情。一个无亲无故的人长年待在他们家，像对亲生父母一样地孝敬他们，像对亲姊妹一样对周晓芸，哪怕是铁石心肠的人，时间久了也会被融化的。于是，过去曾占据在他们心里的埋怨责怪，也逐渐消除了，他们也把七师妹当成了自己的女儿一样。月娥，你也多抽时间回去看看你的爸妈吧！他们这样说。七师妹告诉他们：我的爸妈身体好着呢，况且又离得近，有啥情况他们会打电话来，我走几步路就过去了。其实，从猪食槽村到凤尾村，足足有七八里路。对于七师妹长年累月地照顾着二师兄一家，她父母也没说啥，只是会哀叹女儿的命不好。

安静下来的七师妹，会时常想起儿子灵儿。跟郑老师离婚的时候，灵儿十六岁，正在县一中读高一。如今，灵儿已上了大学，倒是不需要她怎么操心，只是在这几年中，作为母亲的她，对灵儿关心得少。想到这，七师妹心里一阵酸，热泪直往外涌。她记得，当初灵儿始终问她一个问题，妈妈你为什么要跟爸爸离婚？她不好说是你爸爸非要跟她离婚，就保持着沉默。问得多了，她就说这是大人间的事，你孩子家不要管这么多，你只需把自己的学习搞好就行了。可灵儿又反问，我还是孩子吗？十六岁还是孩子？班上不少男女生都恋爱了，不算是孩子了吧！七师妹惊讶地望着灵儿，不知该说啥好。想想自己当年，也是十六岁时跟郑老师确定了恋爱关系，她没有资格去责备儿子。但她总觉得儿子透露的这个信息不好，便试着探究，你也恋爱了吗？灵儿腼腆地一笑说，我想呢，但不敢。为什么？当母亲的问。你跟爸爸恩爱这么多年都离婚了，恋爱还有什么意义？到头来还不是各奔东西？这话深深地刺痛了七师妹的心。没想到自己的人生经历竟给小小年纪的儿子留下了心理阴影！她劝慰灵儿说，你现在不恋爱是对的，上了大学，如果遇上你喜欢的，可以大胆地去爱；天下不是每一对恋人最终都会分道扬镳，绝大多数是会幸福一生、白头到老的。儿子点点头说，妈，那你的幸福呢？你的幸福在哪里？七师妹茫然了，摸摸儿子的头说，妈的幸福在妈的心里！

　　这两年，灵儿只是放寒暑假才能回来看望她和外公外婆。七师妹很少进城，也就很少主动去看儿子。现在上了大学，母子相见更是得等很长时间。不知他在大学恋爱了吗？女朋友是个什么模样的姑娘呢？漂亮吗？她相信儿子的眼光，因为儿子也是个俊俏的小伙，诸多基因传承了她的。再说，儿子从小就说妈妈漂亮，是个大美女，他找女朋友还不比照妈妈的样子来找？至少找个不输妈妈的才是。想到这里，七师妹破涕为笑了。她除了笑自己发挥起想象来就有些天马行空，更笑自己这么急就盼望灵儿恋爱找女朋友，难道自己想当奶奶了？才四十岁的年龄就想起当奶奶，是不是人已经老了？或者说心态越来越老了？……

　　这样想着想着，七师妹又不禁惋叹起来。真是光阴似箭、日月如梭啊！人这一辈子，每天眼睛一闭一睁地过，不知不觉就老了。可人生的意义到底是什么呢？难道就在这不断地一睁一闭间蹉跎而过吗？就在柴米油盐、吃喝拉撒、奉老养小间，让时光悄悄地磨蚀自己的青春与生命吗？世间绝大多数人都是这样过的，难道我吴月娥也就这样子过一生？

这样的问题不止一次浮上七师妹心头。无论是在煮饭洗碗，还是在切菜喂猪的时候，也无论是在田间地头劳作，还是在辗转反侧的床头，她都会自然而然地想起这些事。可最终，她都会长叹一声：算了，当初就是因为不安分，想干点有响动的事情，才不顾郑老师的劝，出来办啥子职业技术学校，结果不但学校没办长久，还把二师兄一家子陷入今天这个境地。安分守己才能一生平安，这是许多人信奉的人生哲学。你吴月娥不是圣贤，都四十岁了，还幻想什么追求人生价值？人生的价值就在于淡泊名利，在于无为，在于平凡。

日子就这样过着，过着。二师兄父母渐渐走出了丧子失孙的悲痛。农村人，千百年来传承着含辛茹苦的坚韧，在二师兄父母身上得到充分的体现。你说他们都七十多岁的人了，还图个啥？谁也不明白他们究竟图个啥。早上起来得早，老太爷天刚亮就下地干活去了，春天的秧苗，夏天的瓜果，秋天的谷梁，冬天的腊货，一家子一年的吃喝用度，无不想得十分周到。尽管还有两个儿子孝敬，但主观上却从来没打算指望过他们。老太婆呢，哪怕再是七老八十，也尽量做些家务日常，尽量给吴月娥减轻些负担。这两年，她是越来越喜欢上这个女子了，就算是吴月娥当初内心有愧，哪有这样不顾自家纯为别人、无怨无悔里里外外地干的人？天下哪里去找这样的人？她也常常拿吴月娥教育另两个儿子媳妇，你们差不多就行了，难道还要人家吴月娥一辈子给你屋头当牛做马？儿子媳妇也深受感动，平时也帮忙做些事情。于是，七师妹更是得到了这家子全体成员的尊重。

又是一年春蚕上笼的季节。七师妹知道二师兄母亲忙不过来，就过来帮忙。老人家养了一张纸的蚕，虽说不多，但上笼的季节，绝对不能断桑叶，有时半夜三更都得起来添加。有的人家干脆把蚕簸箕搁在床架子上，晚上伴着沙沙沙的蚕食桑叶声，怀揣一个丰收的喜悦睡觉，哪怕再辛苦也能准时惊醒，绝不会误了蚕娘娘最关键的那几口。七师妹为了不让老人家熬夜，就把蚕簸箕搬到她睡的屋里，一张纸也有那么二十几簸箕，最后那几晚上至少要添两次桑叶，一次忙下来就得三四十分钟，加上前后折腾，一晚上就不能睡多少觉了。等蚕全部断了食，一个一个全部仰起透明的脑袋，人再一个一个地捡出来放在麦笼上，养蚕的人早已累得直不起腰来了。可一张纸的茧子又能卖多少钱呢？也就四五百块钱。

我们读初中的时候，七星镇有个茧子收购站，李春梅就是那时候被县丝绸公司货车司机钱万富迷上的。随着县丝绸公司破产改制，各乡镇的茧子收购站也撤销了。后来，县上产生了一家民营丝绸公司，也收茧子，但需求量小，茧子价格一直不稳定，蚕农的收益也就很微薄。可养了一辈子蚕的农民没有放弃这个产业，总认为养蚕一季就忙那么一阵子，一年三季蚕下来比种庄稼强，也就一直有人养。

怎样让茧子收益更大呢？七师妹琢磨着，便想起五师妹，她在市里工作，了解的信息更多，问她一定能找到答案。七师妹帮二师兄母亲到县城卖茧子，顺便去了趟市里。五师妹在信访办工作，一天到晚也是忙得毛辫儿不贴背，很晚了才跟七师妹见面。两人约到一家茶楼坐下，还没展开聊，先是对二师兄一家子感慨起来。随即，七师妹问：你还是一个人单着呢？五师妹点点头。七师妹说，总不可能一直单着呀！都四十几岁的人了。五师妹不悦地说，那你还不是单着？七师妹说，我又不一样嘛。五师妹说，啥不一样？不就多个孩子吗？七师妹不说话了。她知道这个话题一直是五师妹的敏感神经。两人转变话题，七师妹便问起哪里卖茧子价钱更高。五师妹说，这个应该问赵家国啊，他不是在你们县农业局上班吗？七师妹笑着说，我们县不是你们县？你就不晓得帮我问问赵家国？五师妹脸一红，笑着说，那个榆木脑袋，问他也是白问；再说，我打电话给他，兴许又会引起一场风波。七师妹知道，她说的是那次家国送女儿来市一中上学，正好碰到五师妹，两人一起吃了顿饭，不知被谁将消息透露给了家国的妻子，两口子回去大闹了一场。此后，他们俩就再也没有联系。眨眼一算，昔日的同学多日不联系，猛然一想，大有洞中方一日、世上已千年的感觉。赵家国老婆你见过吗？七师妹问。五师妹说，咋没见过？人不咋样，倒是富态得很。七师妹笑了，你直说又胖又丑了嘛，你是不是吃不到葡萄嫌葡萄酸呢？五师妹鼻子一哼，哪个吃不到葡萄？青菜萝卜各有所好，我早忘了他了。

姐妹俩聊了很久，最后还是给赵家国打了电话。赵家国还是当年那样不多言多语，说这个问题还真是个问题，他也不晓得哪里卖价钱更高。不过，家国倒是对这个产业很有信心，说县上正在考虑重振，还叮嘱七师妹可以早点谋划，趁现在养蚕的人不多，悄悄把规模搞大，可以改变传统思路，从外地学习工厂化、流水线式地养蚕。这倒让七师妹觉得新鲜。

赵家国这么一说，五师妹也想起一件事，上个月他随市总工会主席到外省考察，还真见识了工厂化、流水线式养蚕。人家那里，一家人栽几十上百亩桑，养上百张甚至几百张蚕，一个村有小蚕共育室，不断地培育小蚕，养蚕户成批次地养育大蚕，一年下来可养十几季，一户人收入几十万元。七师妹更是听得目瞪口呆，心想在农村一年搞几十万元，那是多么馋人的事啊！五师妹话头又一转说，人家搞得再热闹，可不适合我们这里。七师妹问为什么，五师妹说，我们这里养这么多，哪个来收茧子？人家那里养蚕、缫丝、织绸、制衣产业一条龙，我们这里呢？后面的产业链一个都没有，养了出来茧子没人要，也只有看着银子化成蛾了。一瓢水把七师妹心头刚刚燃起的火浇灭了。也是哈！她意犹未尽地说。

从市里回来，七师妹一直在咀嚼赵家国的话。既然五师妹说我们这里不适合，家国为何还要叫自己趁早谋划呢？家国大学学的是农业，他的话应该有道理。要不回去试试看？

18

转眼又是一春。缕缕春风从金溪河、银溪河顺谷吹来，再沿坡而上，渐渐吹遍七星镇每一座山，每一道梁。沉睡一冬的大地开始苏醒，草木的根悄悄在土里伸腰，积攒着新的一年继续生长的力量。赵家国带着从市里请来的蚕桑产业专家，专程来找七师妹吴月娥。

专家姓何，穿一件杜鹃红毛线外套，脖子上系着一条茧黄丝巾，显得既朴实又干练。家国为她们相互作了介绍，就没多少言语了。七师妹称专家何老师。何老师十分谦虚，说啥老师不老师的，叫我何姐也行；听家国说你对蚕桑产业感兴趣，非要拉我来助你一臂之力。七师妹激动地说，小时候全镇各村都养蚕，一个镇一年产的茧，往县城要拉几大车，自县丝绸公司破产改制后，七星镇养蚕的人越来越少，恐怕其他乡镇也一样；我们国家丝绸产业历史悠久，总不能让它从历史上彻底消亡了吧？何老师说，肯定不能，现在虽然已不是全民养蚕的时代，但我们的蚕桑丝绸产业一直没断代，一直在困境中不断涅槃重生，在螺旋式上升，我们市正在考虑重振这一产业，初步设想是引进省外一家龙头企业，全产业链布局。七师妹眼睛里闪动着希望的火苗，那我们应该怎样做呢？显然不能像过去那样养；我听说有的省已经实现了工厂化、流水线式养蚕，一年能养十几季，产值相对过去提高了很多倍。何老师笑着说：对，我们也会走这条路；像你们县，过去就是蚕桑大县，继续做好第一产业，栽桑养蚕，全市其他县也会布局一些，还会在几个县建立缫丝厂；引进的龙头企业，不仅会在第一产业领域给予充分保障，还会在技术、资金、产品收购等方面给予扶持。七师妹急切地问，龙头企业好久能落地呢？何老师说，上次市领导参加全国农交会，已经跟一家港企签订了意向性协议，目前正在就有关优惠政策进一步商谈。那我们现在能做啥呢？七师妹问。何老师说，现在可以发动群众栽桑树。七师妹皱起眉头说，前些年大家纷纷把桑树砍了，有的种了果树，有的又种了粮食，再发动大家重新种桑树，怕是很难。何老师说，这就需要我们耐心地解释和动员，我们现在要种的桑，是目前国内最优良的品种，不仅环境适应性强，而且投产周期短，生长速度快，桑叶产量高，桑叶品质好，完全能适应工厂化、流水线式养蚕的需求。七师妹说，如果桑树种起来了，蚕茧产出来了，卖给谁呢？毕竟后面环节的工厂还没落地呀！何老师说，这个不愁，即使没有落地，我们可以卖给那家企业，他们与市上的意向性协议里就有这么一条，蚕茧别愁卖不出去，他们现在是原料紧缺得很，只要哪里有蚕茧，他们会上门来收购。价格呢？七师妹说，她最关心的是这个问题。何老师告诉她，这几年价格一直在攀升，如果实现了新技术养蚕，产量和产值自然是过去没法比的。

通过一番深入交流，七师妹决定大胆吃这个"螃蟹"。家国保证从县里为她争取项目，已担任县农业局产业发展股股长的他，完全能做到。何老师说，有你们俩紧密配合，事情就会成功一大半，我这里给你们引进优良桑树种苗，栽下去第二年就可采摘，明年你先把小蚕共育室建起，建设资金和蚕种等投入，家国都可以帮你落实，你只管按技术规程推进就是。

这个时候，大师兄在鱼嘴村正搞得风生水起，"轮椅书记"让乡亲们年年分红传得沸沸扬扬。七师妹也按捺不住，便去找大师兄取经。大师兄说，在农村要干成一件事，离不开大伙儿支持，要大伙儿支持，必须取得他们的信任，要取得他们的信任，必须用你的人格力量征服他们；这一点，我相信你没问题，你无怨无悔地照顾二师弟一家人这么久，猪食槽村的人不是瞎子，都看着的，况且人心都不是石头，他们对你吴月娥，应该是尊重和信赖的；我要说的是，你不妨从猪食槽村起步，然后再逐步扩大。李春梅也在一旁敲着边鼓，叫七师妹不要畏惧和犹豫，大胆试一试，不试哪晓得成功不成功？于是，七师妹心里更有了底。

七师妹把想法先给二师兄父母说了，老太爷没听完就双手赞成，老太婆也是。七师妹笑着说，您就不怕地栽了桑树，到时候莫饭吃？老太爷说，不怕，这年头还能饿死人？月娥你这孩子心善，你要做的事，想必一定是给大家带来好处的事，先把我们屋头几亩地拿出来栽桑树，其他人户，我也去帮你说。七师妹想了想说，我们先不这么冒失，先把那些荒山荒坡和撂荒了的山坡地栽上，至于田嘛，还是留着种粮食；就那些田栽些秧，秋天收的稻谷也够目前留在家的人吃了。老太爷直夸月娥想得周到，就这么办。

七师妹便一家一户去动员。七师妹说，大家把荒起的地拿来栽桑树吧！有人说，茧子都莫人收了，还栽桑树干什么？七师妹说这个不消操心，只管栽，保证茧子能卖出去。有人说，就算茧子能卖出去，桑树栽多了，也没那么多人手去养蚕啦，都晓得养蚕是个累断腰的活路。七师妹说，新式养蚕不累，就跟工厂里上班一样。有人怀疑，养蚕还能像工厂上班一样？七师妹说，我们不一家一户分散养，村里建一个工厂化的蚕房，全村可以在一起养。大家都觉得新鲜，说活这么一辈子人，还没见过养蚕能像工厂做工一样。七师妹说，社会在进步，科技在发展，以后你们还会见到更新鲜稀奇的事呢，相信我没错。大家想了想，不少人愿意试一试，反正那些地荒起也是荒起，即使栽了桑树养了蚕，茧子卖不出去，把桑树砍了就是了。只有极少数的人不同意。七师妹算了算，把所有愿意调整栽桑树的地加起来，也有一千来亩，她咨询了家国和何老师，他们认为第一步有这么多差不多了。

春分来临，再不栽下去就错季了，七师妹赶紧催促何老师把桑苗送来。三月下旬，桑苗终于运到了，七师妹跟大家一起投入劳动，天天撸起袖子地干，仅仅三五天时间就栽完了。老天也很给力，栽的时候都是晴天，一栽完就落雨，整整落了三天，把地浇了个透。这批桑苗成活率均在九成五以上。谷雨时节，桑苗上便冒出翠绿的嫩芽，端阳一过，树上都长出小儿巴掌大的叶子。何老师叮嘱，第一年就让长树，千万别采桑叶，第二年才采。

冬闲的时候，家国又来指导小蚕共育室和公共蚕房的建设。为了找一个重新激发全县蚕桑产业振兴的引爆点，家国为七师妹争取到全额项目资金建设。这让有些人看得眼红了，尤其是那些当初不愿意把地调出来种桑树的人。他们逢人就说，这个玩意儿搞起来属于哪个的？国家拿了那么多钱，最终哪个受了益？现在喊大家齐心合力地干，究竟是在给谁干？有人一想，猛然醒悟似的：啊？对的哈！我们都被蒙在鼓里了，都成了被人卖了还帮人数钱的憨包了！疑惑就像瘟疫一样一个传染一个，村民渐渐失去了热情，甚至还有人开始挖地里的桑树苗。七师妹看了赶紧阻止，并问为什么。得到的回答是：你拿我们的骨头给你熬油？七师妹心里十分委屈，说：这些都是大家的呀！怎么是拿你们的骨头给我熬油呢？我究竟图个啥？我不就是想给大家找个有希望的门路嘛！有人就问：咋证明是我们的呢？咋证明这到头来不是你吴月娥的呢？七师妹耐心地解释说，村干部没给你们说？我们成立的合作社，不是我吴月娥的，是猪食槽村的，那就证明是你们的呀！有人又说了，村干部？还不是村干部怀疑最大。七师妹奇怪地问，村干部咋怀疑最大？当初都是他们集体同意了的呀！有人就笑着说，那你去问问村干部，他们究竟同没同意，就算当初同意了，现在又同不同意呢？

七师妹感觉这里面不简单，没去找村干部，直接去求教大师兄。大师兄说，月娥你犯了个最大的错误。七师妹诧异地说，啥错误？大师兄说，在农村做事，还有一件特别重要，就是要把权属弄分明，而且不仅是停留在嘴巴上，要留在白纸黑字上。七师妹没明白，大师兄进一步说，我们鱼嘴村为啥没人扯皮？因为我一开始就把大家捆绑在一起了，合作社是真正的股份制合作社，大家有钱出钱，有力出力，有地出地，而且年终实打实地分红。七师妹恍然大悟说，我咋没想到你这个成功的先例呢？我想这个村的村民，大概是了解到你们村的做法，拿过来跟这边一对比，就产生怀疑了。大师兄笑了：晓得该怎么做了吧？七师妹点点头。回来后，她立即把村干部喊到场，立即商议合作社改组的事。

改组后的合作社，几乎照搬了鱼嘴村的经验。这下不得了，几乎所有村民争先恐后把自家不种口粮的地拿出来入股，还有不少人把多年积蓄也拿了出来，县上配套的项目资金，村上按六比四的比例，量化给村集体和村民。大伙儿的积极性瞬间高了起来，投工投劳的人越来越多，村干部们也干劲十足，每天天一亮就在喇叭上吼：家里没事的，都到蚕房工地干活啦！这不是白干，更不是给哪个私人干，是给村上干，更是给你们自己干……

家国也跑得勤，小蚕共育室和公共蚕房一建成，就立马安排人安装设备，请专业技术人员来培训，村上喊每家每户尽量出一个人参加。何老师也抽空亲自来授课，一个冬天，猪食槽村人基本上都掌握了工厂化、流水线式养蚕技术，就等一翻春正式启动养了。

来年清明刚过，翘首盼望的村民迎来了猪食槽村第一季蚕。在小蚕共育室里，小蚂蚁大小的幼蚕，顽皮地蠕动着毛茸茸的身躯，藏匿在香甜的嫩桑叶间，显得非常可爱。大家也正式见识了什么叫工厂化、流水线式养蚕。一张张方形的小簸箕，随着传送带的转动，慢慢地移到操作人员面前。穿着白大褂、戴着口罩的操作人员，小心翼翼地将切碎的嫩桑叶撒在上面。开始，幼蚕全被绿色淹没，可不一会儿，绿色上便冒出许多黑色点点，仔细一看，那些摇头晃脑的黑点点，都在贪婪地啃噬着桑叶。大约十余天过后，幼蚕便蜕了两次皮，变成了三龄蚕。这时候，就得把它们分到公共蚕房去饲养。那里的设备也差不多，只是簸箕要大得多，操作人员也更多，一条流水线一个人，操作人员无须反复地弯腰起身，坐在凳子上，等待传送带将蚕簸箕输送到跟前，优优雅雅地往上面撒桑叶。大蚕在这里还要养十五天左右，就可以让老蚕上笼结茧了，等茧子结好摘下来售卖，还要几天时间，整个周期约四十天左右。当然，等老蚕一上笼，公共大蚕房又可接收三龄蚕了，小蚕共育室必须掌握好这个时间，不间断地培育三龄蚕。如果衔接得恰到好处，一年下来至少可以养七到八季。如果桑叶跟得上，蚕房有温控设施，养十来季也不成问题。猪食槽村第一年养了六季，已经颠覆了大家的认知。后来总结经验，一是蚕房温控设施得上，二是来年春季还得扩大桑园面积。所以，第一年没有分红，等到第二年，全年共养蚕九季，利润也不错，合作社便决定分红。

那是二〇一七年春节前夕。一算账，合作社盈利差不多一百多万元，分给村民的红利都有五十万元左右。看着桌上摆放的一摞一摞的钱，七师妹比谁都激动。她的脸红通通的，心里一直怦怦跳个不停。村民听到自己的名字，无不兴高采烈地到台上签字领钱，七师妹看着看着眼泪就下来了。想起十来年前，自己出来办职业技术学校，尽管也算兢兢业业，丝毫不敢懈怠，哪知天不助她，学校最终夭折不说，还给二师兄一家带来那么大的波折。又是六七年时间，自己一头扎进猪食槽村，总算用真心和付出换来了二师兄一家的原谅和尊重，还赢得了村民的信任和支持。她一直想干一件有响动的事，可有心栽花花不开，无意插柳柳成荫。哎！这真是人生难预料啊，什么才是人生的价值？原来这价值却埋在生养自己的这片土地中，土能生金，这土里埋着的比黄金还有价值的东西，今天被她挖掘出来了。

一阵阵掌声过后，桌上一摞一摞的钱被村民领完了。大家带着笑脸纷纷离开。会场顿时变得冷清下来。村干部也陆续退场回家了，有人开始往屋里搬桌椅。七师妹猛然一惊：这么热热闹闹的一阵，大家都获得了该获得的东西，我究竟获得了什么？钱？分文没有自己的。因不是猪食槽村人，没有土地入股，也没有项目资金量化入股。自己穷困多年，自然也没有现金入股。自己投入的那些劳动，从来没想到要入股，居然也没人提起要给她折算入股。因此，最终分红也就没有自己的分。七师妹嗤的一声笑了，忙了一春又一冬，自己竟落得个两手空空。她自嘲地摇摇头，独自走向回家的路。

19

第四次穿刺，曾教授也来了。他问我恢复的情况，我如实告诉了他。他一边听一边嗯嗯地点头。旁边的医生一言不发地在本子上记录着。从目前情况来看，再做两次穿刺，就可以自行康复了，但需要至少半年时间，曾教授说。听到还要半年才能彻底康复，我有些着急的样子。曾教授安慰我说，已经是医学上的奇迹了！你应该感到庆幸才是。

事实如此，我只有接受。不过，一次次症状减轻，对我是莫大的安慰和鼓励。这次抽出的液体中，血色又淡了许多，头部轻松多了，脊柱的存在感也强了不少，只是下肢知觉还是比较差。但有曾教授的话，我便增添了信心，半年就半年吧，只要能恢复如初就好。

七师妹回去了，老家确实离不开她，一边是自己的父母，一边是二师兄的父母。还有猪食槽村的蚕桑专业合作社，虽说分红没她的分，但毕竟是她一手抓起来的产业，丢下实在舍不得。再者，二师兄用生命换来的钱，除了留足给周晓芸看病，她几乎都帮他们投到了合作社。她得帮忙看住这些钱，每年分红得亲手交到二师兄父母手里，她才能放下心。

七师妹临走时给四师弟打了电话。我正歪在床上闭目休息，四师弟哥俩就来了。我睁开眼睛，四师弟已笑容可掬地站在我面前，手里端着一个盒子，那是他亲自下厨做的拿手好菜——七星丸子。他喊我吃，我摆了摆头。他哥在一旁劝导我：人再生病，总得吃东西呀！这可是你四师弟一刀一刀剁出来的。我把身子往起撑了撑，顺从地张开嘴巴，四师弟用筷子夹了一粒丸子送进我嘴里。丸子入口，果然鲜香无比，看来四师弟是真正掌握了七星镇这道百年佳肴的秘诀了。兄弟俩自那次从塔吊上下来，就安心扎在七星镇经营餐饮店。现在，他们的店已经发展壮大，当地人都戏称为七星大酒店了。这个七星大酒店，还真是名不虚传，大凡政府接待和场镇红白喜事，都会选择在这里。尤其是当场天，那更是楼上楼下人声鼎沸。有人这样形容酒店的盛况：收银台好比开了个印钞厂。最近听说，四师弟哥俩还把餐饮生意做到了市里，真是不简单！

我嘴里嚼着香喷喷的七星丸子，不由想起诸多当年往事。四师弟孙力发和他哥孙才发是场镇居民，更准确地说，

148

是七星场镇所在地云台村人，虽然住在场镇上，但不是工商户，家里仍是每人都有一块承包地。但这已是让我们纯农村孩子羡慕至极的了。四师弟父亲在街上开个饮食店，当场天卖些抄手、面条、馒头、包子、烧饼之类。上初中时，我们在第四节课往往就饿得肚皮贴背了，但四师弟可有馒头、烧饼充饥。我们常看见他一只手神神秘秘地伸进书包，瞅准老师没在意，揪一块丢进嘴里。他就那样慢条斯理地嚼着，骄傲百倍地嚼着，尽管他把嘴巴包得严严实实，可香味还是会散发出来，这更加催生了我们的饥饿感。有时候他也比较大方，会给邻座的同学揪一块喂到嘴里，但只会有一次，绝没有第二次。

因从小吃得饱，四师弟哥俩都长得墩墩实实，我们纯农村孩子，要么只长个不长肉，要么只长肉不长个，而他哥俩是既长个又长肉。还是初一，四师弟就跟二师兄差不多高，坐最后一排，但起码是二师兄两个身坯。那腿肚子凸起，像欧式建筑的栏杆柱子，那手膀子一捏，结实得肌肉一轮一轮的。要是他一挥拳，随着呼呼的风声，便听啪的一下砸在课桌上，能把全班同学惊出一层毛毛汗。这样的人，自然是无人敢惹，这也是大师兄当初将他纳入"七人团"的重要原因。后来，"七人团"虽解散，但四师弟却保持了练功的习惯，他找石匠打了一个四五十斤的石锁，莫事就跟他哥举着耍。初中毕业时，他就能一口气举二十下。

四师弟最让老师头痛，尤其是郑老师。上课不专心听讲，爱搞小动作还只是小儿科。把小动作弄成大动作，影响其他同学学习，甚至危及班级正常秩序，就是家常便饭了。

他爱跟别人打配合戏弄女生，比如给前排哪个挤个眼，别人领会其意就喊后排的女同学，喊的声音非常小，小得你只有起身把耳朵往前凑才能听到。这时，四师弟就悄悄把那女同学的凳子抽走，害得人家一屁股坐下来摔个仰面朝天。老师好几次叫他站起，随便你多大声，不管是喊是吼是骂他都装作没听见，非要你走到面前，他才忽地一下站起来。可待你一转身，他又忽地一下坐下。你再转身他又站起，再转身又坐下，好像在跟老师对着玩儿似的。同学们往往被逗得哄堂大笑，老师则气得七窍生烟。把他驱逐出教室吧，他巴不得，干脆得很，无须你去拉去扯去推，你话没说完，他就起身了。往外走时，脚后跟把地板砸得咚咚响。这分明是在擂鼓挑衅的意思。我们那时教室地板是石板铺的，他穿的是黄胶鞋，脚后跟砸地板的震动，满教室都感觉得到。可到了教室外面，他还不会安宁，他会趴在窗子边上逗里面的同学，并不断接老师的下句。记得当时的历史老师是个女的，都被他气哭好几回。

他哥也不是省油的灯，一下课就跑到我们教室，随便找个空位坐下来，跟别的同学闲吹滥侃，上课铃响了也不走。空位上的同学回来了，他假装不知，还稳稳当当地坐在那里，搞得人家只好站起。如果是女生，他尤其要那样捉弄人。一次不知是什么课，他那样坐在那里，人家站在那里，老师都觉得奇怪，问明缘由喊他起来，他把老师横眉冷对老半天，才懒洋洋地起身，然后大摇大摆地走出去。如果看到弟弟跟哪个同学拌嘴，他非要来插一杠子，眼睛鼓起铜铃大，双手叉腰地往前逼。这个时候，一旦发生推搡，双方难免会打一架。当然，人家往往看到他来了，大多是忍气吞声地退让。学校几乎所有老师，一提及孙力发、孙才发，没有一个不摇头：一对土街娃儿，现在莫人收拾，总有个时候会有人来收拾！

老师们说这话是有依据的。一九八三年"严打"，七星镇云台村有个被枪毙的死刑犯，也住在场镇上，读书的时候也跟四师弟哥俩差不多，后来出去闯社会，偷盗抢劫耍流氓强奸妇女啥坏事都干遍了。判了死刑，上面通知他父母说要交子弹钱，据说那时的子弹很金贵，耗在死刑犯身上的子弹得家里人承担，折算成粮食得七斤半大米。他父母本来就脸面丧尽，一听这话更气得不行，七斤半大米和着红苕够一家人吃一星期了！你们要杀要剐随你们便吧！后来，人们咒骂或者埋汰某个不待见的人，就会说总有天会喊你妈老汉儿交七斤半大米来。这话自然也有人对四师弟哥俩说，学校老师也说过。郑老师就说过。而且，郑老师拿四师弟没办法了，还会反反复复地说这话。而四师弟哥俩，却满不在乎的样子。

郑老师发现有人给七师妹写情诗，开始他怀疑是四师弟，但仔细一想又否定。他那副模样，还写得来情诗？尽管他不相信，但又找不出究竟是谁，于是郑老师在班里骂，故意把眼睛盯向四师弟。受郑老师的误导，同学们开始也以为是他写的。但四师弟脸不红心不跳，神情稳得很，你盯着他看，他就盯着你看，最后反倒是郑老师先移开了视线。后来我们的解读是，郑老师自己心头就有鬼。不晓得四师弟那时看出来没？但他确实看出了大师兄、二师兄都喜欢七师妹。不晓得他喜不喜欢七师妹？但他不止一次地问过我：老三，你喜不喜欢吴月娥？我不回答，他偏问得紧。我把脸躲开，他偏把脸凑过来。还说：我敢肯定，大师兄、二师兄是喜欢她的；就你我拿不准，你娃娃藏得很深是不是？但我还是稳住了他的激将法没说。后来他又说，你们一个二个都喜欢七师妹，晓得她哪儿迷住你们了？后来他又说，既然你们都喜欢，我站在你们这边，谁也别跟你们抢。后来他还说，哪个敢跟你们抢，我要让他好看。后来，后来的后来，郑老师寝室门外，就经常有不明来路的死鸟死蛙死耗子。

如果说这是一种义气，那应该算是四师弟身上难得的优点。二师兄被郑老师在台上开评诗会羞辱，他最气不过。七师妹被郑老师拉进"小灶班"，他恨得咬牙切齿。我们都晓得他想为二师兄打抱不平。他也明确地说过，等着，等着，我会给老郑一个惊喜。

那天早晨，我们正在读英语。教室门哐当一下被推开，即使我们的朗读声很洪亮，但那推门声还是压倒了朗读声，教室里顷刻便鸦雀无声。我们惊恐地看到，郑老师的脸铁青一块，嘴唇直哆嗦着。冲上讲台足足一两分钟，他都没说话，把辅导我们英语早自习的老师弄得莫名其妙。英语老师歉歉地一笑便出去了，她估计意识到郑老师突然闯进来没啥好事。又过了足足三四分钟，郑老师还是没说话，眼睛盯着四师弟，那目光里能感觉火星直冒，只要一点就会燃起一道火光。究竟怎么了？我们惴惴不安地猜测着，时而看看郑老师，时而看看四师弟。最后，郑老师还是没说话，一个字都没吐就出去了。他大概是实在说不出口。大概是估计说了也是白说，因为死无对证，查也查不出个所以然，还不如忍了算了。

后来我们才知道，那晚郑老师的寝室门楣上，不知谁钉了条蛇在上面。早晨，郑老师一开门，脑袋便撞上那冰冰凉凉的长条形东西，吓得缩脖子一看，腿都软了。他第一反应肯定是孙力发兄弟干的！于是，脸没洗，早餐没吃，就气冲冲地闯进教室门了。本想直奔主题，抓住四师弟就兴师问罪，但他晓得四师弟的反拷问能力有多强。没办法，郑老师只好委屈地向校长反映。校长安排副校长连同保卫室查，把郑老师任课的班每个同学都梳理了一遍，还是没查出有价值的线索。哪怕再怀疑孙力发，但首先一点就得排除，人家不住校，难道晚上翻墙进来作案？查遍学校的院墙，没发现有攀爬翻越的痕迹，难道人家能飞？

渐渐地，事情不了了之。渐渐地，事情反成了笑谈。郑老师再也不管四师弟了，反正他也是块不可雕琢的朽木，反正有了"小灶班"，班上的苗子保住了，他郑江的业绩也保住了，尤其是吴月娥不再受干扰了。郑老师这样想，心里也渐渐地放下了。四师弟在他眼里，就相当于透明的空气，无色无味，看不见摸不着。这种状态，一直持续到初中毕业。

之后我们多次问过四师弟，那件事到底是不是你干的？四师弟都不置可否地笑，从没做过正面回答。但我们几乎都能肯定，那就是他干的，是他干的才正常，不是他干的反而不正常。他自己或许也意识到那样干实在缺德，随年龄增长，也就不好意思承认了。

初中毕业后，四师弟在场镇上胡混了两年，其实他哥已在场镇上早混了两年。他们结识了相邻几个乡镇的土街娃

153

儿，平日里骑着一辆不知是哪个废旧摊上买来或者其他途径得来的自行车，今天聚在张三家喝酒，明天窝在李四家打牌，酒足饭饱或者是赌博尽兴，就骑着车三五成群地在凹凸不平的碎石公路上追撵着耍。但是，在那个物资贫乏，大家普遍不富裕的年代，这样的胡游浪荡终究不是办法，哪家的爹娘都不允许子女这样胡混下去。干什么呢？不想下地干活的这些八十年代的新青年，外出打工似乎是唯一一条可走的路。

平时耍得好的哥们儿些，都陆陆续续出去打工了。父母也给他们摆出一大堆问题：你们都不小了，老大十九岁，老二十七岁了，难道还要胡混到二十岁三十岁？就没考虑这辈子还要接个婆娘、成个家？像你们这样，哪个女娃子愿意嫁给你们？屋头就两间铺子，楼上两间房子，将来你们有了婆娘娃娃，难道还住这里？住得下去？反正我们老了，莫本事给你们修房子了，不出去挣两年钱，房子是地里的蘑菇，会自个儿长出来？要修就搬出去修，七星镇地盘还宽得很，要抢地盘就趁早，到了十年八年后，你信还有地方给你们修？就算有地方，还不贵得来像拿金子银子去铺？你们要是醒神了，过了年就都给我滚出去找钱！

兄弟俩眨眼细想，父母说的是道理。于是，两兄弟一过大年十五，就背上铺盖卷出门了。

这是兄弟俩长这么大第一次离开父母。过去衣食不缺的日子过惯了，才晓得在家千日好，出门一日难。首先，一分一厘得靠自己劳动付出去换得，坐享其成或不劳而获是绝对没有可能的。再说，外面的天地可比七星镇大多了，在七星

154

镇，兄弟俩还能靠拳头逞强吃香，在外面，真是山外青山楼外楼，强中更有强中手，比拼起来也残酷过硬得多。

为了壮大力量，兄弟俩把过去结交的哥们儿喊到一起，有难一起闯，有灾一起扛。就这样过了几年，倒也顺利，兄弟俩都找到了自己的女人，并结了婚生了孩子。有家有口后，四师弟哥俩才算真正懂事起来，明白了只有脚踏实地才能为一家子博得安宁和美的生活。

20

我终于盼来慧珠给我的佳期。二〇一四年的五一，我们举行了婚礼。我俩都请了婚假加年休假，这样会有一个多月时间，够我们痛痛快快地度个蜜月。可计划没有变化快，我们正忙于收拾行李时，五师妹来了个电话，瞬间冻结了我们旅行期待中的喜悦。

此时五师妹已担任市总工会副主席。她对我说过多次，她正在向市领导争取，把农民工维权中心划到总工会。如果那样，我们中心的地位将抬升半格，甚至可能成为名副其实的副县级事业单位，我的事业编制也有望解决。冲着这样的前途，我听从了五师妹的安排。更何况，这次任务又是为了四师弟。他在外讨薪爬上塔吊，已引起当地政法委的关注，该省将情况通报给我们省，省上传达到市里，市领导批示让立即派人前去。

还能说什么呢？我跟慧珠相视苦笑。

已收拾好的行囊只好调整。我默默无言地收拾着，慧珠仍没从失望中走出来，呆呆地在一旁看着我。等这趟差出完回来，我们重新计划蜜月旅行。我在她额头亲了一下。那还叫蜜月吗？慧珠嗤地一笑说。我停下手里的活，无计可施地看着她。跟你一起去吧！我申请一次出省采访，一半是工作，一半是蜜月。我万万没想到，慧珠会有这样的好主意。

临行前，市领导接待了我们。叮嘱一定要把维稳放在首位；其次是充分保障人员安全；全力协调好农民工工资的解决；在不违背法律的情况下，尽量让我市农民工圆满归家。我明白市领导的意思，尤其最后一项。我处理过几起农民工爬塔吊的事，那是十分危险的，不到万不得已，谁愿意拿生命去开玩笑？就算最终万幸，可毕竟已触犯了法律，甚至会承担刑事责任。本着讨薪的合法愿望，却得来判刑的最终结果，难道不是一个荒诞的悲剧？可这一犯罪结果，是没有合理的犯罪动机来支撑的。每次都是凭借我的三寸之舌，加上农民工的真诚悔过，最终让他们免予刑事处罚，取保候审是双方妥协的最佳结果。

四师弟是怎样走到这一步的呢？飞机上，我跟慧珠说说笑笑，表面上沉浸在蜜月的幸福之中，实则内心一直在断断续续地思考这个问题。毕业以后，我们联系得少了，他们哥俩长期在外打工，一些信息只是在春节回老家，听左邻右舍闲谈中提及。去年二师兄出事后的春节，我们才算面对面有些交流。我只晓得他们哥俩这些年挣了些钱，都在场镇建起了三个口面三楼一底的房子。我记得他还说过，再出去打两年工，把房屋好好装修一下，就回来做生意。可人生有太多的难以预料，这一趟出去，什么样的坎逼得他们爬了塔吊呢？

飞机一落地，我们赶紧去了工地。那是一个还在施工的高速公路桥，最热闹的施工场面已结束了，只剩一些扫尾工程搁在那里。还未走拢，我便抬头寻找塔吊，顺着农民工手指方向，我看到四五座塔吊耸立着。没有想象中的热闹喧嚣，塔吊冷清清地那样耸立着。从地面仰头看上去，塔顶直插云霄，至少三四十米高。正值五月，初夏的风已经有了些力道，能感觉到塔臂在轻轻地晃动。要是人待在上面，那晃动才大呢，带路的农民工说。

有人给塔吊上的四师弟打了电话，说老家政府来人了。四师弟接了电话，不用询问他知道是我。我问他待在哪一座上面，他说你朝上看，我给你挥手。我照他说的重又抬头，半天才看到一座塔吊上伸出一条手臂，手上抓着件白衬衣舞着。看到了吗？他问我。我说看到了。你在上面待多少天了？我问。他说已经待六十五天了。六十五天？！那每天吃喝拉撒怎么办？他顿了顿说，让底下的人告诉你。感觉他的状况还不是很差，应该不存在生命危险。我还是叮嘱他注意安全，既然我已经来了，你考虑还是下来吧！他说都待这么久了，哪能说下来就下来呢？一下来情况就变了，还能要到钱吗？我不再说什么了，只是想方设法安抚其余三十多个农民工。他们大多是我们市的，都是四师弟哥俩陆续叫去的。

提起那个夜晚，农民工仍然心有余悸。两个多月前，辛劳一天，大家正准备睡觉时，突然来了伙陌生人，手里拿的

157

是齐展展一般长的钢棍，见人就打。四师弟哥俩有些底子，左晃右避躲过了几棍子，但因天黑视线不清，加之对方人多势众，臂膀上还是挨了几棍。其他人，有的见势不妙一趟子跑了，跑不快的身上都挨过几下。当晚被打的农民工达二十余人，送到医院住了七八天。打他们的人撂下一句：赶紧滚蛋，否则还要打。

报警了吗？我问。报了，警察第二天来做了笔录，过后一直没有下文，农民工说。那是些什么人？为什么要打你们？我疑惑不解。还不是想把我们撵走，好霸占我们的胜利果实。农民工哀叹着说。我细看这些农民工，大多是些四十岁以上的人。不用多问，他们每个人都是一家之中的栋梁，哪一个背后都有日夜盼望的老婆孩子。我于是万分痛恨起那伙人。根据我的经验，这些人往往并非什么土匪强人，甚至极有可能跟被打的人有着共同的身份。利益之争蚕食了他们原有的善良和本分，理直气壮地充当起欺压同类的暴徒。

回到宾馆，我把慧珠安抚入睡后，独自坐在椅子上冥想。这晚又是一个失眠之夜。

次日一早，我找到项目业主方，某央企工程指挥部。自去年起，我每次出差拿的介绍信，已是盖有市政府印章的了。可尽管这样，指挥部张总仍没有怎样正眼相看，他只是斜睨了一眼，问我什么事。待我叙述完毕，张总用语十分简洁：农民工工资跟我们无关，打架斗殴找派出所。看他那副无动于衷的表情，我伸手打人的冲动都有。但有慧珠伴随同行，我强力忍耐了。

慧珠请教了张总几个问题：请问你们总包方是谁？劳务

公司是谁？工程款支付的方式是怎样的？有没有监督劳务公司及时支付农民工工资？等等。张总皱起眉头看了看慧珠，又看了看我，心想这个斯斯文文的女子，究竟是何方神圣呢？我给他正式作了介绍。张总不悦地瞪起眼睛：你悄无声息地把记者请来，啥意思？经我允许了吗？我也不甘示弱地回答：记者有那么可怕吗？如果我们身行坦荡，又何惧新闻媒体介入呢？张总一副行家的口气说：记者采访，必须遵守相关纪律，必须履行相关程序！我不想把气氛闹僵，只好叫慧珠到外面等我。这倒不是屈服于张总的威严，而是我相信我有足够的能力对付他。

或许，张总已感受到我并不是软柿子，脸上的不悦减轻了点。我们默然对立了一两分钟。他说：事情我是知道的，前天，省委政法委赵副书记路过，看到塔吊上有人，停车专门询问此事，我去工地了解了，我们从未拖欠工程款，劳务公司每月也及时结算了农民工工资，并不存在拖欠行为，只是他们内部有矛盾，导致相互打架斗殴，还惊动了公安局。我问张总：三十多个农民工干了十个月活，一分钱没拿到，还被人打一顿，这是不可忽视的客观事实，请问谁来给他们主持公道？张总不耐烦地说，刑事案件问公安局，民事纠纷上法院！我字字有声地告诉张总，你这是极不负责任的态度！在你们的项目工地上，发生了现在看来很可能构成刑事犯罪的案件，作为业主单位的你们，是能袖手旁观得了的吗？张总最终被我说服，同意派李主任跟我一起处理此事。我跟李主任约定下午去找总包公司。

总包公司一位副总，拿出每月支付工资的表格。从表格看，两个月前，孙力发、孙才发所在的班组三十余人，都领取了工资，上面还有每人的签名及摁的红手印。我特别留意了四师弟哥俩的签名，"孙力发"几个字明显跟我记忆中不符，直觉告诉我，这很可能是伪造。

我问，你确定是发到每个人手里的吗？那位副总说，他们只认班组长，每月把钱支付给班组长，再由班组长分发给农民工。四师弟他们三十多人的班组长叫胡高，本地人。两个多月前，他们承担的活路做完，胡高结算完劳务费就走了。后来孙力发等人来找劳务公司要钱，公司才晓得钱很可能被胡高安排的人冒领。那你们就没有引起重视？三十多个农民工辛辛苦苦十个月，除去每月借支的生活费和零用开支，共还有工资一百三十多万元，如此数额巨大的一笔钱，劳务公司能推卸责任吗？我跟慧珠都提出同样的问题。那位副总说，孙力发等人多次来公司闹，他们无论怎样安抚都无济于事，还扬言要上访，本来公司正在积极想办法，谁知他们走了另一个极端，爬塔吊施加威胁。言下之意……

我又问了农民工是怎么认识胡高的。零零碎碎听到这些话：我们也不认识，孙力发兄弟俩认识。我们在别处干得好好的，他哥俩三番五次打电话喊来，我们才来的。早晓得胡高才是头儿，而且又是本地人，我们就不来了。他哥俩也投了股在里面，究竟是胡高找人把钱冒领了，还是他哥俩演了一场苦肉计？我告诉农民工，我相信四师弟不是演苦肉计的主，如果是，我会亲自把他送进牢房。大多数人也相信这一点，提出苦肉计猜想的人遭到了批评。的确，现如今最要紧的，是团结一致把钱追回来，而不是内部相互猜忌。可怎样追？向谁追？胡高已无影无踪两个多月。劳务公司和项目业主方都没当回事，那就还得依靠公安机关的帮助。关于这些信息，你们告诉派出所了吗？我问。大家都点头，然后又摇头：派出所找也是白找，他们几乎天天去派出所。我们商议后，还是认为既然已经引起省委政法委领导关注，那就直接去省里。最合适的人选，当然只有我跟慧珠，另派两人随行。

十一年农民工维权经历，去省级机关奔走已不是第一次。面对有武警站岗的省委政法委机关大门，我从容地出示了我的证件和介绍信，并说明了来由。武警一一查看我们的证件，始终神情严肃，并时时加以查问。两个农民工代表有些蹑手蹑脚，慧珠也有些胆战心惊，回答的语气暴露了出来。经过几番内传汇报，我们被带到赵副书记办公室。

见面那一刻，赵副书记不等我开口便主动问道：你是来处理农民工爬塔吊事件的？我点点头：这事很复杂，恐怕还得您赵副书记亲自过问才能妥善解决。怎么？人还没下来？赵副书记略微惊诧地问。没有下来，钱没拿到怎么能下来呢？没等我回答，一位农民工代表抢着说。我看了他一眼，他才闭上嘴巴。幸好赵副书记没多在意他这话的含义。

赵副书记嘀咕了句怎么搞的就去抓桌上的电话，一阵噼里啪啦地按键后，对着话筒便拉高嗓门：何局长吗？那个爬塔吊的事情怎么还没处理？什么复杂？涉及央企又怎样？……农民工家乡政府派人来了，你们立即组成联合调查组，地方政府和公检法都参加，还有工程业主方和劳务公司，到头来谁有问题查办谁！……首先把人从塔吊上劝下来。啥？你们

161

派人劝过了？不下来？为啥不下来？……人家干了活要钱有什么不对？内部矛盾？啥内部矛盾？……嗯，嗯。不管什么矛盾，查清事实，依法办理……嗯，嗯……你们就说，只要下来，立马解决他们的问题……哦，这事分开来办，先处理农民工工资问题。嗯，嗯，至于他们的行为，涉及违法，涉及犯罪后面再处理……先劝人下来，出了人命你们担当得起吗？……你们想想，人家为什么爬塔吊？吃饱了撑的？所以，我们要以人为本，先保证人员生命安全……好了，不说了，都在上面待六十多天了，要是传出去或者被新闻媒体报道出去，你们脸上好看啦？……什么跟地方上无关？项目虽然是国家的项目，可在你们的辖区里……好了，不说了，我叫他们政府派的人回去找你，你们一起，五天……最多十天解决，有问题吗？好，好，我等你们消息。

　　挂断电话，赵副书记独自酝酿了一两分钟，说：肖主任，农民工讨薪是没问题的，是应该支持的，是值得同情的。但以极端的方式讨薪，以触犯法律的方式讨薪，法律恐怕也是难以网开一面的呀。所以，你要有心理准备。我的话你明白什么意思吗？

　　我明白赵副书记的意思，但我只能装糊涂，既没点头也没摇头。两个农民工代表听到赵副书记的电话，心里瞬间燃起希望，脸上紧绷多日的神情，也瞬间舒展了许多。

21

回到事发地，公安局何局长接待了我们，一起商议事情的解决办法。我提议说，无论如何先把塔吊上的人平安劝下来，为不引起他们的紧张和害怕，建议当天不要去警车，警察也不要穿警服，以政府领导的身份去劝说，并当场保证尽快解决工资的事情。何局长同意了，安排我们去宾馆休息，约定次日同去工地。两天来我心头的弦才算松了些。

可当晚我仍然睡不着觉。虽然相信何局长的承诺不会掺假，但总是预感到有意外发生，眼皮和心脏都跳个不停。慧珠一直催促我上床休息，我只好上床装睡，避免她跟我一起紧张。午夜一点左右，我被突然炸响的电话铃惊醒。其实，我一直处于半睡半醒状态，模糊的意识一直游荡于另一个虚拟空间，才会被实际空间里响亮刺耳的电话铃声吓一跳。

慧珠也被惊醒了。显然，她也没有睡着。我俩都在装睡，都闭着眼纹丝不动地躺在床上，哪怕轻微的翻身动作都没有，都在担心自己的动作会吵醒另一个。谁这么晚还来电话？慧珠闭着眼朦朦胧胧地说。我抓起电话，见是个陌生号码，就挂断了。但不到一分钟，那个号码又拨了过来。你是肖荣主任吗？对方一开口就提及我的名字，但声音确实陌生，在我的记忆储存里确定没有。你是谁？我冷冰冰地问。慧珠立马坐了起来，偎着我的膀子侧听。对方停顿了二三十秒，直截了当地说：你的脑袋值多少钱？这一问题顿时让我俩毛骨悚然。你到底是谁？我追问了句。慧珠的脸色霎时变得苍白。对方冷笑了一声，说：值得了十万吗？我也冷笑一声：岂止十万。对方又冷笑一声：那我出二十万，买你的人头。说完就挂断了电话。我重新拨了过去，这次我留了个心眼，开了录音功能，可对方不再接了。

慧珠吓得双手颤抖，几乎要哭出声来了：我们回去吧！我安慰她说，别怕，这不过是一个既卑鄙无耻又笨拙可笑的威胁电话。万一人家真的要整你呢？慧珠仍担心不已地说。我笑了：从事农民工维权工作这十一年里，这样的电话接得太多了，我哪一次怵过？没事的，放心睡吧。我把手机关了，倒下去继续装睡。慧珠钻进被窝，紧紧抱住我，身子仍在发抖。大约一个小时后，她渐趋平静，呼吸声也平和了。我看着她长长的睫毛安详地覆盖在下眼皮上，心里不知是什么滋味。快凌晨三点钟了，我依然在闭着眼睛装睡。不知不觉天就亮了。七点钟，我准时起来，习惯性地到卫生间冲冷水澡。洗完澡，慧珠才醒来。

我们正准备去吃早餐，便听到有人敲门。谁？我大声问道。是肖主任吗？门外的人是个男的，声音很洪亮。我从猫眼里往外看，见是一个陌生人，便下意识地跟昨夜那个陌生电话联系起来。慧珠也警惕地抓住我的胳膊说，别开门。我追问说，你是谁呢？对方回答说是劳务公司的，想跟我聊聊。既然明确地报了身份，那还有什么可怕的呢，我开了门。那个自称劳务公司的人四十来岁，一副西装领带打扮。我们客套了几句，便让他进了房间。我向慧珠使个眼色，她聪明地在衣兜里打开了录音笔。我们坐下空着肚子喝茶。

您贵姓？还是我先打破僵局。免贵姓陈，西装男说。陈先生有事直截了当吧，我不想耽搁时间。好！陈先生拉开皮包，将两个用报纸包裹的长条形的东西放在桌上。我轻轻一笑：那是什么？陈先生也笑了，我们老总安排的一点辛苦费，肖主任别嫌弃。我故意问，里面是多少？陈先生诧异地看了我一眼，笑得更灿烂了：肖主任爽快！你们二人一人这个。他说着，同时在桌下比了三根手指。我还是故意装作不懂，继续问：您还是直说吧，我懒得看。陈先生稍稍犹豫了下，说：一人三。我瞄一眼慧珠，继续问：三千还是三万？陈先生呵呵了两声说：我们像是拿三千的人吗？当然是……您说的那个数。我强调：我什么时候说过？陈先生纠正说：对不起，不是您说的，是您刚才问的那个数。哦！我点点头，提高了嗓门：陈先生还不知道我的规矩吧？我从来不收不干净的钱。陈先生笑得很诡秘，说：那啥钱才是干净的？我意识到自己用语不当，纠正说：我的意思是，我代表政府出来替农民工维权，任何人的钱都不会收。陈先生拍了拍我的手臂：不要求您做什么，就是辛苦费。说完，他便要起身离开。我赶紧将两个报纸包裹的东西抓起来往他怀里塞。此人这套本领玩得很熟练，竟成功地推脱，并一溜烟跑了。我立马给前两天认识的劳务公司副总发了条微信语音，并转了六万元给他。末了，我再追了条语音，表明这事就当没发生，否则我将钱交给公安机关。

何局长一行果然身着便装，我们来到工地后，先由我跟四师弟通电话。我告诉四师弟，市领导亲自来处理，你就下来吧。四师弟反复问我，你确定能拿到钱？我说，我专程去了趟省上，省委政法委赵副书记，也就是最先发现你在塔吊上的领导，他当我的面安排的，绝不会有假。四师弟似乎有些不信：钱被人冒领了，他们怎么解决？胡高抓到了吗？钱追回来了吗？我说：公安机关正在全力缉拿胡高，你们的钱，暂时由劳务公司支付。四师弟总算答应下来了。可当我们翘首盼望他哥俩走出操作舱时，四师弟又拨通我的电话，惊慌地问我，现场有公安局的人吗？我不知该怎样回答他，看了眼何局长，何局长摆了摆手。我说：没有，你下来吧。四师弟冷笑一声：老三，你也骗起我来了？我已经看到警车了。我诧异地看了眼何局长，说：没有警察，哪来警车？四师弟说他站得高看得远，警车停在桥的另一头，离工地两三百米的地方。好，我问问。我挂断电话后，质问何局长：不是说好了吗？先别派警车，这样很可能刺激到塔吊上的人！何局长说，爬塔吊毕竟是违法行为，总不可能让他们逍遥法外吧？我愤愤地说，现在是人命重要，还是执法重要？如果上面的人情绪激动，做出非理智的选择，你们在场的警察能逃脱责任吗？何局长想了想，打电话给赵副书记。等他电话打完，他对我说：那好吧，但你得保证他们在可控制的范围内。我迟疑一下，还是点了点头。其实我哪能保证得了呢？先把四师弟劝下来再说，准确地说是先哄下来。

又过了很久，四师弟打电话给我说，他看到警察把车开走了，但他肯定现场一定有警察。他要我保证下来不被警察带走。我耐心地告诉他说：兄弟，你要做一个有责任有担当的人，下面三十多号家乡农民工，就看你的决定了。下来吧，把工资拿到手比什么都重要。四师弟明白了我的意思。他突然哭了：六十多天来，我们在上面究竟过的是怎样的日子啊！谁愿意走这一步呢？我知道走这一步迟早是会把自己弄进去的，但除了这个办法还有选择吗？如果不是赵副书记看到，怕是要在塔吊上待到老待到死了！如果不是你来，三十多个农民工还有希望拿到工资吗？这几十天来，有谁受理过我们的诉求？有谁关心过我们的生死？又有谁过问过我们的生活？我只有耐心地劝他冷静，一定要为老婆孩子着想，快点下来，下来什么都好说。说起老婆孩子，四师弟哭得更厉害了，他说嫂子生病住院要钱，哥哥一直瞒着嫂子，每次电话来，他们都找各种理由搪塞，根本不敢告诉她是在塔吊上要钱……

我一直默默地听着，心里感同身受，眼泪差点掉了下来。最终，四师弟提出一个请求，叫我跟警察商量。他说：我们愿意跟警察走，违反了哪条该怎么处理就怎么处理，但是有个条件，必须先把工资兑现了，让每一个人拿到钱后，他们就立即跟警察走。我要让何局长保证，他拍了胸口说可以。我告诉四师弟没有问题，你就赶快下来吧！慢慢地，不要惊慌，小心点……四师弟稳定好情绪，慢慢地打开了操作舱门，我看见两个小小的人影，猿猴一样攀着塔吊的铁架子，缓缓地往下移动。虽然看不清两人的面容，但长过肩头的头发和满脸胡须十分醒目。不知是哥哥还是弟弟，背上的衣服撕烂了一块，豁口处迎风飘摇。

大约十余分钟后，四师弟哥俩终于下到地面。刚刚接触地面的那一刻，两人都不由自主地打了个趔趄，然后弯曲着

167

腿先稳了稳，方才迈步往我们这边走来。我想起古猿迈向人类的进化之旅，从树上下到地面那一刻，第一步也是这样站立不稳吧？四师弟走到我们面前，我才看清了他们的面容，怎么都跟印象中的四师弟哥俩对不上号。那个走路把地板踩得咚咚直响的四师弟，那个一见兄弟被欺负便两手叉腰瞪圆双眼的哥哥，曾经腰圆膀粗一口气能举二三十个石锁子的孙氏哥俩，怎么变成这副模样了呢？他们步履轻得都有些飘飘然，仿佛是练就了一身轻功，形容枯槁似干柴，如果不是一脸胡须和一身破衣服透露出男性的特征，晃眼一看还以为是两位身形瘦小的女子呢。四师弟看了看何局长，说：我猜到你应该是公安局的领导，请允许我先洗个澡，理个发，好好吃顿饭，再好好睡个觉，明天我们就着手处理农民工工资的事情，如果明天处理好了，我后天就跟你走，甚至明天晚上都可以跟你走。四师弟把胸口拍得当当响。何局长笑着说：我答应，那上我的车吧，我满足你这几个条件。我和慧珠及四师弟哥俩坐上何局长的车，一路往市区驶去。

可是，何局长还是食言了。到宾馆后，四师弟哥俩洗完澡，我陪他们吃了顿饭，正准备坐下好好聊聊，几名警察走进了房间。在核对了四师弟哥俩身份后，拿出手铐将他们铐上。四师弟蒙了，我们都蒙了。何局长不是答应了吗？怎么能出尔反尔呢？

我不停地给何局长打电话，但直到第三天他才接听。他说人已关进了看守所，你可以随时去看望。我强行压下心头的怒火，知道现在说什么都无济于事，也只有接受。我问何局长，农民工工资问题好久解决？他说明天就解决，市上已经组成联合调查组，根据这几天的调查，三十多个农民工没拿到工资是事实，调查组已将劳务公司账户冻结，不够部分由业主方垫付。何局长还说，公安机关正在全国通缉胡高，如果资金追不回，劳务公司有关人士也将受到法律制裁。

只要能尽快解决农民工工资，我决定先暂时放下四师弟被刑拘的事。

第二天，双方在公安局会议室开协调处理碰头会。联合调查组通报了调查的情况，并现场询问劳务公司，这些情况你们是否认可？我见过的那位副总一直没抬头看我，调查组人员问什么，他就点头答应，一副百依百顺的样子。最后，劳务公司在处理协议上签字。我也在上面签了字。然后，农民工代表均在上面签了字。调查组人员特别强调，务必将每一个农民工的银行卡号准确无误地提交上来，明日就将钱一分不少地打到每人账户。

拿到了钱，农民工个个都哭了，纷纷表示要好好请我喝一顿酒。我婉言谢绝说，别破费了，赶紧向家里报个喜讯要紧。然后，工地上处处传来农民工跟家人通电话的声音。站着的，蹲着的，靠在树上的，仰躺在地上的都有。我想，他们此刻无疑是最幸福的时刻。我也懒得去打扰，跟慧珠悄悄地离开了。我们回到市里，开始着力为四师弟哥俩的事奔走。

有几个与七星镇相邻乡镇来的农民工，也追到了市里，非要请我跟慧珠吃饭。最后，还是我倒请了他们一次。我问他们接下来的打算，他们说要一直陪我，直到把孙力发兄弟救出来为止。我为他们的义气感动。他们还说如果需要组织人员施压就说一声，我赶紧阻止他们说，千万别存这种想法，帮不了忙反而添乱。我突然理解到，临行前市领导为什么叮嘱一定要把维稳放在首位。农民工的法治意识和安全观念还需进一步普及，这一点，等回去后一定要向市上递交专门的报告。

费了很大的周折，我才又见到何局长的面。我首先对他表示了感谢。你谢我什么？我知道你很不理解。他说。我告诉他，我非常理解，只是还要请求他考虑一下，准予孙力发兄弟取保候审。何局长摇头说基本上不可能。我问为什么。他说，如果不依法惩戒，那今后大家不都来效仿？从他的语气、神态判断，要争取他的让步很难，我只有再次去省上寻求赵副书记的帮助。

22

这次去省上，可没那么容易见到赵副书记。几经内传汇报，但不是赵副书记不在，就是他在开会。办公室人员不是叫我们明天再去，就是过一阵子再来。就这样在省城盘桓了三四天，仍然没见到赵副书记。怎么办？我有些六神无主了。

我在政法委大门附近发现，进出送水的工人胸口都有一张吊牌。我尾随一个工人来到配送点，向负责人应聘。负责人不信，我谎称刚失业，急需工作，终以三寸之舌说服了他。

第二天，正好有往政法委送水的活计，把水送到指定的处室，我立即去了赵副书记办公室。见到身着送水工衣服的我，赵副书记万分惊讶：农民工工资解决了吗？我点头。那还有什么需要我协助的？赵副书记态度很和蔼。我示意一句话说不清，想进屋细说。

进得屋内，我说两个爬塔吊的，还有给他们送饭的都被刑拘了。赵副书记反问：这有啥问题呢？我当初就提醒过你。我说：比照国内同类案件，大多是行政拘留十日，最多十五日。他们在上面待了六十八天！情节非常严重，构成寻衅滋事罪了。赵副书记说。我深深吸了一口气说：请看在他们也是权利受侵害者的分儿上，可否从轻处罚？赵副书记皱紧眉头思考起来。我接着说：单从时间上来看，六十八天确实长；但他们的诉求长时间无人关切，从另一个侧面也说明我们的政法机关至少是缺乏人文关怀的！赵副书记冷峻的目光盯着我，没有说话。我继续说：从现象上看，爬塔吊以引起注意，希望有关部门出面解决，确实扰乱了社会治安；但透过现象看本质，他们的出发点，仅仅是要回属于自己的血汗钱；合法的渠道他们不是没走过，走上这条路也是被逼无奈啊！赵副书记长长地舒了一口气，若有所思地说，按相关规定不惩处也是说不过去的。我说，惩处是要惩处，是否可以将刑事拘留改成行政拘留？赵副书记摇了摇头。我紧接着说，那就争取取保候审吧，他们完全符合取保候审的条件。

赵副书记虽没明确表态，但他让我回去找何局长。我去找了何局长。何局长说：按理，你的使命已经完成，为什么非拗着要给几个农民工取保候审呢？我说：没别的，我也是农民的儿子，我知道农民工的艰辛。何局长点了点头，说他们要开会研究一下。几天后，我再次去找何局长。他告诉我说，他被我的真情和执着打动了，同意几个人取保候审。瞬间，我心头的高兴劲儿无以言表，给公安局、给何局长、给赵副书记磕头的意愿都有！

我是第一次看四师弟剃光头的样子，就在他们走出看守所的那一刻，一种滑稽感蹿上我的脑门，但我哪里笑得出来！跟他一起剃光头的，还有他哥以及给他哥俩送饭送水的两个人，这两人是他们早年结识的好兄弟，曾经也是在乡镇四处游荡过的土街娃儿，其中一人外号叫麻狗。

留守的农民工忙围拢去问这问那。谢天谢地，只要出来了就好。我安慰他们说。同时，我叮嘱他们，在取保候审期间，千万别再触犯法律，否则还会被重新收进去的。

我向五师妹和市领导报告了这边的情况，市领导连说好好好。返程的前一夜，我请四师弟哥俩及麻狗两人吃饭。我举杯提议给他们压惊，并鼓励他们人生多磨难，千万别气馁。感慨之余，几人不由自主地谈起了在塔吊上这六十八天不同寻常的日子。

是谁先想到的爬塔吊？我问。是我，四师弟哥孙才发说：那天我仰天长叹，难道真就叫天天不应，叫地地不灵吗？就那一刻我看到了塔吊，以前也从新闻里看到过，农民工爬塔吊讨薪，最终都成功要回了血汗钱，于是也想试试。可新闻里也报道了，从塔吊上下来就被警察带走了呀！你们就没考虑这个后果？我问。四师弟说，哪里顾得了那么多呢？只要能把钱要到手，关就关吧，原以为只是拘留几天，哪晓得这里这么逗硬，还要判刑！

三月初的天还很冷，四师弟哥俩还穿着厚外套。当听到哥想爬塔吊时，四师弟第一个响应，说你爬我也爬。于是，哥俩说爬就爬。哥俩都是好身手，一气不喘噔噔噔往上爬，不觉已到了半截高。四师弟歇了口气，无意间回头一望，天啦！这么高！他忽觉手脚打颤，嘴里哆嗦起来：哥！我……害怕……孙才发其实也怕了，但若现在退下去，不但遭人嗤笑，而且钱依然拿不到，那就真的是没有任何希望了。还是哥哥更有胆识，鼓励弟弟说：不怕，不要回头看，一直往上爬，一口气就到顶了！孙才发说完继续爬着。四师弟也鼓了鼓勇气，随哥哥终于爬到了塔顶，并进入了操作间。两人战战兢兢抱作一团，牙齿抖得咯吱咯吱响。塔上的风更大了，就算待在操作间里，风仍一刻不停地从缝隙往里钻，并迅速浸透身上的衣服，贴肉地冷。就这样，哥俩坚持着，坚持着。他们眼巴巴地瞅着公路桥，希望有人看到他们。但一天很快过去了，没有人过，就连一只活的动物也没见过。底下的人给他们打电话，问感觉怎么样？实在不行就下来吧。他哥俩嘴里倒是很坚强，说莫得事，莫得事！

　　第一个夜晚，哥俩蜷缩在操作间一角，并随风向变动在四个角不停地移动。更难堪的是，由于天气冷，尿就特别多，这么高的塔吊，只好就地解决了。飞流直下三千尺的意境也是那时候体会到的。小便还好，大便怎么办？白天爬上来的时候，也没想到这一点，那就只有忍着。好不容易熬过一晚，当早晨的阳光从操作间缝隙渗进来时，哥俩觉得这是多么温暖的世界啊！尽管头一天的阳光也是如此，但此刻他们的感觉尤其突出。他们仍然时刻留意着公路桥上的动静。

太阳由东转西，天色由明转暗，又是一天满怀希望地张望着，可又是一天失望地合上眼。更要命的是，四师弟哥俩已有一天半没进一粒米、没喝一滴水了！再这样下去，连生存都成问题，还有啥力气讨要工资呢？于是，四师弟给麻狗打电话，喊买些干粮和水来。

麻狗二话没说，另约了个兄弟迅速照办。

可这些东西买来怎么送上去？还得出一个胆子大的爬上去。好在麻狗自告奋勇，四师弟哥俩吃喝问题算是解决了。麻狗送饭送水上去时，同时送上去一卷五十米长的绳子和一沓塑料袋。显然，以后他们可以用绳子往上吊东西，塑料袋用来装大便，用了顺手拴个死结，使劲一丢，来个高空抛物落地，完事。这里是离市区几十里的荒郊野外，无妨。

第五天，四师弟终于看到有辆车缓缓从公路桥一端驶来。他像看到救星一样，将正在打盹的哥哥摇醒，俩人各自捏一只白色塑料袋，使劲挥舞，但那辆车最终没停。五天了，总算盼来了一辆车路过，可人家根本没看见，或者是人家看见了，根本没在意。四师弟有些失望了，他问哥还有必要坚持下去吗？哥想了想说，不坚持又能怎样呢？就不信引不起一个人的注意！坚持！反正吃喝拉撒不愁，这几天待在上面也习惯了，就当是玩生存极限游戏吧。

不觉到了四月，天气渐渐回暖，至少夜晚没有那么冷了。回想这一个月，仅碰到几次公路桥上有人路过，但每次都是一过了之，仍然没有车停下来，自然也就没有人注意到他们。但这一月，他们也有了特殊的人生体验，正是春光无限的季节，他们在特殊的位置也观赏到了独特的景观，漫山遍野各色的野花争相炫耀着不同风格的艳丽。四师弟哥俩高兴的时候，也会指指这里，望望那里，讨论着这里的野花跟老家山上有什么不同。但是在尽兴之后，又感到万分失落和沮丧。他们不再盼望会有人从公路桥上路过，不再期待会有人注意到他们了，反正每天就这样过。

五月天就热了起来。四师弟哥俩从最初穿着厚外套，到后来穿薄外套，再逐渐脱去外套穿长袖，五月初就换成短袖了。想想，在一个狭小的空间里天天守着，如此清晰地感受着季节的变化，谁有过？三四月虽有雨但雨不大，操作间顶部是全封闭的，雨水浸不下来。五月的雨就不同了，一阵狂风吹过，豆大的雨点密密匝匝、横七竖八地砸下来，像是有人故意瞄准他们射箭一般，一顿饭的工夫，操作间就被浇个透，衣服、被褥就像水里捞起来似的。一出太阳，钢铁优越的传热性能便发挥了出来，操作间便如同蒸笼一般。尤其是中午，四师弟哥俩根本不敢在身上搭一丝布的东西，干脆就赤裸相对。但夏天有个好处，他们可以趁夜晚偷偷溜下来洗个澡。整整两个月没洗澡，就算是亲兄弟相对，也难以忍受彼此身上的味道了。也幸好工地旁边有条小河，晚上洗个澡，趁着凉快再慢慢爬上去睡一觉，感觉要舒服得多。这时，四师弟哥俩早已不惧怕爬塔吊了，上上下下就如同爬自家楼梯一般。

直到一天，赵副书记视察工作碰巧路过这里，也碰巧看见了塔吊上有人，更碰巧的是，他停了车下了车还过问了此事。不然，不知四师弟哥俩还要在上面待多久！直到今天，他俩都没有忘记赵副书记，时时念叨说，赵副书记是他们的

175

恩人加贵人。

我把代领的工资交给四师弟哥俩。他们盘算了一下，这十个月不仅白干了，还亏了一大笔。去年春节过后，哥俩计划着出门挣一笔钱回来装修房子，回去后安安心心做生意。多年打工、四处漂泊的经历告诉他们，始终在别人手下干，永远也只是个打工者，仅仅靠卖力气那点钱，要积累成一大笔用来搞建设谈何容易。他们在镇上修的房子，也是差不多积攒了二十年才建成，目前仍是一副空架子摆着。寻思要想来钱快，还得当老板，至少当个包工头。可是，人在外地，哪有那样轻巧的机会给你呢？所以就想到跟别的包工头合伙，主动找到了胡高。

兄弟俩精明强悍了一辈子，太过于相信自己的能力了，总认为这个世上无人敢欺骗他们。孙才发常对弟弟说：想骗老子？这样的人还没出生！可偏偏这样的人不仅出生了，还真真切切地就骗了你，欺负了你！这真是应了那句话：有钱难买早知道。我劝四师弟说，就当是花钱买了个教训吧，还好人都平安，留得青山在，还怕没柴烧？回去找师兄弟们帮助点，你爬起来再回报他们，今后别再干拿捏不准的事也就是了。

有了这次经历，慧珠对我简直已到了崇拜的地步。她说过去只是听我讲，这次她是亲身经历了，我是她心目中真正的英雄、真正的王者！这话听来特别悦耳。

23

　　回到市里，五师妹给我带来好消息，经市委、市政府研究，决定将农民工维权中心整体划归市总工会，为副县级事业单位。我也正式解决了事业编制，并成为副县级领导干部后备人选。这离不开市里对这块工作的高度重视，更离不开五师妹的积极争取和帮助。

　　我现在正式在你的领导之下了！我对五师妹说。她笑了笑，啥领导不领导的？以后把工作干得更出色，比什么都重要，别忘了，市上对你们维权中心是寄予厚望的。

　　这话不假。整体并入市总工会，市里专门举行了一次挂牌仪式。不仅挂市农民工维权中心的牌子，同时还挂市总工会职工权益保障中心的牌子。两块牌子一套人马，我担任中心主任，并调配五名事业干部。但是，能扛起农民工维权工作大旗的，仍只有我一个。

　　当时的市总工会主席，也就是现在的市长在挂牌仪式上讲话说，我们是一个全省GDP垫底的农业市，常年有上百万农民在外务工，他们每年挣回的劳务资金达二百多亿元，差不多是全市一半的GDP，所以，我们有什么理由不为他们服好务、维好权呢？

　　纵观全省，从十一年前全省组建农民工维权中心，并在各市州建立分中心起，到如今真正把这项工作坚持不懈地做下来且做得很有成绩的，也只有我们市了。因此，二〇一五年五一，我有幸被表彰为全省劳模，我们中心也被表彰为全省工会系统先进单位。

这次维权之旅，通过慧珠连续几篇报道，在全市甚至全省都引起很大反响。四师弟哥俩渐渐走出心理阴影，开始思考如何在家乡创业的问题。师兄妹们都帮他们出主意，大师兄建议他们去农村流转土地，他们摇头。五师妹建议他们就扎根七星镇，利用自己的房屋开超市，趁着正当时的"大众创新，万众创业"政策，或许能闯出一条路子。

四师弟采纳了五师妹的建议。哥俩各三个口面的门市，拉通起来差不多三百多平方米，如果开超市，无疑是当时全镇最大的百货卖场。可资金从哪里来？货源从哪里来？五师妹通过她的人脉，找来了几家银行和工商、供销等单位，通过门面抵押贷款，以及工商、供销等部门的创业扶持政策，四师弟哥俩很快就在镇上把超市开了起来，生意十分红火。

四师弟想组织一次师兄弟妹的聚会，可总是难成。那时大师兄正日夜酣战于他的山庄，七师妹也正在照搬大师兄的经验搞股份制合作社，五师妹工作忙不能来，六师弟早已奔赴远方发展，我呢，也是说不准哪会儿就被派到哪个省去出差，所以要聚齐还真不容易。

四师弟哥俩超市赚了钱，顺势又租来场镇上的空余门面，开起了餐馆。四师弟潜心去学了一段时间厨师，大菜名菜都由自己亲自掌勺，餐馆味道越来越受食客的喜欢。"七星大酒店"的雅号也就慢慢形成了。不几年时光，哥俩便把餐馆的门面加二楼的房屋买了下来，一楼为大厅，二楼为包间，不仅可接待日常散客，还可承包大型宴席。渐渐地，七星镇的婚礼、寿宴及其他红白喜事等，临近鱼嘴村的就去大师兄的山庄，临近七星镇的就去四师弟的"七星大酒店"，基本上成了这方农村群众的约定俗成。

回顾过往，真是曲折蜿蜒。四师弟哥俩感慨说。慧珠去找医生做伤口的最后一次处理，病房里只有我跟四师弟哥俩。我们聊着聊着，不觉赵家国悄无声息地走了进来。他倒没啥，可把我们都惊了一跳。咦！你啥时来的？鬼一样无影无踪的。四师弟笑着说。家国告诉我们，他来省里开个会，顺便来看看我。怎么样了？我回答轻松多了，再做两次穿刺就能下地了。他点点头，还是那样平静如水的样子。就包括接下来他告诉我们的一个惊天消息，也还是那样静如止水。你们知道吗？王春晓回来了。啥？你说啥？我们倒是一脸惊诧地追问。

王家伟的儿子，王春晓回来了。家国说。啥时候的事？七师妹晓得不？我问。家国点点头说，吴月娥一得知消息，丢下手里的活就撺到了他家，王春晓还带了个女人和孩子，据说是他老婆娃儿，准备回来补结婚手续。我跟四师弟对视一笑，心里大概都有同样的感慨：跟他老汉儿当年一样，突然就有了老婆孩子。可这娃娃的突然，简直是具有冲击性的，他毕竟已经被公安局宣布死亡九年了！他究竟是从哪里冒出来的呢？这些年他又在哪里呢？

诚然，当七师妹看到王春晓，脑子里不断翻腾的也是这两个问题。同时还有这么多年来的委屈和辛酸，像潮水一样拍打着她的心脏。你真是王春晓吗？你还记得七星镇有个家？你还记得你家在猪食槽村？你还记得你家房子在哪个山窝窝里？你还记得家里还有哪些亲人？七师妹虽然不是王春晓的母亲，但此刻，她却像一个心碎成灰的母亲，声声情句句泪地责备一个玩世不恭的儿子，一连向王春晓喷出这几个问题。王春晓垂下头没有回答，也不敢抬头看七师妹。跟他一同回来的那名女子，大概也是农村出身，她坐在椅子上，搂着一个五六岁的男童，表情十分茫然。你知道吗？为了你，你爸爸、你妈妈遭遇了怎样的打击？你们全家遭遇了怎样的变故？王春晓抬眼怯怯地看了下七师妹，两滴泪水滚了出来。他小声说，我都知道了，我一回来，爷爷奶奶都告诉我了。七师妹长长叹息一声，坐下来说，去看看你妈妈吧。王春晓又点了点头。顷刻，七师妹感觉胸口轻松了许多，一块长期压着的石头终于被搬走了。也算老天有眼，二师兄悲愤离世，现在可以瞑目了。自己这么多年来的负疚与赎罪般的操心操劳，现在可以终结了。但愿王春晓是个懂事的孩子，是个能承担责任的孩子！但愿儿子的失而复得，能让周晓芸的病情缓解，甚至产生康复的奇迹来！

周围邻居听说王春晓回来了，都跑来看。在乡亲们的印象里，王春晓就像梦境里的故事，说清晰不清晰，说模糊还真模糊。都是十余年前的点点滴滴，一个不完整的图像。哎呀！真是这娃娃呢！有人走近细瞧说，个儿高高的，跟家伟莫差，脸嘴儿像周晓芸。有人拿眼前的王春晓跟十余年前对比，说：他老汉儿刚带回来时，比膝盖高点儿，去城里读书时，差不多就这么高了，现在只是魁梧了些。还有人则惊喜怨怒参半地责问：死娃娃，你到底跑哪里去了？当年把你老汉儿差点儿急死，把你妈差点儿怄疯……说话的人说到这里，就有人短，意思是人家老汉儿是真的死了，妈是真的疯了，这是已明白的事实，再提及岂不让人更悲伤？王春晓没有受影响，反而对来人个个恭敬致谢，说这些年有劳大家照顾爷爷奶奶。有人就说，我们哪里照顾？全靠你吴姨。于是，你一言我一语地又把七师妹这些年在他家的事诉说一遍。听得王春晓再次愧恨交加，并表示，今生无论如何得报答吴姨的大恩大德。

诸话诉尽，该问问这孩子这多年的具体细节了。这才是大家好奇的真正目的。正要张嘴问及，七师妹打断了大家，说：这些东西等以后慢慢问，孩子刚回来，最要紧的是告慰父母，去他爸爸的坟上烧点纸，燃炷香，去他妈妈的医院问问情况，并说说话。众人听了，都觉得是理，也就不好谈别的了，也一起撺掇着快行动。王春晓带上妻儿旋即就去了。

有人劝七师妹说，你可以向法院申请撤销当初的判决呀！判决一撤销，你还可以向这家人提出追偿。七师妹摇摇头说，过去的就让它过去吧！哪有伸得完的冤，报得完的怨呢？再说，我也没实际拿出多少赔偿金，只是劳动上的付出，算得了什么呢？其实，我还得感谢这几年回农村的生活呢，它让我找回了真正的人生价值所在。七师妹不仅在猪食槽村成功实践了股份制合作社，同时将其复制到他们凤尾村，全村蚕桑产业也是一片兴旺。

王春晓来到县精神病医院，终于见到了妈妈。周晓芸经过长时间治疗，虽然不再大吵大闹了，但还是没有恢复正常的迹象。医生说她安静了许多，整天就是独自坐在那里傻望着一个方向，甚至一天到晚可以只盯一个目标，哪怕同病房的人花样百出地表演，都无法吸引她半点注意。王春晓双膝跪在妈妈面前喊了一声，把周晓芸吓了一跳。她本能地往后一退，死盯着王春晓。妈妈！你不认得我了？我是春晓啊！周晓芸仍是长时间面无表情地那样看着他。王春晓也认真端详起妈妈来。整整十一年了，妈妈老了很多，才四十六岁的年龄，看起来跟五十六岁差不多。妈妈本来是个很漂亮的女人，还是个聪明伶俐的女人，而如今，这两大优点都被抽离了似的。是当年因自己失踪，抑或是因爸爸的逝世，被残酷的命运吞噬了吗？如果真有掌管命运的神，他多么想跪在神面前三天三夜，祈求他大发慈悲，恢复妈妈的青春容颜，恢复妈妈聪慧的心智啊！王春晓泪流婆娑地帮妈妈梳理凌乱的头发，回头看了眼老婆孩子。老婆明白了他的意思，忙打开提包，把新买的衣服拿出来给妈妈穿上。孩子则咬着指头，腼腆地躲在父母的后面，对眼前这个神秘的人既好奇又害怕。王春晓喊他叫奶奶，孩子一扭身便躲到妈妈的身后。倒是周晓芸似乎对孩子产生了兴趣，看着他笑了一下。

王春晓跟老婆孩子在县城待了几天，每天都去医院看望母亲。周晓芸有儿子媳妇的收拾，模样儿大变，除了神情依然呆如木鸡，其他看起来都不像个疯了的病人。有天，王春晓正给她喂着饭，突然听她喊了声家伟。王春晓一惊，手里的勺子差点掉落在地。夫妻俩都喜出望外，同时喊了声妈。周晓芸时而看看王春晓，时而看看她身边另一个年轻女人，时而愁云密布，时而笑靥乍现。王春晓感觉母亲的精神正在回归，忙放下饭碗，抓住她的手说：妈妈，你想起了什么？

周晓芸却不说话了。你想起了我爸，是吗？我爸王家伟，王家伟，你想起来了吗？王春晓无比激动地说。家伟，家伟！周晓芸梦呓似的颤动着嘴唇。对！王家伟，说。王春晓像教孩子一样引导着母亲。王家伟，王家伟……周晓芸跟着他说。王家伟是谁？想想，王家伟是谁呀？王春晓继续引导母亲。周晓芸脸上似涌起一股悲戚，突然撕心裂肺地大喊：家伟……家伟呀……王春晓夫妻一左一右地架着她，安抚着她。周晓芸双手铁钳一样箍住王春晓的臂膀，对着他喊：家伟……你去哪儿了呀……怎么才回来呀……随即，两行泪水从眼眶里淌出来，就止不住了。周晓芸不是摇搡就是抓扯，把王春晓弄得衣衫不整，脸上脖子上都是指痕。老婆在一旁想阻止，但王春晓不让。他也跟着母亲那样，让泪水像河流一样淌。哭过之后，王春晓想，妈妈得病多年，要想立即恢复很难，只有慢慢引导，不断强化她的潜在意识，让她想起儿子王春晓的名字，并慢慢让她明白，眼前的人就是儿子王春晓，或许可以撕开一个突破口，最终让妈妈病情好转。于是，王春晓作了长远打算。

原准备回家补个结婚手续，然后再带上老婆孩子出去打工，哪知道而今的家早已不是当年的家。爷爷奶奶虽然还是当年那个样，但明显身体状况一天不如一天，所以这个家肯定是离不开他了。王春晓断绝了外出打工的念头，把孩子送到当地学校念书，跟老婆安心在家扎下来，围绕着家乡的实际情况谋划发展路子。好在有吴姨给他垫底子，自己专心学学很快就能上路。王春晓夫妻就这样成了猪食槽村蚕桑产业园的固定工人，每月每人能领两千多元工资，年终还能分一笔红，一家人的日子也就能和和美美、平平安安地过下去了。

　　每隔一段时间，王春晓夫妻都要去医院看周晓芸。医生说，自从你们来看了她，她又开始闹腾了，白天还好，再闹腾也不怕，大家都在上班，七手八脚也能对付。可晚上就不行了，她一闹就要往外跑，踢门、翻墙是两个基本动作，值班医生人手本来就不多，往往闹腾一夜就把人累得要死不活。她究竟闹腾什么呢？王春晓问。医生详细说，她说她要出去找人。找哪个？找王家伟，她说王家伟是她老公，她要找他问清楚，为什么要抛弃她，既然抛弃了她，为什么又要回来，回来就回来吧，还带个女人回来！听到这里，王春晓心如刀割。他明白，妈妈显然把他当成父亲了，把妻子当成了父亲带回来的女人。看来，妈妈的病情丝毫没有好转。而且，妈妈心里似乎仇恨比怜爱更多，难道爸爸当初背叛过妈妈？根据他的记忆，从来没有过啊！妈妈为什么老不提起自己呢？自己可是他的心肝宝贝啊，从小捏在手里怕飞了，含在嘴里怕化了。大概是多年不见，过去的印象已经模糊，现在的形象难以刺激到她的记忆吧？那就还需继续努力，他坚信精诚所至金石为开！妈妈定会有好起来的那天。

24

　　有关这些年王春晓的神秘踪迹，还是家国告诉我们的。

当年，他深夜溜出宿舍，去了他常去的那个网吧打游戏。在这里，他认识了一个改变他人生命运的人。

这孩子沉溺游戏，始于初中时候，那时二师兄夫妇一心想着自己的生意，也就没投放多少心思在孩子身上。也正是那时候，七星镇上有了网吧，给王春晓这样的家长疏于管教的孩子提供了放敞马的空间。他和镇上另几个同学，一放学就钻进去了，玩通宵都不足为奇。

到了广州，彻底地摆脱了父母的羁绊，王春晓就更加自由了。十五六岁的小伙子，按理该懂得些事理了，可王春晓偏就那么糊涂，游戏仍然是他的生命，只要坐在电脑旁边，什么都可以丢弃和忘记。那晚，他玩了一局又一局，直到管理人员提醒他充值的余额已经不多了，他才猛然醒悟似的，但还是没舍得离开，眼神不由左顾右盼起来。就在这个时候，一个比他年龄稍大的男孩主动靠近说：没关系，我给你再充两百。王春晓如久旱逢甘霖，感激不尽且千恩万谢。于是，两人熟悉了起来，也就聊起了天。那男孩说他在附近一家公司上班，每月工资上万元，轻松得很，耍得无聊就喜欢打游戏，而且还传授给王春晓一些闯关秘诀，王春晓的技艺倍增，也就对这个男孩愈加佩服和尊敬。就这样，王春晓没再回工厂，便跟着那男孩四处游荡，吃喝开销都是那男孩主动买单，到了晚上，两人就来到网吧打游戏。

过了几天，那男孩说带王春晓去他们公司，说不定还可以介绍他加入，每月也能挣上万元。王春晓也早有此意，只是没好意思提。听那男孩这么说，一阵喜悦从心头升起，差点把眼泪激动出来了。说走就走，没有丝毫犹豫和怀疑，王春晓跟着那男孩乘公交并转了几道车，最后还乘坐了很长一段出租车，才到了一处僻静的地方，从周围的环境看，应该是远郊一个镇的模样。男孩把他带到一座十余层的楼房前，乘电梯到了九楼，说是要直接见老板。

自上得楼来，王春晓便感到一阵逼人的气息。这种气息让他后背有些发凉，手脚有些打颤。他瞟了瞟引导自己的那个男孩，似乎是变了个人，一脸严肃，往昔随时挂在脸上的亲和不见了。这到底是个什么公司呢？王春晓一路走一路琢磨，一月能挣上万元的公司大概就是这种紧张气氛吧？他最后以这样的揣测来安慰自己。正昏头昏脑地想着，突然听那男孩说了声到了，王春晓灵魂一惊，见那男孩轻轻地敲了敲一扇厚实的门。半晌，门从里面开了，那男孩径直走了进去，王春晓不敢跟进，只好愣在门口。他见里面有一个人坐在一张宽阔的办公桌后面，那应该就是老板了吧？办公桌前有一张茶几，周围有一套沙发，沙发上坐着三四个板寸头男人，全都是西装领带打扮。那男孩走到办公桌后面，附在老板耳旁小声说了些啥。老板转过眼盯着王春晓，直盯得他心里打鼓。老板似皱了皱眉，小声嘀咕了句：才这么小？那男孩又附在老板耳朵边说了几句啥，老板慢慢地点头，又抬起眼盯着王春晓。随即，那男孩往门外走，并在王春晓肩膀上拍了拍说，老板喊你进去。

王春晓心跳得更厉害了，他傻乎乎地看着那男孩，腿脚像是被捆住了一样，没有动。那男孩朝他一笑，扬手就走了。王春晓！他听到有人喊他，回过神来，他明白是老板在叫他。老板朝他勾了勾手板，示意叫他进去。王春晓像个机器人一样进去了。他感觉坐在沙发上的几个板寸头男人一直在盯着他，甚至他还察觉到几个人嘴角都噙着一丝难以捉摸的笑。老板问他你是哪里人？家里还有哪些人？都是从事什么的？有哪些亲戚？都是干哪行的？老板问什么王春晓就回答什么，只是越回答越感觉不对劲，就算是面试，不问你会什么有什么特长，咋尽问些家庭和社会关系之类的话？问完后，老板吩咐一个板寸头男人将王春晓带去休息。这两天，张经理带你熟悉下公司的业务，没别的事就多休息，吃好喝好耍好！等一切状态都调整得差不多了，就给你安排工作。临走时老板对王春晓说。张经理从沙发上站起来，一手搭住他的肩膀，像大哥对待小弟一样。走吧，张经理说。他感到张经理的手特别有力，那种力没让他感受到一种关怀和保护，而是一种胁迫和警告。王春晓只好顺从地跟着，来到了一间被称为宿舍的大屋子。

一股难闻的臭味迎面扑来。屋子里横七竖八搭了些床，有木头的，也有铁的，有单层的，也有双层的，甚至还有双人的。床上的被褥五花八门，说明它们的主人来自四面八方。细细一听，果然，他们操不同方言，彼此若要交流，不得不用生硬的带地方味儿的普通话。

张经理进屋，屋里的人看见他立马从不同姿势回归立正的状态，并齐声张经理好！张经理回应：都挺好的？挺好的！挺好的！挺好的！那声音一浪高过一浪，有一种推碾人的气势，王春晓心里连连颤抖不已。张经理走后，他半天没回过神来。屋里的人谁也没理会他，重新回到刚才各自的小圈子里，谈论着他听不明白的话题。但唯有一人与众不同，除了张经理进来那阵，其余时间都是倒头闭目养神。那人二十一二岁的样子，看他双肘后枕，愁眉紧锁，倒像一个成熟稳重的中年人。正盯着他看得出神，那人突然睁眼，与王春晓的眼光碰在一起。王春晓赶紧移开目光。那人起身靠近他，新来的？他问。王春晓不敢多言，只有点点头。那人伸出手摸了摸王春晓的后脑勺，叹息一声，又摇了摇头。王春晓不明其意。

晚饭时刻，王春晓跟着那人进了食堂。一进门，突如其来的掌声把他吓了一跳。他看见满堂男男女女都笔直地站立着面带笑容，并看着他拼命地鼓掌。张经理站在最前面，等王春晓找到自己的位置，他声如洪钟地说：热烈欢迎王春晓同学，我们的口号是？下面又齐声大喊：王春晓啊王春晓，我们都爱你——就像那个老鼠呀爱大米……王春晓哪里经受过这样的场面，脸唰地一下红彻耳根。张经理又说：王春晓同学很腼腆，我们鼓励鼓励他！下面再次齐声大喊：王春晓啊王春晓，你是最棒的！我们相信你，我们帮助你，亲亲相爱一家人啦，你永远是第一……此刻，有一股暖暖的东西开始在心底涌动。要知道，他不过是个十六岁的孩子，下面的人，二十多三十岁的，甚至四五十岁的都有！这在老家，都是叔叔辈甚至爷爷辈的人，平时哪有这样尊重过他那样的毛头小孩子？王春晓终于抬起头，他环顾四邻左右，仿佛沐浴在一阵和煦的春风里，周围都是似锦繁花，他的眼迷离了，心恍惚了，神志飘摇了……张经理趁热打铁，鼓励王春晓上台讲两句。在经久不息的掌声催促下，王春晓有生以来第一次勇敢地当着百余张脸说话了！多年以后，他都认为这是一次难得的经历。

过了两天，张经理叫王春晓梳理自己三代以内的直系、旁系亲属的电话号码，并专门用一个本子记录下来。做什么？王春晓有些担忧地问。别问那么多，照我说的做，到时候会告诉你有啥用。张经理还送给王春晓几本内部资料书，其中有《亿万富翁是如何炼成的》《不要脸恰是一笔宝贵的财富》等。王春晓遵照指示，整天关在宿舍里研读，只是吃饭、开会的时候书才离手。每次吃饭或是开会，一样会有那样激动人心的场面，只是围绕的主人公不同而已，今天是张某某，明天是王某某，后天就是李某某，新来的都必须享受一次这样的待遇。有时候也会将业绩突出的老员工推出来，让大家齐声高喊地恭维一番。

尽管王春晓还是个孩子，好蒙，但毕竟他不是个傻子。一个问题还是滋生了：这公司到底是个什么公司？生产什么的？卖什么的？叫什么名字？怎么门口既没挂牌，内部所有文件资料也从未提及？层层领导整天都是催促下面的人给亲戚朋友打电话，内容不外乎是编一套理由，喊对方打钱来，或者是鼓动对方也来合伙做大生意。到底是啥大生意？人人在电话中都讳莫如深，一句话：你来了就知道了，我还会骗你？骗谁也不能骗你呀！不来的话，看见我过年背一麻袋票子你可别眼红哈！来不来？你犹豫这会儿，我都挣好几万了……

那个成熟稳重的年轻人，却没有打电话，每天吃了饭就是睡觉。公司的人对他越来越冷，尤其是老板和张经理，见了他就跟见了瘟神似的。一次王春晓目睹那人被打，着实把他吓得不轻。刚一进门，王春晓就看见几个板寸头穿西装的

人围住他，你推我搡不说，还拳打脚踢，他没有还手，也没
有还嘴。而是左躲右闪，实在躲不过，索性蜷缩一团躺在地
上。见有人进来，那伙人不再打他，相互对了对眼就出去
了。王春晓赶紧从地上把那人扶起来。你若干不出他们所期
望的业绩，也会有此遭遇的。那人看了王春晓一眼说。稍稍
静了片刻，那人从铺盖下面拿出一个折好的纸飞机，打开了
窗户。他看了王春晓一眼，对着纸飞机哈了口气，孩童一般
笑了笑，扬手把纸飞机放飞出去。自言自语地说：这是我放
飞的第五十六次希望——但愿不是第五十六次失望——

　　他默默地走回来，手搭在王春晓肩膀上，似乎要透露些
秘密。听了那人一番诉说，王春晓才知，那人姓陈，湖南
人，家里有个跟王春晓岁数相当的弟弟，正在读高中；还有
个比王春晓小一些的妹妹。半年前，陈哥来广州打工，不慎
被人骗到这里。这是一个秘密的传销窝点，进来了就别想出
去，或者说你不拉够一定数量的下线，休想出去。陈哥刚来
时，也像王春晓那样深受蛊惑，并决心要大干一场，并幻想
通过短暂奋斗一夜暴富。可他打出去的第一个电话偏是他表
哥，表哥可是正牌大学毕业生，在北京上班，没听完就一口
咬定那是传销！就算按准备好的剧本百般圆谎，表哥的意志
不仅丝毫没动摇，还赓即给所有亲戚朋友打了预防针，说如
果表弟某某某给你打电话，千万别信他的鬼话。

　　后来当然就没有后来了。陈哥一个下线都没发展起来，
天天白吃白喝就只有遭白眼和打骂了。陈哥便想方设法要逃
出去，唯一的办法，就是把求助信当纸飞机一次次地往外
放，希望能有人捡到，更希望捡到的人报警，当然更更希望

的是，警察能把这当一回事来办。

听罢陈哥的故事，王春晓浑身发凉。此前的怀疑和猜测，一朝得到印证，心里便害怕起来。那我们该怎么办呢？王春晓眼里滚出泪来。陈哥帮他擦干泪，鼓励他：别害怕，你就像我这样，先把日子混着，可以装模作样打些电话。我相信，我们最终会得救的！

陈哥又朝窗外放飞了几次纸飞机。他清楚地记得，是在放飞了第六十七次纸飞机后的那个傍晚，整个大楼被警车和其他车辆包围，警察的突如其来终于击碎了九层楼里许多人的发财梦。就在公司一系骨干被手铐铐走的同时，陈哥勇敢地向警察提出，希望警车把他和王春晓一并捎走，他实在怕在这里再多待一分钟！警察得知他是求助者后，当即同意了。

你打算去哪里？从公安局出来，陈哥问王春晓。王春晓一脸茫然，倒问：你呢？陈哥说他要回趟老家，一来作为家里老大，回去看看父母，别让他们担心；二来不知表哥有没有把他的事在家乡散布，他要回去解释澄清。王春晓抠了抠脑壳，不知该往哪里去。回实习的工厂吧，他知道自己闯了祸，没脸见老师和同学了。回老家吧，他更不敢面对从小把他当心肝宝贝的父母和爷爷奶奶。仿佛此刻，王春晓真的有了畏惧之心。但殊不知，就在他真正产生畏惧的时候，他的老师们，包括校长吴月娥，还有他的父母正在四处心急如焚地寻找他！假如他勇敢地践行以上两个闪念中的任意一个，都将可能避免以后发生的一系列悲剧！

陈哥见他犹豫不决，便说：跟我一起回我老家吧？正不知何处去的王春晓欣喜地点了点头。王春晓发现，陈哥的老家也是有山有水的农村，情况跟七星镇比起来，只是山没那么高，地稍稍平坦些，围绕每家每户的，是一片片的稻田。对陈哥家其他人没留多深印象，倒是陈妹妹让王春晓眼前一亮。小姑娘十五岁多了，高高条条、饱饱满满的，初中毕业没考上高中，就留在家里放牛，看人总是抿嘴一笑。父母的安排是在家养两年，也出去打工挣钱。

陈哥在家待了几天，又不得不出去打工。王春晓也只有跟着他。在当时看来，陈哥似乎成了他世上唯一的亲人了。尽管他知道他还有实际意义上更亲的人，可谁叫他自己那么糊涂呢？只有在外面混出点名堂才好意思见他们了。

两年后，陈哥的妹妹也出来了，跟他们在一起。渐渐地，王春晓跟陈妹妹之间，悄悄地萌生了爱情，两情相悦时间一久，瓜熟蒂落也就再自然不过了。

25

第五次穿刺，抽出来的液体，已很难看到红色了。医生都说，情况在越来越向好。我也心安了许多，身上也灵便了许多，几乎感觉不到头痛了。我试着把脚伸出床外，但腿还是不大听使唤，脑子明明下了明确的指令，但肌肉偏偏就不给力，腿仍然是木得很。

我心情又沉重起来。医生安慰我说，这是正常现象，上次手术时就说了，即使出院都得做康复训练至少半年，等腿脚的知觉完全恢复，才能像正常人那样行走。关于走路，我不得不再回到孩童时代，重新学习一遍，想起来都十分可笑。哎！索性不去想了，能捡回一条命已是不幸中的万幸！我闭上眼睛，用平缓的呼吸消磨心头的郁闷，渐渐地睡着了。不知又过了多久，窗外吹进一阵凉风，顺便把午后的鸟鸣捎了进来。鸟儿叫得很欢。

在我的病房外面，有一处小小的花园，春天开花的时候，很多病人会坐着轮椅在那里晒太阳。我睁开眼睛，把头扭向窗外。慧珠过来问我：是不是也想出去走走？说真的，我真想！在床上躺了快一个月了，感觉与世隔绝了一个世纪！我急于想跟上世事的脚步。慧珠说他咨询了医生，天气好的时候，可以用轮椅把我推出去，那样我的心情会好一些，恢复起来也更快。我点点头。慧珠把轮椅推到床前，轻轻地扶我坐上去，推着我出去了。

可惜不是春天，窗外那处小花园，没有一朵花。但浓荫遮蔽，凉风习习，也让我神清气爽。除了腿脚不便以外，我感觉已经完全康复了似的。正独自享受着那份难得的舒爽，忽听有人在身后叫我。那声音十分熟悉，不用回头，肯定是六师弟周浩来了。

慧珠把轮椅慢慢掉转，六师弟快步走了上来。我到病房去找，没见人，出来才看到你们在这里，怎么样？好多了吧？六师弟个子虽小，但嗓门很大，这是他沉浮商海多年练成的，大概是想用大嗓门掩饰小个子的缺陷吧。初中印象中，六师弟个子不但小而且瘦，老师和同学都没把他放在眼里，可他内心有一股子极不服输的劲头，就像压在石板下的草根，你越是压他便越是要往上顶。也正是这劲头促成了他的成就。但也正是这劲头，让他越来越过于自信，一旦过了头便容易盲目冒进，直至后来栽了大跟斗，还稀里糊涂不知所以。

想啥呢？我问你话呢！六师弟的胖手轻轻地拍了下我的臂膀。我立马回过神来，说好多了，再做一次就可出院了。六师弟诧异地看了看我坐的轮椅，这样子就能出院了？出院还坐着轮椅？慧珠忙解释说，接下来就是自己在家做康复训练，慢慢地学会走路。

六师弟和慧珠一边一个把我推回病房。先是寒暄了一阵，六师弟就忙不停向我致谢，说去年不是我去解救他，恐怕现在还待在看守所里，或者是哪个监狱里。这话让我不悦，且不说师兄弟间不用那么客套，何况那本就是我的工作。可接下来六师弟的举动更让我气恼，他拿出一个厚厚的信封，还特别交代那是一点小心意，一万块钱！慧珠和我都急得脸红了，我因腿脚不便无法推拒，慧珠一个女人的力气哪抵得过他呢？最后，他放在抽屉里就匆匆走了，出门时双手合掌不停地祝我早日康复，并说他还得赶下午的飞机。

哎！这个六师弟！几十年来的一幕幕又慢慢浮现在我的脑海里。

当时大师兄组建"七人团"时，就要不要六师弟周浩加入，大家意见不一。当时他只有一米四几，要是插在队列中间，常常会被体育老师忽略，说那一排咋空个位置呢？同学们哄堂大笑，把他抱起来给老师看。大师兄认为，我们组建

“七人团”，是要结拜，将来还要结伴仗剑天涯，就他那个头和身板，怕是指望不上帮助别人，别人反倒来保护他了。四师弟意见最大，说小学跟他就同班，大家都叫他“耗子”，个头小、畏畏缩缩不打紧，可那双眼睛总是不老实，用贼眉鼠眼形容一点都不过分。五师妹、七师妹虽没明确发表意见，但从噘起的嘴巴能猜到，她们也不乐意。我倒是很大量，说现在大家都还小，怎能断定他就长不高呢？说不准今后比我们都高都壮，所谓人不可貌相海水不可斗量嘛！

六师弟最终被吸纳进来。他得知缘由后对我感激万分。我俩关系也处得很好。

六师弟的确不招人喜欢。跟他同桌的女生哭哭啼啼找老师换位置，说他身上有股难闻的味道。啥子味道？女生说不出来就说有股耗子屎的味道。连老师都笑了。从来没听说人身上有耗子屎味道呢，不要因为人家口口声声喊他耗子，就说人家身上有耗子屎味道吧？女生哭得更厉害了，反正威胁说不换座位就转学！老师见事态严重，也只有给她换。可谁又愿意跟他坐呢？换来换去，无论男生还是女生，都没人愿意，最后还是落到我头上，只有我没表示反对意见，老师就安排他跟我坐。可我个子比他高不少，我坐倒数第二排，他原本坐第一排，跟我坐后常看不到黑板，经常拉着桌下的横条撑起身子看，惹得大家常常侧目喷笑。我也多次刻意去闻，哪里有什么耗子屎的味道？分明是那些同学找的借口。不过，六师弟不大爱干净倒是真的，要是口里有痰，他会响亮一咳，啪地吐在地板上，然后用脚反复去蹍；估计也很少洗澡，浑身上下一股汗味倒是有的。

要说读书用功，六师弟也算个人物。他还时常提醒我说，你我都是农民的儿子，唯有读书才有出头之日。我清楚地记得他在背书的时候，先是把书摊开，嘴里默默地念几遍，然后把书扣在桌上，闭上眼睛嘴皮翻动不已地背，一时想不起了，他会使劲扇自己耳光。尤其是期末考试前，他会把书一页一页地撕下来，一页一页地逼着自己背，不仅课堂上背，还下课时背，甚至吃饭、上厕所手里都拿着一页书。如果能熟练地背下来了，他就将那页书放进嘴里嚼烂吞下去。有一次，他兴冲冲地从教室外跑进来说：我终于能背了！我当即让他背一遍，可背着背着，他的脸色变得痛苦起来。我说你看一下书，或者是我给你提示一下，他连连摇头说，书我已经吃进肚子里了！放心，我慢慢地吐，肯定能吐得出来！

　　你不能说他笨。其实他根本不笨，上课的时候，他回答问题很积极，老师经常夸赞他脑瓜儿反应快。可偏偏考试就考不了高分，这不仅是他弄不明白的事情，也是不少老师弄不明白的事情。所以就有人总结说，周浩同学是脑瓜儿反应快，但忘性也大，像猴子掰包谷。

　　郑老师起初很喜欢六师弟，但久而久之便讨厌起来。郑老师开小灶班，六师弟削尖脑袋想进去，可郑老师严防死守就是不让他进。为了讨好郑老师，二师兄给七师妹写情诗，四师弟往郑老师门上钉死蛇，他差点没稳住就当了蒲志高。要不是四师弟发现端倪以拳头威胁，后事如何真难预料。但无论六师弟如何表现，总是讨不来郑老师的欢心，也就只好跟他硬杠了。郑老师的课，他也学起四师弟来，老师说上句，他便稀奇古怪地接下句。两个人像说相声一样，你一言我一语，我们倒是被逗得哈哈大笑，可把郑老师气得吹胡子瞪眼。郑老师要撵他出去，他出去了又折回来，站在门口喊报告。你不理他他就接二连三地喊。再不理他他干脆冲进教室。你再撵他出去，他又那样重复，如此三番地跟老师开展游击战术。郑老师问他为什么这样？他说：你有什么权利剥夺我读书学习的权利？

有一次，郑老师被气得不行，一句十分出格的话脱口而出：周浩！你还读个啥书？我赌你考不起中师中专！你屋头祖坟上没长那棵草！六师弟也十分喜剧，还嘴说：燕雀安知鸿鹄之志哉？我就非要栽上那棵草不可！满教室同学都笑了。那好嘛！我们都听到的，也能看到的。郑老师说。六师弟当即拍了胸口：我要是不考上中师中专，我从这教室楼顶跳下去！

大家都以为，六师弟既然敢发毒誓，定能充分发掘超常的潜力，一定能考上！谁知道呢，初三毕业，他跟我都是名落孙山之人。那年暑假，我正在家里郁闷不已，六师弟来家找我，并给我打气：再补习一年，我就不信我们考不上！可补习一年我们还是没有考上。我是没有再补习了，可六师弟仍然坚持又补习了两年，结果还是没考上。

没考上中师中专的六师弟，最终还是没有选择跳楼。他给自己归结的理由是：在补习的那三年里，他时刻都记得郑老师那句狗眼看人低的话，这话不但没成为激励他的鞭子，反倒成了束缚他的绳索！因此，他恨郑老师，也间接恨七师妹：不是你吴月娥姿色诱人，郑老师会组建小灶班？老师们平均用力，你我原本聪明的学生，区区中师中专哪能考不上？

正当七师妹中师毕业、五师妹和赵家国都考上大学的时候，六师弟实在没脸皮再补习了，只好认命。作为农村孩子，摆在面前的路只有两条：在家务农，等待父母安排婚姻；外出务工，看能否混出个名堂。六师弟毫不犹豫选择了外出务工。

我在部队的那些年，常收到六师弟的来信。信的内容大多是诉说打工辛苦，起早摸黑还挣不了两个钱，不说给家里汇，连自己都保不了，最后，便遮遮掩掩地表示，能否暂时借点钱？等下月工资发了立即还你。我在部队吃喝不愁，每月还有些津贴，也就寄了几回给他，可从未收到过他还回来的钱。后来，六师弟的信渐渐少了，再后来就断了联系。

从部队回来，我四处打听过六师弟的下落，倒不是追着他还钱，而是真想知道他究竟在哪里，具体在做什么。可几位师兄弟和师妹们，还有班里其他同学都不知道他的音讯。好像这个人已经人间蒸发了似的。但我相信六师弟至少没沦落为流浪汉之类的人物，我始终相信他身上那股子永不服输的劲头，最终能激发他战胜眼前的困难，甚至衣锦还乡。

那是二〇〇〇年的夏天，我自考完法律专业最后几科，顿觉轻松无比，晚饭后便自由自在地在街上溜达。在经过我们市运动西路时，胳膊突然被人逮住。我回头一看，一个一米六左右的矮个胖子满脸的笑。我的目光刀片一样在他身上分拨剔除，终于发现了六师弟的形状。嗨呀！是你嗦——我当即给了他一拳，他嘻嘻一阵笑，拉起我就走：去我那里坐坐。

这些年干啥去了？我边走边问。唉！东一下西一下，哪里都去过，瞎混了几年。六师弟说。为啥不跟我们联系了呢？为啥？没脸，你们个个都风风光光的，就我一个球莫名堂，哪敢跟你们联系？我正要反驳，他笑笑说就到了，到了再说。

我被他拉着来到一个玻璃门店面前，店门上用霓虹灯管绕成"××保健坊"几个字，六师弟说到了。我问这是什么地方？六师弟神秘地笑笑说：我现在的产业。我瞪大眼睛表达了十二分的惊奇，这是你的产业？你现在做这个？六师弟淡然地笑笑：做哪个？你晓得是做哪个？我指指玻璃门里被粉红灯光浸染的几个衣着暴露的女人，没有直言。

怎么样？安排一个？六师弟要把我推进去。我连连拒绝，说：算了吧！修了一辈子道，别被一碗狗肉汤给误了！六师弟笑着说：看来你还是没变。我说：你可是变了呀！六师弟掏出一支烟点燃：穷则思变，不变则穷嘛！

我说不过他，只是劝他千万不要贪恋鸡屁股上那点油水。六师弟应付地点点头，不知他是否听懂了我的话。我们沉默了一会儿。他拉开腰上缠绕的那个胀鼓鼓的皮包，抽出一沓百元钞票。你干啥？我问。他嘴里叼着烟，眼睛虚成一条缝含糊地说：把钱还你！

一阵推来让去。一个面红耳赤，一个手舞足蹈，不知情的还以为两人在打架。玻璃门里面的女人觉得有趣，纷纷拉开门看热闹，我颇觉难堪，就不再推辞，任凭六师弟把钱揣进我衣兜里，但心里就像被强行塞进一堆沙子一样硌碜。

26

　　我又碰到过几次六师弟，倒不是去他那里消费。听他讲他的产业越做越大了，从单枪匹马到与人合作，合作者是有背景的人。我还是劝他要时刻警惕，哪怕有人罩着，毕竟是法律明文禁止的，说啥时清理就啥时清理，如果摆在了台面上，再硬的背景都不敢出来说话。六师弟仍然是那样淡然一笑：放心，不让我好过，我也不会让谁好过。

　　后来我再次碰到六师弟。我问他：你的产业是不是又做大了？他脖子一扬，十分不屑地说：谁还干那个！我的产业升级了，已经是干干净净、体体面面的了。以前的那个是不是被查了？我问。六师弟呵呵呵地笑了，那倒没有，我是找到了更好的门路，主动撤了。我替他悬着的心终于落地。六师弟凑近我的耳朵：我现在可是张副市长的小舅子！这话让我震惊，从没听说他有姐姐或是妹妹是官员家属，怎么摇身一变就成了张副市长小舅子呢？

　　事情原委是这样的：六师弟的保健坊产业先是扩大了，一次一个特殊身份的人来消费，六师弟百般殷勤地伺候着。那人无意间问起：你姓周，七星镇人？六师弟心里一动，沉静地点了点头，盯着那人，等待他继续说下去。那人接着问：你跟周莉莉是？六师弟眼咕噜一转，报之以诡秘一笑，没有正面回答。那人恍悟似的点点头：难怪！难怪！今后还得周总多多关照。六师弟赶忙接话：大家相互帮衬，好说好说。

其实，他根本不知道那人所言何意，但又不能直接问，一问岂不是露了自己的底？就那样故作神秘，顺藤摸瓜，说不准还能有意外收获。

过了几天，那个客人又来了，还带来几个客人，一进门就把六师弟拉到跟前，忙不迭地向其他人介绍他是张副市长夫人周莉莉的弟弟。六师弟顿觉一阵闷雷击中脑门，浑身过电一般又麻又痒，多年磨炼出的处变不惊帮了他大忙，他就那样稳稳地站着，脸上有那么一丁点诡秘的微笑，虽然内心有那么片刻的惊慌，但神色平静得如一潭死水，丝毫让人觉察不到水下藏匿的五花八门。

做市领导亲戚的滋味真好！六师弟想，可惜我是个假的。但转念又想，纸永远包不住火，这假象迟早或是很快就会揭穿，怎么办？想了许久，六师弟做出了他这一生最重大的决定：一定要攀上张副市长这门亲！把假戏做真，甚至比真的还真！他仔细分析了一下这事成功的可能性。首先，他跟周莉莉的确都是七星镇人，周姓在七星镇本来就是大姓，他跟周莉莉上溯若干代说不定还同宗同祖，你硬说他们是亲姐弟，谁又会去追根溯源地考证呢？再说，只要我诚心诚意厚着脸皮去攀这门亲，人心都是肉长的，她周莉莉难道敢背一个六亲不认的骂名？为自己的生存发展，顾不得礼义廉耻了！对，就这么干！

六师弟也不是冒失鬼，正式登门攀亲前，他先做足了功课。他托老家亲戚打探到周莉莉的具体情况，比如年龄、身高、长相、学习及工作经历。得知周莉莉原本就是七星镇初中毕业的普通女子，到县城上高中，然后上了大学，张副市长是她大学校友，两人恋爱结婚，一同在市里工作，老公当了副市长后，周莉莉就退回家庭当了全职太太。哦！原来如此。

"姐！我是周浩，七星镇人……"费了不少周折，六师弟找到周莉莉家门，决定不再迂回曲折，采取单刀直入的策略，反正目的只有一个，一定要攀上这门亲。可当他提着两瓶茅台抱着一大束鲜花出现在周莉莉家门口时，还是把周莉莉吓了一大跳。她本能地往后一退，正准备关门，却被六师弟用手挡住了。你……你要干啥？周莉莉很紧张。六师弟赶紧堆上笑脸：姐！您别害怕，我真的是七星镇人，跟您同姓，还都是七星镇初中毕业的，您比我高两级……周莉莉放松了警戒，端起双手盯着六师弟。六师弟见她那样，一时倒没了话，愣了一下，讪讪一笑：我可以进来吗？不可以！周莉莉坚决地说。那……这些……六师弟心想只要把礼送出去，就算成功一大半了。哪知周莉莉眼睛一瞪：谁认识你呀？一来就叫我姐，谁是你姐？说完"砰"的一声把门关了。嗨！姐！我……我真的姓周，真的是七星镇人。

周莉莉最终还是没有开门。这意味着六师弟首次登门攀亲失败，但毕竟最艰难的一步已经迈出去了，开弓哪有回头箭呢？通过几天的蹲守，终于又找到机会。那天，他从周莉莉出家门起，一直跟到市中心百货商场。周莉莉看中了一款大背投，还在选货谈价，六师弟就打电话联系了车辆和人工，并守候在商场楼底。等周莉莉准备付款时，他突然蹿出来：姐！这么巧呀，你买什么？周莉莉见是他，虽然有些反感，但当着这么多人，不好垮下脸来，也就应付着：没买啥，一个背投电视。哦！这背投好！我也喜欢这款，到商场瞅多少回了，就是没钱买呀！六师弟极具羡慕地说。女人的虚荣心顿时在周莉莉心里升腾起来，接着他的话说：当然啦！这是目前最新最高档的一款，一般人哪能买得起。六师弟说：那是那是！我们也只有羡慕嫉妒的份。说着，他话锋一转：这么大件东西，怎么搬回去？周莉莉说，商场负责送。六师弟赶忙说：碰巧我有车和人在楼下，不如先帮你送回去吧。周莉莉连连摇手：不啦，这样便宜商场了嘛！六师弟偷偷给商场销售人员挤了个眼：叫他们再少点钱不就行了？周莉莉看了眼商场销售人员：可以吗？商场销售人员忙点头说可以。

在送背投去家的路上，周莉莉或许已意识自己中了圈套。她一直绷着脸不说话。六师弟则不同，一路无话找话跟她说。到家后，周莉莉见他跟工人满头大汗地把背投抬上楼，并安装调试好，心也就软了。打发走工人，周莉莉给六师弟倒了杯水，并叫他坐下来歇歇。两人慢慢地打开了话匣子，凭六师弟的聪明劲，周莉莉已经默认了他这个弟弟，临走时还说有空来家里坐。尽管不一定真诚，但六师弟心里如吞了蜜。

全市最大的休闲保健中心周总是张副市长小舅子！很快成了坊间流传的话题。渐渐地，这话也传到了张副市长耳朵里，他很是纳闷，从哪里钻出来个小舅子？莉莉不是独生女吗？也从未听说她有弟弟呀？别说亲弟弟，就连堂兄弟、表兄弟都没有嘛！这肯定是有人在扯他的虎皮当大旗。回家来，张副市长问起周莉莉，周莉莉才知上了当。可怎么办呢？名声已经造出去了，要往回收谈何容易，难道要一句句地去辩解澄清？怕是越辩解人家越认为你是忌讳或者害怕什么东西，到头来晓得的人传话的人会更多，反倒帮周浩做了宣传。

六师弟在四处散布消息的同时，也没把他刚攀上的这个姐姐冷落，总是隔三差五就来看望，今天提一条大河土鲢鱼，明天捎些老家土特产，名酒、名烟及高档化妆品也掌握恰当的时候送来。周莉莉明知他是别有用心，可偏偏嘴里推辞着，手还是伸去接了。尽管心里很看不起这种人，但常言道吃人嘴软拿人手短，既然已经着了他的道，还不如一条道走下去，说他是自己的弟弟也不过分，毕竟都姓周，而且都是七星镇走出来的人。虽然不是亲弟弟，可她周莉莉毕竟也没有亲弟弟呀！况且张副市长的亲弟兄们，哪个又能比得上周浩那么殷勤会来事？在周莉莉心里，早就有一座失衡的天平，六师弟的出现，从某种程度上纠正了她心里的失衡，真要做出取舍决断时，她是偏向于取的。既然选择取，那就得告诫他走些正道，从事些体面的行业，免得让他的副市长"姐夫"脸上难堪。

周莉莉把道理给老公一讲，张副市长也只有哀叹点头，谁叫他一直怕老婆呢？你说咋办就咋办吧，但不要给我惹麻烦，你也是受过高等教育的人了，不要到头来反被泥巴田里弯脚杆给算计了！对张副市长的再三叮嘱，周莉莉把六师弟喊来，勒令他尽快把休闲保健中心转出去。六师弟二话不说，满口答应。既然认了这个姐姐姐夫，还愁没挣钱的门路？

六师弟就注册了家文化传媒有限公司，短短两三年，六师弟就跻身千万富翁行列。

我和五师妹、七师妹都组织过同学会，前两次六师弟都称有事没来，但专门派人来买了单。打电话给他，总是没说两句就挂了。后一次我提前给他交代，能不能来先说清楚，如果不来就不要派人买单了，同学聚会就图个热闹，大家凑份子显得轻松自在些，你人不来却把单买了，这算什么？显摆你有钱吗？我们虽然没你有钱，但也不至于吃不起一顿饭吧？你有事谁没事？你有重要的事谁没重要的事？谁的事不重要？偏偏就你的事重要？谁是天天待在屋里头等天上掉馅饼的人？啥事重要就偏偏要吃饭这会儿去处理？分明是心理上跟同学们疏远了嘛！再说，还是三个师兄妹在组织呢，一请不来二请不来你谁呀？哪里不得了的大人物？六师弟终于答应无论如何都要来。谁搭的台不来都行，可七师妹搭的台不来咋行呢？他的话在桌上引起集体声讨，都嚷着要罚他的酒。可六师弟说啥也不端杯，还奚落班上喝酒豪爽的同学：过去你吃饭得行，我们吃一盅盅，你要吃一钵钵，现在喝酒也当吃饭了？把那同学弄得笑也不是气也不是，当场一张圆鼓鼓的大红脸。而对班上的女同学，他同样不积嘴德：你们凑拢来闻闻，我身上还有没有耗子屎的味道？女同学都不开腔了，尴尬地笑。

以后不想再见到那个暴发户！许多同学抱怨。因六师弟的原因，我们后来同学会都组织得少了。大家彼此少联络，各自忙各自的事情。不知不觉中，六师弟的财富出人意料地噌噌噌往上涨！也就是我正四处帮农民工维权受气挨骂的那些年，他抓住了房地产爆发的黄金时期，注册了房地产公司，仅凭手里的两千万现金，就大胆拿下市中心一块地，毛起胆子贷款，提前预售，一个盘就净赚了六千多万元！两三个盘就成了亿万富翁！

消息传来，同学们个个咋舌。这个时候，六师弟主动邀请同学们聚会，但应者寥寥，来者更寥寥。但每次我还是会去，每次他都端了杯，且都喝醉了，醉了就说：只有老三看得起我！我拍拍他的肩膀，别在乎人家看不看得起你，关键是你自己要看得起自己。要想别人看得起你，首先你得尊重别人。不料六师弟却哭了：我咋看不起自己？我太看得起自己了！我要不是看不起自己，会有今天？我又咋不尊重别人？我他妈太尊重别人了！都快他妈趴地上给别人当狗儿唤了！人家喊一声我摇一下尾巴，就差他妈的吃人家屙的屎了……

第二天醒来，多半会接到六师弟的电话：我们昨晚是不是喝多了？我说是的，有点多。嗯……那我说什么了没？他接着问。你没说什么呀……我说。他独自在电话那头笑了阵，郑重其事地说，老三，昨晚我说的那些话，你千万别给第二个人讲哈，我还要在这个塘塘里再混几年呢。我犹豫了片刻，答应：哦，要得。

27

二师兄出事那年春节，六师弟给二师兄父母留下一笔钱，跟我们一一告别，说是要外出发展。我们都劝他就扎根本地，可他不听。我不能一辈子在个小塘塘里游，他说。你不是已经到外面闯过了吗？我说。哪能比呢？过去是打工，挣块块钱，现在是老板，挣捆捆钱。

对其他师兄妹，或者同学，或者本市其他普通人，一个市已经是很大的天地了。既然六师弟志向更加高远，格局更加广阔，我们也无法扯他的后腿。他一向是个性格执拗的人。燕雀安知鸿鹄之志哉？这是他常挂嘴边的话。我猜测，他在说这话的时候，或许心中所思之燕雀并无意指我们，但我们在品咂这话的味道时，都自觉将自己定位成他言下的燕雀了。

别人或许有所不知，我知道六师弟要外出发展的真正原因：有关他是张副市长小舅子的谎言最终还是被人识破，加之张副市长被调到外市，全家也跟着迁走了。就这样，六师弟跟张副市长一家关系越来越疏远，虚假的"亲情"也越来越淡漠。

六师弟一步跨出省门，想趁房地产黄金时代纵横驰骋，不，他真正期望的是衣锦还乡。还好，起初几年，这只"鸿鹄"的确是越飞越高，钱的确挣了不少。他说他要在老家建一座类似皇宫一样的大房子，花再多的钱也愿意，他要让父母从此过上锦衣玉食的日子。到那时候，老三，还有大师兄、四师兄、五师姐、七师妹，你们都跟着我就行了，我管你们养老！既然是师兄弟妹一场，虽然有难我没跟你们同当，但有福我一定要跟你们同享！每次春节回来，六师弟都这样把胸脯捶得咚咚响。一些举动也似乎证明他能做得到，他给几个师兄妹的孩子们的压岁钱，着实惊掉了孩子们的下巴。好！我们都盼望着这一天。我们说。等着吧，我一定兑现我的诺言！六师弟一再强调。

六师弟在商海中畅游，起初是想继续搞房地产开发，可渐渐他认识到，开发算是这个产业链最顶端，人家岂肯轻易让给你外地人呢？既然吃不到最有油水的那一截，只好退而求其次，由开发转为总包。后来他扎根于华北某县，跟定一个姓马的大哥。

这位马大哥是当地最大的开发商，人高马大不说，说话做事充满霸气，连当地领导都得敬让三分，县城大半个城都是他开发的，因此有"马半城"的名号，跟着他，哪有干得完的工程？马半城则看中六师弟的机灵，有这样的小弟长期跟随，也是马半城多年的心愿。于是，两人一见如故，一拍即合。马半城喊：浩兄弟，这个工程你来做，你我之间，签不签合同有啥？你难道还不信任我？价钱低点你怕啥？到时候该追加的追加，你说一声就OK。六师弟头点得像鸡啄米，没问题没问题！于是，在没签任何合同的情况下，六师弟拿出自己的积蓄来垫资修建。完工后，六师弟叫结算，马半城也立即安排。六师弟说原约定价修不出来，需要追加。马半城二话不说，该追加多少就追加多少，钱也从来不拖不欠。

六师弟跟马半城简直就成了异姓真兄弟。一时心血来潮，六师弟拉着马半城要结拜，马半城则说：咱哥俩这般情义还不够？还需要那些虚虚华华的形式？六师弟拍头一想也对，就不再提及，此后更是对马半城言听计从，唯马首是瞻。两三年来，彼此都信守承诺，六师弟的银行存款数目一再刷新，想着自己多年的梦就要实现，心里美得无以言表。

六师弟在当地的名声也越来越响，说有个四川矮个子不得了。六师弟的生意也不再限于马半城所赐，开始自主揽活。这让马半城心里不爽。于是，马半城约见他说，兄弟，大哥哪亏待你了？六师弟摇头。马半城问，那是大哥哪得罪你了？六师弟还是摇头。马半城说那就不明白了，你不在我手下干了，偏去接人家的活。六师弟伸手去揽马半城的肩膀，但他个子小，手够不到另一边，就把手搭在马半城肩头。接你的跟接人家的活都一样嘛，再说你也不是时时都有活，闲着的时候去别处接一点，不耽误大哥你的大事。六师弟恳切地解释。马半城哦地点了下头。你赶紧把人家的活推掉，我要开发个大项目，需要的是人手。六师弟问啥大项目？马半城说，差不多又一个半城。六师弟惊叹地眨了眨眼，真有这么大的项目？那我听大哥的，还是跟你干！

六师弟静静地等消息，可一等没音信二等没音信，就约马半城见面问起。马半城说，快了，只等政府做决策了。六师弟心里凉了半截，原来八字还没一撇呢。马半城看出六师弟心中有疑，拍拍他的背说放心，这个项目下来，你十年都可以不做了。六师弟半天不作声。马半城说，你听说过未来通天城没？六师弟摇头。告诉你，我们这里离京城近，如今京城发展已是无地施展了，随着新规划的高速公路和高铁，未来京城到我们县也就一个小时，定会有许多在京城置业的人来我们这里居家，你想京城人的购买力多强呀！项目不等开盘，定会一抢而空，资金回笼更不是问题，你来总包承建，定是银子源源不断地往你家淌。听这话，六师弟仿佛看到一股银光闪亮的洪流在奔涌。那得多少钱投入呢？六师弟问。比如你搞总包，一期投入一两个亿就够了，以后可以期期滚动，总项目将达到十期！马半城说。六师弟心想，十期做完少说也可赚两三个亿，等这十期工程一完，自己就可退休还乡了！那兄弟就跟大哥搞这个项目了！六师弟当即表了决心。马半城很高兴，这个项目我需要的是你持续不断地支持，能行吗？六师弟说绝对能行。那好，马半城说，如果中途你撂挑子不干了怎么办？要不我们签个合同？六师弟说，过去咱哥俩啥时候签过合同？不签，你要签我跟你急！说啥呢，看不起兄弟了？真要亲兄弟明算账了？

　　马半城见六师弟慷慨激昂的样子，说不签就不签吧！

　　一两月后，未来通天城一期总算开工。六师弟组织了多个施工队加紧施工。一期完工后，像往常一样去找马半城决算，可马半城总不见人。六师弟给马半城打电话，马半城说过两天一定给你决算。可六师弟等了一个又一个"过两天"，差不多都快年根了，虽然等来了马半城露面，可他说必须按当初口头约定的价决算，这回不能追加。六师弟顿觉凉气直从头顶往下渗，大哥！往常都是要追加的呀！马半城严肃地说，这回就不能追加了。为啥？六师弟反问。马半城还是十分严肃地说，不为啥。六师弟急了，今年的建材普遍涨价，几乎一月一个价，这都是事实啊！马半城冷冷一笑，我还不晓得吗？六师弟说，除了建材，人工也普遍在涨，你明明知道，那为啥不给追加呢？马半城叹息一声说，你真那么见干见净地跟哥算账？六师弟不明白，问啥意思？马半城说，这些年你从我这里也赚了不少吧？六师弟心想，赚再多也是该我赚啊！再说，赚了钱，我哪里忘记了大哥你呢？你家里需要啥，只需咳嗽一声，我哪回不是分分钟给你买到？本想把这些吐出来理一理，但他忍了。他明白如果真拿到台面上，等于是两人撕破了脸。罢了，吃亏就吃亏一回吧！六师弟不再坚持追加了，忍痛认了那将近一千万元的损失。可决算后，马半城说钱还须等一等。六师弟更是汗毛倒竖，大哥！都年根了，我手下几百号人等着钱回家过年呢！马半城轻描淡写地说，你先垫一垫，等过完年一分不少支给你。六师弟急了，我都垫差不多上亿了，这哪里还垫得起？明眼人都看见的，这房子卖得好，你手头应该是有钱的呀！马半城皱着眉头说，难道哥就不能有个难处？有难处你就不能体谅一下？这些年我铺的摊子也很大，资金实在是扯不开。

六师弟自叹吃了哑巴亏，只好剜自己的生肉把农民工都打发回家。第二年一开春，六师弟就赶来，追着马半城要钱。马半城说，钱一分不少，你难道就只做这一锤子买卖？六师弟说那当然不是。马半城立即安排一桌酒席，说是春节哥俩没聚现在补起，并叫来几个朋友陪着喝酒，当然美女是少不了的，规格跟以往他招待马半城不差分毫。

席间，朋友们都给六师弟"洗脑"：马哥是绝对可以信赖的，跟着马哥走，金银自然有。马半城说，二期马上开工了，你接着修吧。六师弟说，好倒是很好，不过这回得签个合同。马半城说，签！你想怎么签就怎么签。六师弟就找律师起草了一份合同，马半城看都没看就签了字。这下放心了吧？马半城说。六师弟把合同收好，说大哥你把一期的钱支付了吧。马半城说，等你把二期修好后，我一并结。六师弟说我哪还有钱垫呢？一期已经把我掏空了。马半城说，你就给我装穷！有意思吗？六师弟赌咒发誓说他真没钱了。马半城说，那为什么还要签合同？现在反悔也晚了。六师弟万分诧异，这还是昔日一口唾沫一个钉的马大哥吗？心知再次上了他的套，也只有横下心来赌一把。真正给他信心的，还是双方签字的那一张纸，六师弟这回没图决算时追加，一开始就把价预算得很高，就算按合同决算也是有较高利润的。于是，他又放心大胆地组织人加紧施工。一年到头，不觉又垫进去近一个亿。

转眼又该决算付款了，谁知马半城说，把一期的钱支付给你吧，二期还得等翻年后才有。六师弟清楚自己已被马半城牢牢拴住了，可又能怎样呢？眼下的路，也只有一边解套，一边乖乖地被他继续用绳子拴。果不其然，三期完成后，马半城才支付二期的钱，如按合同支付也好，可马半城偏偏说要调减。六师弟差点气晕，大哥，这又是哪来的道理？马半城说，你过去一味地叫我追加，咋没问是哪来的道理？只允许你追加，就不允许我调减？

修四期的时候，六师弟实在没钱了。马半城说那我找别人吧。六师弟左思右想还是把四期承接了下来。他懂得，如果这时候退出，三期的钱别说猴年马月才拿得到，恐怕彻底打了水漂都有可能，那毕竟是上亿的真金白银投入啊！也是他多年积攒下来的家底。

28

去年国庆前夕，即将迎来举国同庆的日子，我也收获一个特大喜讯：我的二宝孕育成功！虽然慧珠的肚皮还没鼓起，但我仿佛看到了那个小生命，像一颗活泼泼的种子正在生根发芽。我抑制不住内心的兴奋，忍不住热情地拥吻慧珠。说真的，我很感激她这些年的默默付出。于是决定趁她肚里的小家伙还不具分量的时候，带她出去好好旅游一趟。

慧珠开玩笑说，别高兴太早，说不定市上又会安排你去哪里出差。我赶紧捂住她的嘴。我都好多年没休过假了，相信上天会体谅我这个苦命人！我双手合十，闭上眼睛祈祷。

真让慧珠说中了！我们的旅游决定才过一天，五师妹就打来电话。看到她的电话号码，我预感不妙，甚至害怕去接。慧珠接了电话。我紧张地注视着她脸上的表情。然而，她没有丝毫的怅惘，反倒一个劲儿地阴笑着。不是叫我出差吧？谢天谢地！我长舒一口气。但慧珠摇摇头，我说什么来着？……我不相信，将电话给五师妹拨过去，当确认消息无误时，我的心瞬间凉了。看来只有退休之后陪你旅游了！我叹息说。

慧珠这才满怀失望地挽着我的胳膊。只要有你在身边，去不去旅游不重要；再说，我们的二宝更希望一个安静的发育环境。我被慧珠的话触动了，一股暖流上涌，耳朵附在她肚皮上饶有兴致地听。现在哪能听到动静呢？傻瓜！慧珠把我的脑袋拨开，羞涩地说。

来到五师妹办公室，我看到市长的批件，才知道出差的目的地，五百多位农民工求助讨工资。六师弟不是在那里吗？我惊诧地望了五师妹一眼。五师妹心领神会点点头。六师弟家人也打来电话，说他被公安局刑事拘留了，涉嫌拒不支付劳动报酬罪。啊？我简直不敢相信，六师弟会坑骗家乡人？过去从农民工嘴里，听到的全是他的好，说周总耿直义气，哪怕工程款被拖欠，也从不拖欠农民工工资！这回怎么了？

听六师弟的家人讲，他是被别人设套陷害的，具体情况，你去后再详细了解；首先解决农民工工资，六师弟的事，你依情酌处，如果确有冤屈，尽最大努力挽救，实在无能为力，也只好作罢。五师妹说。临行前，市长也专门叮嘱我，充分利用我们总结出来的成功经验，力争不让我市在外务工人员的合法权益受损。

十五年农民工维权，我们总结出的"3+1"经验在全省引起强烈反响，市上正在往全国总工会上报，以期得到上一级的认可。何谓"3+1"经验？就是"公函引路、代理投诉、依法调处+维稳并重"。每一次出行，都是由市政府出具公函或介绍信，代表的当然是我们市政府，谈判桌上自然不能少当地政府有关领导；必要时，我们会帮助农民工向国家投诉受理办公室以及所在省省委书记、省长信箱甚至当地市长热线代为投诉，以引起上级重视；我们严格遵照法律法规，以及有关行业规定来协调处理，据理力争，为农民工争取最大限度的合法权益；农民工维权往往涉及群体事件，我们首先以维稳为重，教育农民工依法维权，不给当地稳定造成影响，必要时我们会做好农民工及家属的思想安抚工作。

我立即在网上将此事向国家投诉受理办公室及所在地省长信箱进行了反映，并立即将市政府出具的介绍信发至所在地县委、政府。接着，我们便马不停蹄地赶往目的地。

第一次协调会开得很短。一位姓陈的副县长同县委政法委副书记、公检法机关相关领导、县信访局局长、人力资源和社会保障局局长等坐在我的对面。陈副县长面带微笑，客套话里明显带有些许不满。肖主任，你哪有必要动用尚方宝剑？收到您的函，我们县委、政府是高度重视的，直接找我们就可以了嘛。政法委副书记说，犯罪嫌疑人已被关进看守所，公司的所有账户均被查封，正在筹集资金，五百多号人上千万元，可他公司账上只有几十万元！我们正在查证他是否有转移隐匿财产的证据。

以涉嫌拒不支付劳动报酬罪刑事拘留总包负责人，证据确凿吗？我问。公安局副局长说，当然，开发商支付了一笔钱，备注栏里指明是支付农民工工资的，可他全部挪作他用了。

以前开发商打每一笔款，都有备注吗？我问。当然有。对面的人回答。备注里指明用于支付农民工工资的有几次？

开发商什么时候管过农民工工资？为何偏偏这次要特别备注呢？如果开发商真正履行了监管农民工工资的职责，明明知道工程款中就含有农民工工资，为何还要拖欠工程款呢？

政法委副书记及公检法人员一致表示，他们只按照拒不支付劳动报酬罪的构成要件来办案，其他的都跟本案无关。陈副县长见双方分歧一时难以调和，说道：肖主任，总包方即使占了理，但他毕竟违了法，既然违了法，那就得承担法律责任；我们今天主要讨论的是，如何将五百多名农民工的工资解决了，其他的问题，待这个问题解决之后再处理。

可如何解决这五百多名农民工的工资？总包方没钱，开发商习惯性地拖欠工程款，既然工程款中包含了农民工工资，那还得从开发商处想办法。我提出让开发商先支付一笔钱，用来解决农民工工资，但没人明确表态。

我约见了六师弟的夫人和儿子。这个弟妹和侄儿，我还是第一次见。尽管过去多次跟六师弟碰头聚会，但他从来不带家人出场。六师弟儿子二十多岁，高中毕业就在建筑工地跑，建筑行业已是熟门熟道。六师弟的夫人姓李，也就三十多岁，显然不是原配。出于年龄上的悬殊，我只有叫她小李。小李开口就叫我三哥，由此断定虽然我们从未谋面，但六师弟肯定在她面前没少提及我。三哥啊！你六师弟出了这个事，我想死的心情都有……话一出口，眼泪就直往外冒。我赶紧安慰她，先别急，事情遇到了，也只有慢慢处理，一步一步来，总有解决的办法。从小李的哭诉中，我得知了更多内幕。

事实上，六师弟早已被马半城装进了难以脱身的魔瓶。

在修前三期的时候，因资金垫付额大，加之农民工工资期期
均在按时支付，六师弟渐渐吃不消了。楼房一天天长高，就
像是日渐长高的娃娃，每天的营养需求也越来越多，都得用
钱去喂呀！于是天天追着马半城要钱，马半城不拿钱，却出
个主意：你先向别人借点，帮哥把眼前的困难撑过去。向谁
借？马半城便给他指路，某某公司资金宽裕，但借钱有利
息。这时候的六师弟明知前面是坑，也非得往坑里跳不可。
借一百万用一年，利息二十万，签的合同是一百万，但到账
就只有八十万了。当地称这种借贷叫"砍头息"。六师弟一
次一次地去借，一次一次被"砍头"，几年累积起来，光
"砍头息"就被坑了近五百万元。后来听说，那所谓的某某
公司，是马半城儿子开的。

　　加之前三期在结算时，期期都被马半城调减，六师弟就
差给马半城跪下了，大哥！不说追加，就保住合同约定价我
就给你烧高香了，这样回回调减，我一分钱不赚不说，还倒
亏一大坨！马半城心硬得很，就算你给他跪下他也毫不动
容。我也困难啊！既然是兄弟，那就有福同享有难同当嘛！
这次还是减点，下次，下次给你追加，放心，下次让你把亏
的钱都赚回来！咱哥俩这份情，难道就不能看长远些？咱们
要做一生一世的兄弟，你就那么目光短浅？说得六师弟欲哭
无泪，知道再费口舌也是枉然，只有心里默默叫苦。

　　可回到家六师弟一想，凭什么要我给他当冤大头？听他
的话，怕是把我的肉吃完了，还要把我骨头都嚼碎！于是左
想右想无论如何都想不通。想我周浩，几曾受过这等窝囊
气？不行，哪怕拼个鱼死网破，我也不能就这样眼巴巴地看

着他坑杀自己！我必须反抗！可是，该怎么反抗呢？反抗的话，就得做好竹篮打水一场空的充分准备，他欠的钱脸一抹不认黄，怕是以后在这里也彻底没有了立足之地。哎！天啦天，这该咋办呢？该咋办呢？如果真是到了那一步，鸡飞蛋打了，灰溜溜地退回老家，我还有何脸面面对亲戚朋友？如何面对我的同学和师兄师姐师妹们呢？我夸出去的海口怎么收得回来呢？

　　一个一个晚上，六师弟睡不着觉，纵管小李比他年轻十余岁，模样儿也乖巧，身材儿也苗条，不施粉黛绝不显年轮，浑身充盈着刺激人荷尔蒙剧增的魅力，但六师弟根本无兴趣，有时小李非要来撩拨，半天进不了状态反倒会大发雷霆，弄得两口子两天一吵三天一架。儿子专门在管农民工，已连续五个月发不出工资压力也很大，回到家念叨的就是好久能拿到钱？六师弟心一横，农民工工资从此停发！把责任往马半城身上推，必要时让农民工制造点事端，看你马半城有何能耐收拾这个烂摊子？果然，农民工工资一停，工程也就跟着停了。可马半城丝毫不为所动，并放出话来，你周浩要往烂里搞，我分分钟可以把你清理出场，你不干有得人干！咱走着瞧！六师弟也没认怂，老子就不信这个邪！难道天底下就没有王法了？曾经亲如兄弟的两人，积怨越来越深，两人约在歌城见面，几句不对便抓扯起来，双方各叫了人，在歌城大打出手，最后责任都判在六师弟头上，钱没要到一分，还倒赔歌城几十万元损失。歌城老板还不善罢甘休，扬言要找人砸六师弟的公司。

　　这下更刺激了六师弟的斗志。真要你死我活吗？那就拼到底。六师弟开始写检举信：揭发马半城多数项目手续不全，遗留问题多，所开发小区业主意见大；揭发他组织黑恶势力，欺行霸市，严重扰乱正常的经济秩序；揭发他不遵守合同约定，毫无契约精神，拖欠、克扣工程款导致多个项目农民工工资无法兑现；等等。

可是，这些检举信如石沉大海。紧接着，马半城主动给六师弟打电话，你到处告我起作用了吗？哪怕你告到北京又能怎样？告诉你，我女儿在报社工作，手头的资源多得很！分分钟捏死你当踩死一只蚂蚁！六师弟从来不畏惧别人威吓，你倒提醒了我，我就要告到北京！过了一阵，马半城再打来电话，态度一百八十度大转弯，兄弟，咱哥俩这样斗气终究解决不了问题，马上给你点钱，你拿去应急吧，可得把工程赶快恢复起来！

可马半城只给了三百万，还特别交代专用于解决农民工工资。也是六师弟大意，心想这点钱哪够农民工工资啊？想哄我尽快复工，哪有那么便宜的事？既然你像挤牙膏似的，那我就再捏一把！不多挤点出来你不晓得我力量有多大。六师弟没有理会马半城，三百万到账，当即就支付了材料款。不到半天，公安机关主动找上门，一副冰凉的手铐将六师弟铐住，径直拉到了拘留所。这时，六师弟才明白，马半城哪有那好心？那三百万分明就是个套。

第二天要去看守所看望六师弟。晚上我总是睡不着觉。多年来的失眠经验提醒我，恐怕又是凌晨三四点，方能得到短暂的安宁。我一闭上眼，眼前便显现出一尊胖硕的如来佛像，这佛像完全没有慈眉善目的样子，却是一副轻蔑诡异的眼神。那尊佛像高若万丈，重若泰山，就那么用轻蔑诡异的眼神看着你，让你充满恐惧，让你浑身战栗！尽管你是孙悟空，会七十二般变化，会十八般武艺，一个筋斗云翻越十万八千里，可那点儿能耐只能算是小儿科罢了，如来佛只需轻轻一扬手，你大半生的折腾、抗争和奋斗所得，顷刻之间便化为乌有……六师弟啊六师弟，你是聪明一世糊涂一时！或许是顺风顺水的日子过久了，与生俱来的机灵和警觉失了效，又偏偏遇上个马半城！强龙都难斗地头蛇，你哪是他的对手呢？检举揭发，你想得太天真了！

……

29

看守所位于半山腰，一面是陡峭的悬崖，岩面不长一棵草木，嶙峋突兀的尖利棱角，会让企图攀岩越狱的人顿时绝望。而另外三面，也几乎是垂直而下的坡坎，同样的岩石结构，构成了独特的易守难攻的地势。一条宽十余米的河流，环绕山脚流淌，虽值秋季，河水没有奔涌翻腾的气势，但那一片泛着幽蓝色微波的水面，也是让人望而生畏的警告。

六师弟儿子开着车，小李又一路絮絮叨叨：自从你六师弟进去了，我还没见到过他……不知他现在什么样？胖了瘦了？……肯定是瘦了，他哪里受过那种苦啊……说着说着，小李的泪水又要出来了。

我心情也很沉重，劝慰已显得虚假，也就没有制止，默默地扯了几张纸巾递给她。

办完一切手续，我们进入看守所。经过几道查验，我终于见到了六师弟。两个高大的看守将他带出来，如同老鹰提小鸡一般。小李一见泪水又涌出来了，这时我制止了她，她赶紧用纸巾拭干。儿子倒没那么脆弱，强撑出一丝喜悦，喊了声爸。六师弟抬头看见我，像是身体孱弱的人突然被浇了一盆冷水，一个激灵便站稳了，口里只喊：三哥，我啥时候能出去？啊？……看守呵斥他不要高声，我立马朝两位点头致歉。看守走了后，六师弟激动不已：我就知道，老三不会忘了我……这就好，我有救了！……我的喉咙像被湿布团堵塞了似的，一时没有说话。老三，你要想办法，尽快把我弄出去……只要能出去，钱我不要了……现在想来，比起自由，钱算得了什么？都是身外之物……

我想说，早知如此，何必当初？我们都劝你不要跑这么远，你偏不听……

可我最终还是没有说出口。

片刻，我说：要把你干干净净捞出来，怕不那么容易，大家都明知你受了冤屈，遭人算计，可你毕竟还是实实在在地违了法……六师弟嗯嗯地点头：他们太坏了，是我这一生从没见到过的坏人！我接着说，事已至此，又能怎样呢？我们尽最大努力取保候审吧！如能行，你就折财免灾，老老实实待一阵，做好撤退准备，马半城欠你的，你自己掂量，能要回来尽量通过合法渠道去要，要不回来也就算了……但，

221

我们首先要把农民工工资解决了，我想听听你的意见，假如对方愿意拿钱支付农民工工资，当地又同意你取保候审，你还会继续闹吗？六师弟脑袋摇得像拨浪鼓，不闹了不闹了，绝对不闹了！我现在日思夜想的，就是早点出去，老三，让你费心了，你要多展点劲啊……！

自从六师弟被刑拘，马半城就终止了合同，未来通天城四期已改由他人总包，工程已恢复施工，原来的工人大部分离开了，还有少量人继续坚守，其中有几个是我们市的。我找了几个农民工，想听听他们的意见。这些都是跟六师弟征战多年的老熟人了，彼此都十分了解。一位跟我们岁数相当的农民工说，他老家与七星镇相邻，大家都乡里乡亲的，周总遭遇这样的不幸，他们也不会逼他要钱，他们相信周总绝不会赖账，总有出来的那天，只要出来了，啥时候给都行。我说，我既然来了，肯定要把你们的工资问题解决了，只是现在这钱从哪里出，你们周总肯定是拿不出来的，那又怎么办？那位农民工毫不犹豫地说，找马半城出呀！他欠我们周总上亿的钱，他不是没有钱，期期都赚得盆满钵满，哪能没钱呢？他那样搞是想把周总榨干再撵走！

看来农民工不是没有见识。第二天就是国庆节了，大假一放，好比一捆面条放进水里，几下就散了，稀了，甚至糊了。我赶紧联系陈副县长，要求召开第二次协调会，而且必须把开发商请到场。然而，这次协调会也开得很短，由于马半城的颐指气使，大家几乎是不欢而散。

我鲜明地提出自己的观点：开发商拖欠总包方上亿的工程款，这是事实，如今总包方负责人被拘，公司又没有足够的现金，那么迫切需要解决的农民工工资问题，必须由开发商来支付，这个钱可以在开发商拖欠的工程款中扣除。马半城一双眼睛死盯着我，但我没理会他。会场短暂沉默后，公安局副局长说，至于总包方有没有能力履行其法定义务，我们还在查证，目前看来，他公司账上现金是远远不够，但周浩还有其他财产，比如他的房子、车子等，目前我们查证的在本地的房产就有五处，车子有五辆，这些都可以通过法定程序变现。

我强压心头的愤怒，尽量心平气和地说，你们干嘛非要忽视开发商拖欠总包方巨额工程款这个事实呢？国家早有规定，业主未按合同约定与建筑承包企业结算工程款，致使农民工工资被拖欠的，由业主方先行垫付，为什么在这里就成了一纸空文呢？不料，建设局代表当场反驳我：你说的是二〇〇五年出台的《建设领域农民工工资支付管理暂行办法》吧？你也忽视了文件中同时强调了总承包方垫付农民工工资的义务。我回应说，我知道，文件中确实有这项表述；事实上，总承包方过去一直在垫付农民工工资，即使在开发商长期习惯性地拖欠工程款的情况下，仍然没有拖欠过农民工工资，只是这次，但这次的特殊性和蹊跷性，我想在座各位不会不明白吧？眼下的事实是，总包方已无足够资金继续垫付农民工工资了，那么，这个义务理所当然该由开发商来承担！希望各位尊重事实，尊重法律！

可事实和法律也明摆在那儿，周浩以充分的事实违反了支付农民工工资的法定义务，涉嫌拒不支付劳动报酬罪呀！检察院代表说。绕来绕去又回到了这个圈儿里。看来没有马半城松口，所谓的协调和谈判是不会有结果的。那你们打算怎么办呢？我问。法院代表说，当然是依法来办，检察院即将提起诉讼，我们也会很快开庭审理，毕竟五百多位农民工的工资是大事，等不起啊！轮到我无语了，我还能有什么话呢？而在这个时候，马半城主动说，如果周浩的财产执行完还不够，余下的暂由他垫付。陈副县长笑着问我，肖主任，您看怎样？这恐怕是目前唯一的办法了。我没有作答，也无法作答。如果我不同意，岂不给对方一个不可理喻的印象？可要是答应了，就没有回旋的余地了。

　　我把协调会上的情况通报给六师弟家人。小李一听就满脸红涨，声称若是不让她活，她也不让大家活了！她要爬到当地最具标志性的大厦上跳楼，制造出惊天的新闻，让他们看看四川辣妹子也不是想捏就捏的软蛋！六师弟的儿子也说，要执行我的财产？等他们来，他们只要能进到屋，定叫一个二个站着来躺着走！说话间便吩咐小弟去准备刀叉棍棒。我赶紧劝住他们，千万千万不要冲动，没到最后一刻，还不知谁赢谁输，六师弟本来就中了人家的圈套，要是你们再往前迈一步，说不定又是另一个更大的圈套等着你们，到那时，怕是一家三口要在牢里团圆了，何必呢？何苦呢？值得吗？

　　小李说，还能有啥办法呢？看来马半城是铁了心要赶尽杀绝，他要把我们往死里整，我们也只有一条命等着他！

　　小李的话点醒我，解铃还须系铃人，看来很有必要去见见马半城。我拨打马半城的电话，但他没接；给他发去一则长短信，并表明了我的身份，他没回。或许是国庆大假他真不方便？我只好等他的回话，然而一连三天都没任何动静。这三天里，我不敢离开小李一家半步，生怕他们想不开会有什么过激举动，连吃饭都叫的外卖。晚上虽是合衣闭眼地躺着，但哪能睡得着呢？稍有一丝响动，便要睁开眼看一看。六师弟在里面是怎么过的呢？……慧珠在家里又是怎么过的呢？……马半城，马半城究竟在干啥呢？电话不接短信不回几个意思啊？这个马半城啊！既然是富敌半城了，为何还那么贪婪？彼此曾经亲如兄弟，为何还那么绝情？你这个马半城啊！我真想奉劝你，留人一步余地，赢得广阔天空啊！凡事不能做得太绝，做绝了，看似在断绝别人的路，实则是在断绝自己的路啊！古往今来多少人，只见飞扬跋扈一时的，哪有荣贵安逸永久的？常言说得好，出来混的，迟早是要还的，你既然是当地一大人物，难道就不明白这个道理？我冥思苦想，三天三夜还是想不明白。我向来不会以最坏最坏的揣测去评判任何人，我始终相信，就算是坏透了顶的人，心里总还藏匿着一丝的善良。因为他终究还有家人，上有父母，中有妻子，下有儿女。当然，不排除有那种在父母、妻子、儿女面前都猪狗不如的东西，但我不愿相信马半城会是这样的人。如果是，又怎么可能积攒起富敌半城的财富呢？财富的积累，如完全靠欺诈、抢掠、害人等手段得来，这样的财富只能算是不义之财，不义之财迟早会化为粪土，散如烟云的……

陡然回过神，为自己的胡思乱想感到好笑。难道我要去对马半城说教？

大假第四天，我忍不住再次给马半城拨通电话，这回他接了，并答应跟我见面。不过，见面地点和时间由马半城定。我如约赶到见面地，这是马半城在郊外的一套别墅。十月初的北方，树叶已经泛黄，一些早枯的叶子随风一吹，便纷纷落下。马半城的别墅处在一片人工栽植的美国红枫林里，六师弟儿子把我送到别墅大门口，我顿感被一阵铺天盖地的红色吞没。按了门铃，一个家政模样的中年妇女开了门，很有礼貌地把我引上楼。上午十点钟左右，看样子马半城才起床不久，身上穿着土豪金颜色的厚睡衣仰靠在躺椅上，一个身着养生保健字样工作服的年轻女子在为他按摩。他指了指旁边的躺椅，意思叫我也享受一下。我摇摇手，刻意离他远一点坐下。一会儿，马半城按摩完毕，将我引到会客室。

　　我知道你的来意，马半城先开口，说真的，这事没我表态，谁也解决不了。口气果然很大。那你准备怎么解决呢？马半城盯着我，嘴角露出狡诈的笑，我跟周浩也曾兄弟一场，他不该到处去告我。所以你就设套整他？我说。不懂事的人就该受点儿教训，马半城说。这可不是教训那么轻松的事，法律怎么能当儿戏？况且是涉及刑法，是要人判刑坐牢的呀！我说。我可以让他进去，当然也可以让他出来，如果他还要闹腾，我还可以让他再进去，马半城说。我真想扇他一阵耳光。怎么讲？我按捺住心头的火苗。说关键的吧，我也想跟他一刀两断，你开个价。马半城点燃一支烟，把腿交叉放在桌面上，脚掌正对着我。怎么个一刀两断？我问。就是我拿一笔钱，既能让他出来，又能把农民工工资解决了，从此两人大路朝天，各走半边。没想到马半城会这样说，我

226

愣了一下。那……你准备出多少钱呢？你可欠了人家上亿的钱啦！况且这几年克扣盘剥人家的也不在少数，我说。马半城脸上突然罩上一团乌云：这样的话，我又何必煞费苦心呢？……问题难办了。这个……我不能做主，我把你的意见转达给周浩，一切等他来决定。说完，我匆匆地离开了。

我再次来到看守所，征询六师弟的意见。话才说到可以让他出来，他就抢着说好好好，就这么办，只要能出来其他的都不重要，老三，你赶快去办吧！我这里没问题。

国庆节后，各方拟了个一揽子解决问题的方案，马半城拿出一千五百万元，用于支付拖欠的农民工工资，剩下的作为周浩一家的生活用度；周浩准予取保候审，可以回原籍居住，但要保证随传随到；至于马半城与周浩之间的其他经济纠纷，由双方另行协商，协商不成可向人民法院起诉，相关部门不再做任何调解。

六师弟的家人和我在协议上签了字，这大概是我十余年来最窝囊的一次维权。当日，六师弟便从看守所放了出来，第二天我们就搭乘一个航班回到了我们市。

30

最后一次穿刺，曾教授带着医生及他的实习生，还有两个漂亮小护士都来了。曾教授一边给实习生讲我的病历及治疗过程，一边安排医生给我做穿刺手术。见抽出来的液体已完全正常，他点点头说，很好很好！我可以负责任地宣布，治疗成功！而且创造了医学上的奇迹。为什么？实习生问。曾教授说，像这种病人，绝大多数结果是非死即瘫，可唯独他这个病例，不但保住了生命，而且在科学的康复训练下，完全有彻底痊愈的可能。

紧接着，曾教授叮嘱我，出院后要注意几个问题，半年内不能坐飞机，不能熬夜，不能饮酒抽烟，防止情绪激动，防止摔倒，防止过度劳累，须平躺休息，须拄拐锻炼双腿支撑能力，须逐步恢复正常行走能力……我一一点头答应。曾教授微笑着对慧珠说，这就要辛苦你了，家人的耐心陪伴和照顾，对病人的康复是至关重要的。

屋里的气氛很温暖，我的心情也很好。大家正你言我语地笑谈着，五师妹走了进来。嗬！这么多人，这么热闹！看来三师兄的病九成是好了！待医生全部退出病房，我们才有空当跟五师妹说话。五师妹代表我们县来省城开会，她已从市总工会副主席岗位调任我们县常务副县长，从趋势来看，很有可能换届时当上县长，甚至过几年当上县委书记。

替五师妹高兴的同时，我心头还是有不少遗憾。五师妹一直单身，如今四十六岁了，仍没找到她中意的人生伴侣。一个人，我已经习惯了，五师妹说，我现在哪有时间恋爱？哪里还有真正的爱情？或许我上辈子在爱情上太贪婪，老天故意惩罚我这一世，要真是这样，我也认命了。五师妹看似洒脱的玩笑，实则是在极力掩饰和抚慰内心深处的伤痛。

我们不敢提起家国，但她却主动说起了他。那个榆木脑袋的情况你们知道吗？我们诧异地盯着她，等她主动揭晓答案。离婚了，也脱离了县农业局机关，担任县农业投资公司总经理。哎！这到底咋回事呢？我们算是彻底无缘了，而命运的圆圈却让我们又回到一个点，以后还得经常见面。那……你们有没有可能……慧珠话还没说完，五师妹就直摇手。不可能，绝对不可能！别把话说这么绝呀，你们可以见面深聊一次嘛，他离婚一定有原因的。慧珠说。还有什么原因？以前他是贪图人家的家庭背景，日子过久了，他又嫌人家长得丑，最终忍受不了还是离了。五师妹噘着嘴说。我心里在想，一个年近五旬的女人，一个副处级领导干部，生活中却也如此这般稚气，一旦什么扣动感情这根弦了，小女人甚至小女孩的脾性就显露无遗了。细看五师妹，跟上学时真没多大变化，身材没走样，发乌面白，不细看颇有三十来岁少妇的韵味，仿佛被岁月遗忘了一阵。或许是一直单身，除了工作，便无更多繁杂生活琐事侵扰的缘故？可其他像她这般年纪的单身女人，又特别容易显老，唯独她保养得这么好，是何缘故？说来也怪，像五师妹这样优秀的女人，为何感情世界偏就不能圆满？

当年郑老师开"小灶班"，明眼人都能看出来他的目的。十四五岁的女孩儿，正是情窦初开的年纪，咋能不敏锐地觉察到这些呢？五师妹也一样。对于一个农村女孩儿，能得到吃上国家粮且身份体面又年轻帅气的老师青睐，是多么让人羡慕嫉妒的事啊！

在"小灶班"，五师妹跟七师妹坐一桌，郑老师经常厚此薄彼，先是在屋里走几圈，然后很自然地来到七师妹身旁，把腰弯成九十度，在七师妹身后讲题，就差手把手地教了。而其他人呢？他光顾得很少。每次见郑老师来到七师妹身后，主动问她哪里不懂？五师妹就后背如刺在扎，脸上渐渐发烫。给七师妹讲完题，郑老师却偏要假惺惺地说上一句：冬梅没啥不懂的吧？你本来成绩就好。然后讪讪地笑着走开。五师妹默不作声，心里失望透顶，只好暗自酸酸地还嘴，你晓得我没啥不懂的？哼！我是没啥不懂的，不需你讲我也会！

因五师妹与生俱来的自信和倔强，注定她不会因此迁怒于七师妹。她俩一直耍得很好，下课上厕所，到操场散步，放学到寝室，到七星场镇去闲逛，都是手牵手。这样好的关系一直保持到她们一同到县城念书毕业。

五师妹对家国有好感，是从"小灶班"开始的。或许是女孩儿为求心理平衡？见七师妹有人喜欢，自己心里也有点空虚，便把目光放在周围寻找。挑来挑去，仿佛只有家国能入她的眼。家国究竟哪点儿打动了她呢？之后许多年她也不止一次问过自己。只记得家国这孩子有一股定力，无论外面的环境怎样的花哨，怎样的杂乱，怎样的吵嚷，他似乎都能置身事外，他的心里仿佛只有一件事，那就是读书。小时候爸爸常说她，冬梅你咋像个猴子一样呢？一天上蹿下跳的，一刻也静不下来，今后读书怕是缺乏自制力，你要向那些有自制力的同学学习。或许爸爸这句话起了作用？从此自制力强的孩子成了她的榜样和偶像，渐渐地自己也有了自制力，实践证明确实学习成绩也好了起来！可这难道就是她喜欢家国的理由？就是她对家国寄予越来越深的情感的根源？有时她想起来自己都觉得好笑。她也不止一次轻蔑地提醒自己，他赵家国除了这唯一优点，还有什么宝贵的东西？身材高大？长相英俊？能说会道？左右逢源？会哄人疼人？会料理家务？……这些他一样都没有。而我呢？一米六几的个儿，虽不算美女，但绝对不是丑女；善解人意，有很多朋友，同事领导对我也好，都夸我会为人处世；要是哪个男人娶了我，只要你敬我一分我一定回报十分！我屋头啥时候不是一尘不染？啥时候不是温馨浪漫？做菜的手艺嘛，虽赶不上星级宾馆的大厨，也是十人吃罢十人夸的水平！跟他赵家国比起来，不说天壤之别也算是严重不匹配！可是为何，为何他偏就对我没有一丝一毫的感觉呢？这是最伤她自尊的地方！又为何，明明他对我如此轻慢忽视，可我却还是一想到他，难免心里酸酸地难受死了呢？

　　上初中时，五师妹想，或许大家都还小，人家不好意思吧？那就上高中再说。哪知上了高中，家国仍然没有开窍动情的迹象。五师妹又想，或许是他一门心思学习，想考个好大学吧？行，支持你！我也潜心学习，等上了大学，大家都脱了农皮，再无后顾之忧的时候，该可以开始了吧？谁知在大学里，尽管两人所考的学校相距不远，可家国从来没主动给她写过信，从来没主动到学校找过她。相反，她给家国写过几封信，也去学校找过他。在信里，五师妹毕竟是女孩子，怎可放下女性的矜持，直白地吐露爱慕之意呢？她用一些借代、暗喻等修辞手法，闪烁其词地去敲打，甚至采取当时流行的暗示手段——邮票倒贴，还是没有换回家国的正常回应。这家伙是故意装糊涂还是真是个榆木脑袋？五师妹很气愤，也很伤心，发誓不再理家国，并试着去交往其他男生。可不多久，家国又悄悄地渗入她心里，并给她一个充分的谅解理由：等毕业了，都参加工作了，都到谈婚论嫁年龄了，他也应该开窍了！

五师妹又撑起希望的风帆，一天一天盼望着大学毕业的日子。

得知家国分到了县里，五师妹稍稍有些失望，但还是庆幸月老没那么残忍将他们分隔得太远，县里到市里，也就几十公里路程，说不定哪天，他就调到市里了呢。等工作走上了路，五师妹专程去县农业局找家国，她知道指望家国主动来找她，怕是要等到太阳从西边出来。不要脸就不要脸吧，谁叫我一直惦记着他呢？五师妹给自己打气。

见面后，家国气色还好，脸上难得有几分笑容，五师妹紧张的心舒缓了些。两人约定去河滩那片茂密的树林。以前在县城读书的时候，他们都知道，凡是城里的青年男女，都喜欢来这里谈恋爱。那是一片广阔的河滩，自然生长的杂草和树木遮天蔽日，树木以刺槐为主，也夹杂着其他杂木。春天一片刺槐花的海洋，微风送暖，刺槐花香气袭人，很容易让人想起初中操场边上的刺槐林。夏天，刺槐枝叶穿插交错，层层叠叠，形成一个巨大的天然凉棚。沿着一条若隐若现的小道进入，哪怕外面还是烈日炎炎，里面却是透心儿的凉爽。若你留心小道两旁，你会发现，在三尺来高的蒿草丛里，会有一辆或两辆自行车藏匿在那里。虽只露出个车屁股或是车把手，但不难猜到，旁边肯定有人躺卧在草丛中。侧耳倾听，那边传来的嘤嘤细语会让人浮想联翩。所以说，一提起河坝上那片刺槐林，青年男女们无不热血奔涌。当然，在上个世纪八十年代，林子里也发生过一些刑事案件，可尽管如此，富有冒险精神的八十年代青年怎会望而却步呢？顶多案件公布那几天少有人去，过几天一切依旧，憧憬浪漫情怀的，怀有别样动机的，已达成默契想干点啥的，仍然会络绎不绝地前往。他们要么一男一女各骑一辆自行车，伴随着惬意的口哨并驾齐驱；要么男的甘愿当骑手，把女的放置在后架上，让女的抓住自己的衣服或是双手搂住自己的腰杆。据说，还有一些有窥视癖好的人，提前选好一个地方潜伏起来，等待着别人上演一出好戏来看……

家国也是骑一辆自行车，五师妹坐在他的后架上。她不敢去搂家国的腰，只是用两根指头揪住家国的衣服，若是遇上颠簸，她也会再腾出几根指头，将家国的衣服揪牢些。想想等会儿将在林中可能发生的种种情景，五师妹激动得脸都红了。

家国将自行车停靠在一个不算隐蔽的地方。两人坐下来，相隔有点距离。五师妹扯了根青草，在手指上缠绕着玩。家国则木呆呆地望着那一江奔腾不息的水不说话。怎么了？刚才情绪还行，现在咋不说话呢？五师妹问。家国羞惭地笑了笑，不知道说什么。五师妹差点笑岔了气，家国啊，说你是个榆木脑袋还真是！我们好久没见了，就没啥话说？家国的脸顿时红了，那……那你先找个话题。五师妹想了想说，你以后有什么打算？家国犹豫片刻：没啥打算，好好上班，有上进的机会就上进，没机会就那么一天天地过。五师妹起身移到家国旁边坐下，才刚毕业，你就这样随遇而安？

你就不想改变一下环境？就没想过以后的生活？家国说，县农业局也很好的，局里还没有过大学本科生，领导对我很器重。五师妹说，那你打算在县上待一辈子？没想往……市上走？家国又犹豫了片刻说，刚来的时候想过，现在……怕是走不了了。五师妹不解地追问，为什么？家国吞吞吐吐地说：我……我要结婚了。啥？你说啥？五师妹瞪圆双眼逼问。家国把头扭向一边，我一到单位，局长就给我做媒，把一个副局长的亲戚介绍给我。五师妹的心顿时像泼了一瓢辣油，顷刻又像浇了一勺凉水，你……你答应了？家国点点头。你太草率了！她是金枝玉叶还是美若天仙？五师妹已顾不上多年撑起来的矜持，抓住家国的胳膊。家国十分冷静地告诉她，都不是，除了家境好点，其他都没有，尤其是长相……简直目不忍睹……五师妹似乎又看到希望，家国，趁还没有成事，赶快回话！听见没有？赶快告诉她，说你不喜欢她！没有爱情怎能成婚姻呢？你想想，跟一个你不爱的人结婚，过一辈子，那多痛苦啊！家国，你想想……五师妹说着，泪水不听话地涌了出来。家国长叹一声说，我也曾这样想过，也想回绝，可是……假如我回绝了，以后怎么在局里待？局长是媒人，副局长是女方亲戚，他们以后会怎样给我穿小鞋？五师妹恨铁不成钢地捶打着家国，你太傻了！太傻了呀！难道天地就县农业局那么丁点儿大？家国眼眶湿润地说，我们农村孩子，哪有资格贪图那么多？你知道我的家境，父亲死得早，哥哥辍学打工供我兄妹三人读书，老大不小还光棍一个，我是想早点结婚，若能找个家境好的更好，减轻家里的负担，让哥哥也能早点成个家……

五师妹泪眼婆娑地望着家国，她不再说什么了。家国的想法，怕是许多农村男孩子的共同想法，尤其是家境贫困的男孩子。她知道，当年姐姐就是因为大师兄家穷，爸妈死活不同意，姐姐才忍痛割爱，选择了钱万富。家国的选择有错吗？如果否定他的选择，那么也就间接地否定了姐姐的选择。对于姐姐的选择，她是不愿意去否定的。当然，当时她还看不到姐姐的婚姻后来会遭遇什么变故。她也不会将姐姐的婚姻朝坏处去推测。

　　最后，五师妹仍不甘心地问家国：你说实话，你爱过我吗？家国话到嘴边总是吐不出来，后来干脆吞回去，嚼碎了咽进肚子里。五师妹彻底失望了，起身悲痛地跑了。

31

　　丢下家国，五师妹来到姐姐家。一进门，看到姐姐脸上有伤，不由吃了一惊。李春梅说送女儿上学摔了一跤。但从她躲闪的眼神，五师妹已猜到八九分。此前听说，钱万富对姐姐不好，但从未向家暴方向去想。今日亲眼看见便明白了，姐姐的婚姻绝对是选错了！

　　刚才还没信心去否定家国，现在她有了。从姐姐的今朝，便可看到家国的明日。纯粹追求物质条件，纯粹功利的婚姻是不会幸福的。她不忍心家国往火坑里跳，很想立马又跑回去，再次警醒那个梦中人。可家国会听吗？她明白一个道理，睡着的人是难以喊醒的。

姐姐，你打算怎么办？李春梅还在极力掩饰，什么怎么办？五师妹恨了姐姐一眼，你就不要装了哈，进门我就猜到了。李春梅见瞒不过，沉默不语了。想当初，你是那样痴迷他，这才几年啊，怎就到这步田地了呢？五师妹说。李春梅泪水不听话地往下淌，肩膀一耸一耸地哭起来：我想跟他离婚，但考虑到女儿还小，过几年再说吧。五师妹急切地说，过几年，你的青春呢？再说，这样勉强地委曲求全，对孩子成长并不是一件好事啊！

李春梅哭了一阵说，放心，我自有分寸，我尽量不让伤害到孩子。姐姐的执拗让五师妹不好再多言。再说，自己还没结婚呢，哪有资格去评价一个已婚人的生活呢？

五师妹想起高中那几年，姐姐常来学校看她，每次来都带些她喜欢吃的东西，比如七星镇的麻花。她很感动这份姊妹情。从小，供销社李主任家两个女儿，整个七星场镇出了名的，不仅镇机关单位的人夸，场镇上所有人都夸。夸两个女儿长得好，一个赛桃李，一个赛云霞。姐妹俩是泡在夸赞声中长大的。随着一天天长大，姐妹俩的身段容貌也确实没辜负这些夸赞，走到哪里都是凝聚话题的主儿，甚至会引起争论：你看，李主任两个女儿，哪个好看些？哪个好看些？都好看！我晓得都好看，比较一下嘛！我看春梅好看些。哪里哟，冬梅好看些！不，还是春梅好看些！说啥子哟，还是冬梅好看些……每每听到这些，姐妹俩就偷着乐，心里搅动了轮轮春水。没人的时候，李春梅关在屋里反复照镜子，一边瞧着镜中人的眉眼、脸蛋、颈脖、腰肢，一边拿妹妹的同样部位去对比。照着照着，她的脸颊渐渐泅出霞红，各自害羞地笑了。李冬梅呢，则没有姐姐那么多小心思，只是夜晚躺在床上，甜蜜地回味起白天人们的谈论。有人夸她好看，她当然开心，有人夸姐姐好看，她也开心。但她俩究竟哪个好看？这重要吗？都一个爹妈生的，又差得了好多？都好看！若要细分，她长得像爸爸多一点，姐姐长得像妈妈多一点。妈妈是场镇上的美人儿，这是整个七星镇人的共识。爸爸难道就差了吗？她从小就对玻璃板下爸爸年轻时的照片入迷，小小年纪就滋生了莫名的爱慕，甚至暗暗提示自己，将来一定要嫁爸爸这样的人。可想爸爸在她心中的形象，会差了吗？既然自己长得像爸爸，那自己会差了吗？所以，两姐妹对各自的容颜，都有各自的评分标准。各自守着各自的标准，也就没有相互嫉妒，感情反而越来越深。

　　五师妹记得，姐姐每次来，总是精心打扮一番，虽是在乡下上班，可衣着装束跟城里姑娘没有两样。这一定是钱万富的贡献。五师妹也见过几次钱万富，说不上喜欢，也说不上讨厌。但她总觉得这人哪里不对，现在看来应该是粗野和不羁。你想，开车的人有多少文化？跟他混的人又有多少文化？他们一天四处跑，心也跟车轮子似的，哪有一个时刻的安宁？当然，姐姐也只读了个初中，可我们从小家教严，就算文化低也是个贤淑稳重温婉的女人，他钱万富哪能比得上？可惜，这些认知早年她不具备，要是具备她早就给姐姐提醒了。哎！要是人生可以从头再来，又哪会有那么多遗恨和伤感呢？

那时，姐姐最初一个月来看她一次，后来半个月一次，再后来每周都来。开始，姐姐来是真的来看她；后来，姐姐不光是来看她，顺便来跟钱万富见面；再后来，就纯粹是为了跟钱万富约会了。开始，姐姐来喜欢问她这问她那，身体好不好？有没有生病？学习好不好？考试成绩咋样？想不想家？想不想爸妈？想不想我？见面问，一起逛街问，晚上挤在宿舍一米二的床上还问，问得五师妹都很不耐烦了。后来，姐姐问得少了，还总是自个儿莫名其妙地笑。五师妹问她笑啥，她脸立刻就红了，甚至好几次晚上没跟她一起挤着睡了。再后来呢，姐姐虽然来得勤，但一来放下东西就匆匆走了，问她去哪？她诡秘一笑，脸又红了，每个晚上都没来跟她挤着睡了。第二天问她昨晚在哪里睡的？她低头不语脸更红了，羞了一阵抬起头嘱咐妹妹，千万不要给爸妈说哈！五师妹啥都明白了，一种说不出的滋味。

睡在床上，五师妹闭上眼就是姐姐跟钱万富的影子，两个影子开始是隔离开的，慢慢地两个影子靠近了，再靠近了，重叠在一起了……五师妹心怦怦怦地跳，两鬓血管也随心跳的频率一张一缩，甚至她感觉睡的床也跟着一闪一闪地，她的脑子乱了，彻底乱了……

那一阵，五师妹睡眠很差，早上起来眼圈黑黑的。上课时，脑袋昏昏沉沉，感兴趣的课她还能支撑，不感兴趣的课差点儿睡着。考试成绩也下降了，班主任很不解，冬梅同学怎么回事？从全班前三下滑到二十三！毫无迹象啊，你得给我解释解释！五师妹这才意识到严重，于是强行将那些心头的魔障驱逐，渐渐调整，总算又能聚精会神地学习了。

五师妹上高二那年，李春梅才十九岁。记得那是暑假，正做作业的五师妹，忽听母亲在屋内痛骂：你个短命的，咋做出这等事来？她放下笔跑进母亲房间，见姐姐趴在被子上哭，母亲眼里也是一汪汪泪水，但气恼已让她的脸惨白无色，嘴唇都变了形。五师妹愣住了，不知发生了啥天塌下来的事。母亲看见她，呵了句：滚回去做作业！吓得她赶紧往回跑。过了会儿，父亲急匆匆地回了家，一进门二话不说就钻进房，并锁了门。五师妹听见父母轮流骂姐姐，骂到最后，便是一个接一个地唉声叹气。又过了阵，三人都平静地从屋里出来了。没过几天，钱万富来到家里，四个人凑成一堆商量姐姐的婚事。又过了几天，姐姐便跟钱万富进了城。姐姐的婚礼是在城里办的，除了父母，这边的亲戚一个都没请。

　　那年春节前夕，李春梅生了个女孩。五师妹同母亲去城里看望。那时的钱万富还很体贴，妈前妈后把母亲哄得很开心，当初的耿耿于怀也渐渐消散。母亲还说，等满了月就送到乡下来吧，你俩都上班没人照顾。钱万富说，我一个男人连老婆孩子都养不起？放心。

　　五师妹考上大学不久，我们县丝厂就破产了，刚上班不久的姐姐，立马成了下岗工人。厄运也从那一刻开始了。因跟家国之间总是说不清道不明，五师妹也常把自己耗费其间，对姐姐就关心得少了。记得每次放假回家，姐姐都要回来住段时间。五师妹见她母女总是贴心连肉的样子，更没多去想。哪知那几年，姐姐独自吞了多少难以告人的苦水？父母多少知道一些，心里哪怕再多怨恨，又能怎样？继续埋怨、谩骂自己的女儿？且不说那毕竟是自己亲生女儿，人哪有不年轻鲁莽犯错误的呢？人生阅历的错误，跟平常任何事上犯的错误，都难以同日而语。后者的错误，认真改了就能复原，可前者的错误，你能倒回去重来吗？要不然怎说曾经沧海、覆水难收呢？姐姐已深知自己的错，唯有对父母还以更多的孝顺，父母呢，唯有报之更多的宽容。他们彼此默契，在一页页翻过的日子里，亲情的光芒越来越亮。

可五师妹心里却越来越暗淡。想到家国，她又气又恼，但又不敢太过主动，不敢再像姐姐那样贸然突进。姐姐的爱情曾让她羡慕得如痴如醉，但姐姐的遭遇又让她望而生畏。难道婚姻真是爱情的坟墓？女人真的天生就是弱者？大学也有很多女生谈恋爱，被男生始乱终弃的也不少，服毒、跳楼、割腕的也不是没有，这些想起来都让她害怕。当时的大学里，流行爱情扫盲行动，在家国总不开窍的情况下，五师妹也想跟别的男生谈场恋爱，可每当传来那些惊悚新闻时，她又心惊肉跳地打了退堂鼓。所以，五师妹大学毕业仍是个白妹。

这次目睹姐姐受伤害，更如一把刀割在五师妹心头。于是，她的爱情之火也就越来越暗淡。甚至她发誓，今生不再去爱任何一个男人，也不接受任何一个男人的爱。

转眼十年过去了。五师妹的学识、能力与勤奋被领导看在眼里，从普通职员一步步升到市信访办正科级干部。自从事农民工维权工作，我与她常有工作上的往来，得知我也一直单身，她开玩笑地说，这下我不再孤单了，有肖荣与我做伴嘛，今后就不怕参加同学会了。的确，以前几次同学会，五师妹都借故不参加，原来她是怕看到一对对的触景伤情。

我猜想，在上过大学又聪明高傲的五师妹心中，我是没多少分量的。然而，从我成功为大师兄讨回公道那天起，我明显感到她对我产生了异样。有人私下告诉我，说冬梅在悄悄观察你。怎么观察的？当然，以她的身份有一种居高临下，可掩藏不住欣赏和钦佩。那又怎样呢？传话的人说，莫非她喜欢上了你？我笑着说，怎么可能呢？我们都知道她对赵家国一往情深。可赵家国孩子都会打酱油了啊！才三十来岁的女人，岂能煎熬一辈子？

或许人家说的是真的。尤其大师兄跟李春梅恩爱结合后，五师妹似乎又看到了真爱的希望，但期盼赵家国已不可能了，总不可能去当小三吧？五师妹是绝对做不出来的。

但是，我没把这些话当回事。因为当时我也正在恋爱。更准确地说，那是我的单相思。我与慧珠名义上是朋友，实际我已喜欢上了她。我约她总是找些冠冕堂皇的理由，请她写个报道，事后感谢一下，等等。我怕太直接会前功尽弃。爱情就好比虽很娇艳但十分脆弱的花骨朵，每次给水给肥都得慎之又慎地计算，如果一时心血来潮，让来不及开的花瞬间凋零，那是极不划算的愚蠢。我相信精诚所至金石为开，也就无法容纳第二个人的介入。

五师妹主动约过我多次。肖荣，这阵在忙啥呢？挤点时间一起喝杯咖啡？或是，肖荣，别一天到晚地忙，该休闲也得休闲啊，有没有时间陪我看个电影儿？……每次我都推脱。推脱得十分难受。一是要编造很多谎言，二是偶尔慧珠在场，听是个女人的电话，她会吃醋。夹在两个女人之间，一个是我所爱，一个是我所敬，真的很难选择和应付。尽管我跟慧珠还没捅破那层纸，但我感觉她还是很在意。要不怎会刚才还笑语飞扬，一听到五师妹打电话就蹙眉噘嘴呢？就不言不语了呢？问她在想啥，她反而问我，你以为我在想啥？哦！你以为我在吃醋？切！我又不是你的什么人，你又是我的什么人？我会吃醋？……人家约你，干嘛不去呢？我要是个男人，赶紧就去！她这样一个劲儿地说，我就心满意足地听。哼！还说不是吃醋！她越是这样，我越是提醒自己，一定要把握好跟五师妹相处的分寸。

一天深夜，我突然接到五师妹的电话。可电话那头很久没有说话。我"喂"了半天，才听到那边窸窸窣窣的声音，像是纸巾摩擦什么物体发出的声音。随后，五师妹响亮的嗓门传来：肖荣，今天我看到你跟你那位了！不错哦！恭喜你哈，好久吃你们的喜糖？

电话过后，我心里一阵酸涩，很久都无法入睡了。

32

一九九六年国庆，赵家国在县城举行了婚礼。当然，婚礼操办全是女方在负责。母亲被请上台与两亲家并排坐，接受新人跪拜之礼，她显得很高兴，眼里泛着泪花。尽管膝下的儿媳不大入眼，但毕竟是个正常女人，且家境殷实，儿子能娶上这样的媳妇，她认为是三世修来的福。此前，她还一直担忧着两个儿子会不会打光棍。没料想，家国这孩子懂事，一毕业就找到了对象，很快就成了家，现在她唯一担心的只有大儿赵振国了。

那些年，大师兄一直在外打工，弟弟结婚，他当然要回来。得知弟弟找了个有背景的人家，他也很满意，心想此后自己肩上的担子会轻很多。两个妹妹一个已出嫁，一个还在读高中，也来参加了二哥的婚礼。姐妹俩围绕在嫂子身边，形成一道独特的风景。台下有人小声议论，你看那三姑嫂，像不像一对白天鹅拥着个抱鸡婆？

我们"七人团"里，来参加家国婚礼的有大师兄、二师兄、我和七师妹。二师兄已回七星镇，跟周晓芸正做服装生意；我当时在市丝绸公司放电影，调了班，专程赶来的；四师弟和六师弟因无音讯，故而没来；七师妹还在七星镇教书，但已时刻惦记着往城里调；五师妹，家国没请，大师兄不好做主，我明知也不好告诉，因此没来。

结婚这么大的喜事，家国总不见高兴。婚庆主持要营造气氛，说让新郎新娘拥抱一个、亲吻一下。宾朋跟着起哄，我们也想看热闹，可家国连连摆手。婚庆主持见说不动，笑着圆场：新郎害羞呢！饶了他好不好？宾朋齐声说不好。家国脸上的困难越来越重，大师兄怕局面不好收场，站起来舞动双手，示意不要再为难他了。

婚后，家国老老实实上班。每天晚饭后，他都找理由从家里出来，到江边独自一人转路，到广场上找熟人摆"龙门阵"，或者钻进人堆堆看别人下棋。他不想跟妻子一起多待一分钟。妻子也是个懒人，吃了饭不想动，窝在沙发上看电视，手上还没停，瓜子、花生、牛肉干直往嘴里喂。这正合家国的意，你不想动那我动，你想动那我就不动，一切跟你反着来。当然，晚上睡一床避免不了，女人再丑也有性欲。家国呢？绝对会给予。这点分寸他是懂的。作为丈夫，给予性生活是基本义务。所以，婚后几年，两口子也没啥矛盾。第二年就喜得千金，取名丹丹。孩子一落地，家国迫不及待细瞧，皮肤、脸嘴、五官……谢天谢地！像我！

为了孩子，家国拼命工作。局里安排他到哪里出差，他二话不说。有时一走就是十天半月。同事开他玩笑：家国，走这么久，就不怕后院失火？家国一愣，然后摇头笑笑。开玩笑的人立马明白了，也就不再往下说。每月的工资，家国都如数交给妻子，并慎重交代几句：给丹丹买件新衣服，马上换季了，去年的都穿不得。妻子在给丹丹买的同时，也给自己买，也给他买。家国每次都抱怨：我的衣服还能穿，买这么多干啥？妻子就小女人起来，抓住他的胳膊撒着娇：我要把我老公打扮得体面些！这时，家国手臂会麻辣般的刺痛，他会把妻子的手摆脱，要么躲进书房，要么干脆出门去。年复一年，妻子原本丑陋的容貌愈发丑陋了！皮肤本来就黑，却偏要用忒多化妆品，遮没遮到反而弄成个大花脸；腰杆越来越粗，却还爱穿裙子，甚至夏天还穿过超短裙！这怎让家国受得了？在家里还好，眼睛一闭，被子一捂，可以用佛系思维淡化一切。可到了外面，虽然家国尽量避免两人一起逛街，但毕竟会有那么几次推脱不掉，偏偏妻子又爱挽他的手，要不是丹丹在旁，家国定会表达愤怒。

可以想象，岁月的齿痕在家国心头是怎样磨锉的。丹丹上小学和初中，都在县城，且每天都回家住。有丹丹在，家还是一个颇具吸引力的地方，家国一下班就着急往家赶。晚饭后，家国会催促丹丹做作业，自己一直守在旁边辅导。丹丹的成绩很好，妻子常常骄傲地夸口：屋头有个书呆子，娃娃成绩哪个不好？的确，家国除了辅导丹丹作业就是看书。看书也是他逃离的最佳方式。若因妻子的埋怨、数落而不高兴了，他会找本都市爱情小说，哪怕小说语言再拙劣，他也会很快沉浸其中。那些白富美跟穷小子的爱情故事，会让家国浮想联翩，早先积聚心头的阴云渐渐散开，阳光和蓝天又会重现。若是跟妻子拌了嘴，当然他从来没拌赢过，家国一直不擅长这个技能，每次都是他最先投降；若是因拌嘴心理毛躁，他会找个剧本来看，从激烈的矛盾冲突中进入某一角色，通过人物对白，把心头愤懑倾泻出来，心情就慢慢地平静，心灵就慢慢地治愈了。

他最喜欢妻子带女儿回娘家，或走其他亲戚。这个时候，家国会找借口不同往。一个人在家，别说多舒坦了！打开所有窗户，空气哗哗哗地流进来，整个世界都在朝他招手。但这样的幸福很短暂，妻子、女儿不会在外待多久，一顿饭最多两顿饭就会回来。一切又回归原样，一天天掰着指头数日出日落。

丹丹上高中了，考的市一中。家国亲自送她到学校。学校就在市信访办隔壁，碰巧遇上五师妹。家国，是你吗？五师妹满怀激动。当看到亭亭玉立的丹丹，她心里瞬间凉了。这是你女儿吧？都长成大人了！五师妹说。家国也很诧异，虽说县里到市里，不过几十公里，他开会也常来，但奇怪两人从未见过面，彼此也没有联系方式。这次巧遇，谁会放过千载难逢的机缘呢？五师妹说，得请你们吃个饭，好歹也同学一场嘛！家国心里其实已十二分答应了，却硬只表现出六七分。见家国犹豫不定，五师妹急了，抓住家国的胳膊。哎呀！你咋还是那么婆婆妈妈的呢？三人来到市里环境最好的中餐厅，边聊边吃，都很开心。

可谁知，不知哪个角落藏了双眼睛，偏偏这双眼睛既认识五师妹，又认识家国，最关键还认识家国妻子。且这双眼睛喜欢传播奇闻趣事，也乐意挑拨离间。他们怎么出双入对地进来，坐在什么包间，又怎样地喜形于色，最后又怎样地离开；两人来时和去时，女的一直挽着男的胳膊肘！一个长期受丈夫冷遇的女人听了，会发生什么呢？

当晚回到家，家国脸差点遭抓破了。

相对大师兄，家国身体瘦弱得多。因此，从小到大，家国从不与人吵架打架。从来没这方面的操练，一旦被人挑起非打一场不可，那输家肯定是家国，不分男女。更何况他的妻子，从小吃香喝辣，体格粗大，从未受过欺负。即使受点小委屈，也非得讨打回来，且非要分个胜负，甚至非要分个死活。那晚，家国一进门就被一张狮子脸惊住了。妻子没像往常窝在沙发上看电视吃东西，而是坐在餐桌边椅子上，跷着二郎腿，凶神恶煞地盯着门口。那双平时被赘肉几乎淹没的小眼睛，居然瞪得圆圆的。要是平时她故意那样瞪着，家国反而会觉得好看些，可今天家国自己心虚，简直不敢对视。家国装作若无其事，从妻子旁边经过，准备去换衣服洗澡。过来！突然一声狮吼。家国停住脚步，内心直打鼓。尽管平时是他这样凶妻子多些，但这并没提升他多少胆量。所以这一声吼，还真把他镇住了。

今天跟哪个在吃饭？妻子单刀直入。

没哪个啊。家国说。

说老实话！不说老实话，休怪我不客气！妻子双手叉腰，从椅子上站起来。

家国见屋里没别人，丹丹不是上学去了吗？于是胆气渐渐还原。他冷笑一声：你要哪样？跟一个初中同学吃饭，你想哪样？妻子呸了一口，啥初中同学？怕是老相好吧！赵家国，不要以为老娘好欺负，这些年我一直忍着，就看在你还算老实的分儿上，否则，当年我会嫁给你？这些年我还一直跟着你？做梦吧你！家国听不得这话。一听肚里屈辱全翻了出来。这话该我说吧？家国反唇相讥，像你这样的，不是因家里条件不好，我会娶你？会跟你睡一床？会跟你生儿育女？痴心妄想吧你！嫁给我是你们屋头祖坟上冒烟了，晓得不？妻子轻蔑地笑了，你个瓜屄好意思，究竟是哪个屋头祖坟上冒烟了？家国毫不示弱，各人拿面镜子照照，像你这等长相，随便丢垃圾堆里都没人捡！……

一对夫妻，若是因为恨吵起架，双方都恨不得拿最尖锐的话，戳对方最虚弱的部位。两人你一言我一语，你叉腰我也叉腰，你瞪眼我也瞪眼，你往拢里靠我也往拢里靠。不知谁先动了手，两人推搡、抓扯、捶踢……时而你倒在沙发上，时而她滑倒在地板上。打得桌翻椅歪，打得杯碎碗破……家国才买的新衬衣被撕成条，妻子的睡裙也扯落了全部扣子，连超大号的胸罩都掉落地上⋯⋯

家国顾不了脸上有伤，第二天照样上班。都快四十岁的人了，面子值几个钱？但他没想到的是，妻子竟驱车去了市里，并冲进市信访办。门卫还以为是上访户，要她出示身份证并登记。她骂骂咧咧将门卫往旁边一㩙，轻轻松松就进去了。门卫大爷一个趔趄，见人进去了，扯开喉咙就喊：短倒起！楼内出来几个人，听见喊便伸手去拦。这女人哪能拦得住？双眼一瞪：闪开！几人赶紧把手缩回来。她冲上楼一个办公室一个办公室地找。见门框上标识有副主任室，便一把推开门。五师妹正埋头看材料，被突如其来的情况惊了一跳。你就是李冬梅？来人手指着奔过来。你谁呀？五师妹本能地站起身，做好抵挡准备。我是赵家国老婆！你这个狐狸精，敢勾引我老公?！今天非破你相不可！来者手指如一把锋利的匕首，五师妹感觉杀气直逼脸庞。她吓得大喊：外面有人吗？五师妹毕竟是领导，话音刚落，对门办公室出来几个男的，一个抓手一个抱腿，还有人电话通知了保安。瞬间，保安冲上楼，准备用工具收拾。家国妻子大声说，我是市公安局刘科长亲戚，谁敢？大家愣住了，都盯着五师妹。五师妹见屋里人多，也不再害怕，示意大家放手。有人打电话到市公安局，刘科长过来了。

这事让家国颜面扫地。他决定跟妻子离婚。可妻子冷笑说，想离？等着嘛！等把你耗成了干尸，我就跟你离。家国瞅了瞅自己的身躯，诚然，他的体重怕只有妻子一半；论熬，他无论如何熬不过她。转念又一想，丹丹才上高中，如果他俩离了，丹丹肯定受伤害，要是孩子破罐破摔，前途就毁了。真要那样，家国这一辈子就毫无意义了。他清楚，女儿才是他留在这个家的唯一寄托。为了丹丹，就继续忍耐几年吧，等丹丹成了年上了大学，再跟她离。如果她还不离呢？我啥都不要，离家出走。宁愿孤独终老，也不跟她相伴余生。

拿定主意，家国不再说离了。日子似乎又回到结婚后、丹丹出生前。早饭后，他便匆匆去上班；晚饭后，他又匆匆往外跑。妻子依旧是窝在沙发上看电视吃零食。他们照样睡一张床，照样会相互尽义务。家国照样爱看书，尤其是佛道的书。

空就是色，色就是空……有就是无，无就是有……

33

有时猛一想，家国深感自己无用。尽管是那个年代不可多得的大学生，但究竟发挥了好大作用？机关待了十余年，不是观领导眼色行事，就是鞍前马后搞服务，或者加班加点写材料。谁叫你是大学生呢？尤其写材料，在某些领导眼里，是大学生人尽其才的最佳举措。有句流行话这样说的：把背写驼，毛写落，雀儿写缩……想到这话，家国哑然失笑了。他对着镜子看，背的确比刚毕业时驼多了！有同事还开玩笑叫他赵驼背。头发越来越少，额头全亮晃晃地露了出来。雀儿呢……家国下意识地手伸进裤裆……真缩了吗？问题不大……

想想大学学的农经专业，没一天真正用到实处。年复一年工作的枯燥乏味，生活的繁琐揪心，严重磨蚀了他的睿智和情怀，不仅专业知识几乎忘光，就连中学基础知识都快还给了老师，丹丹的作业他辅导起来都吃力了。再这样蜕化下去，会不会变成个白痴？

不行，我不能这样沉沦于沉闷之中！我要改变一种活法。

当然，家国还没有勇气从单位辞职。他的身份、他的性格决定了。都四十多岁的人了，辞职哪个单位要你呢？跟一帮"80后""90后"抢饭碗，惨败可能性很大的。就目前脑子里剩余的那点学识，出去还有竞争力吗？

七师妹的求助让家国看到一丝亮光。之前他只晓得吴月娥离了婚，回到了七星镇，后来听她讲准备在猪食槽村搞现代化蚕桑产业，他颇感诧异和吃惊。吴月娥一个中师文化，学的也非农学专业，从教师到农业产业经纪人，这跨度不是有点大，是相当大。这需要多大的魄力啊！一个女人尚能不断地挑战自己，为什么我不能呢？

家国胸中热血奔涌，不但在言语上鼓励七师妹，还从政策层面给她把关，从项目争取上为她出力，一切完备之后，他准备实地去看看。这一看真让家国感慨万千。过去总认为自己眼界开阔，没料想却被打开了眼界！记忆中，七星镇无论哪个村，都已失去生气，年轻人纷纷外出，时代催生了留守老人和留守儿童这两个标志性词语。田园荒芜，房屋破碎，一片衰败和凋零。而如今眼前，猪食槽村的老头老太，在吴月娥带领下，开荒种桑养蚕，一片热火朝天。家国第一感慨是，乡村的魂归来了！乡村的生命正在复苏！身为农业局干部，自己却长期脱离乡村，对乡村发展动态也很陌生，真是愧对我的专业啊！愧对我的职位啊！刚刚提拔为县农业局产业发展股股长的赵家国，脸上火辣辣的。

七师妹向村民介绍家国，他惭愧地低下头。村民满怀期望向他请教问题，他更是尴尬得后背冒汗。不行！我不能再这样出洋相了。我不能再当一个活死人了！我要跟时代前进的步伐接上轨。我要学习！我要接地气！家国在心里对自己喊。

这绝不是对他思想境界的人为拔高，彼时彼刻的家国同志，的的确确是这样的。

有了这个决定，家国给单位申请，长期驻扎猪食槽村，认真调研新时代农村产业发展方向。领导当然欣然批准。他收拾好铺盖卷，毫不犹豫扎了下来。有人问他，家国你这是不要家了？他回答：周末丹丹回家我就回家。这个时候，他准备做一个特立独行的人，心里已完全没有家的羁绊，更无视妻子蛮横阻拦。他要做真正顶天立地的男子汉，按自己的意志活出个人样。

七星镇，我回来了！当公共汽车将他卸落在镇停车场，他迫不及待奔上早年上学必走的那条公路，热泪盈眶地面对绵延相连的七个山丘，以及逶迤两旁的两条河流大喊。

有家国的长期驻扎，七师妹也吃了定心丸。尤其是村民受蛊惑要拆台之时，家国站出来说的话，起到了稳定军心提振士气的作用。无论在开荒栽桑的时候，还是在小蚕共育室、公共蚕房建设的时候，家国都跟村民一起劳动。他还开玩笑说，你们干活有工钱折算入股，我干一天一分钱不拿，更不会占股。有村民说，干脆你投点钱进来入股嘛。家国摇摇头，我不是你们村村民，投钱入股岂不抢了你们的蛋糕？村民说，真是块蛋糕？真能按股分红？家国拍拍胸口，我保证，一定会！村民说，那就好！大家加油干吧！

猪食槽村人人分红拿到真金白银，家国是亲眼看见。

小时候，家国常常做梦，自己糊里糊涂来到一地方，那里有间空旷大房子，他蹑手蹑脚进去，看见桌上一摞一摞的钱！有五角的，有一元的，还有五元十元的！他不愿相信那是梦，使劲地掐自己，感觉没有疼痛就开始去抓桌上的钱。他抓啊抓啊……可无论怎样贪婪地往衣兜里装，总是装不满，过后一清点，装了半天还只是那么几角钱！再回头一看，桌上的钱都不见了，伸手一摸，衣兜里的钱也化为乌有。他伤心地哭了。他又开始怀疑是否在做梦，又使劲地掐自己，直到醒来，手上一道乌红的指甲印，眼角还有泪花。

又看到桌上一摞一摞的钱，有一百的，有五十的，有二十的，也有十元的。难道又是在做梦？家国一时灵魂出窍，不由用指甲掐了下虎口。疼！他又使劲摇了摇头，确认自己没有做梦，确认自己是在真真切切的现实里，确认眼前的钱是真钱后，他涌出了泪水。

尽管这些成果无半毛钱属于他，但他心里填充着满满的成就和幸福。他第一次深深感触到自己活出了一定价值。他看了看身旁的七师妹，也是一番激动不已。说真的，过去他一直没怎么看好吴月娥，尽管哥哥曾奉她为女神，她也差点成了他嫂子。尽管名义上她成了他师母，但他对她是忽视的。跟五师妹李冬梅一样，赵家国骨子里有种穷清高。能上大学，与其说是"小灶班"奠定了他扎实的基础，不如说是他自身的聪慧与勤奋锻造的。而吴月娥能上中师，那纯粹是郑老师开"小灶班"的造化。哪能跟他全凭天资聪颖考上大学相比呢？

此刻，家国对吴月娥看法改变。看来，要完整准确认知一个人，是需要时间的。

家国也常回鱼嘴村。母亲还健在，有哥哥和李春梅照料，精神很好。从哥哥身上，家国也看到力量。哥哥初中没毕业，打了近二十年工，还断了一双腿，可正是这个坐在轮椅上的人，支撑了全村希望。说他是全村精神领袖，也不过分。村里人一提起他，都亲切称呼"我们的赵书记"。我们赵书记说什么什么，我们赵书记叫我们做什么什么，或者我们赵书记提醒我们不要怎样怎样。想想以往的鱼嘴村，是个啥模样儿啊？不说家家住独栋新居，各样设施跟城里不差，即使哪家修个三合头瓦房，都算发财人家了。仅凭人均一亩三分地，产业搞得风生水起，年年还有分红。这样的村全县有几个？这样的村干部全县有几个？

哥哥自小就有改变家乡的宏愿，无论自己吃多少苦、受多少罪、付出多大的牺牲，都没有动摇。即使坐上轮椅，仍然能支撑一片天。自己呢？从小盼望脱掉农皮，远离乡村，到城里过舒坦日子。虽然晴天晒不到、雨天淋不到，可并没舒坦到哪去。读了几年大学，在单位给别人做了几年嫁衣。虽然家庭还算健全，但幸福指数几近零！随着年龄增长，越是感到有根粗绳牢牢捆绑，有时备感窒息，渴望呼吸新鲜空气。提及这些，家国好想哭一场。

还有李春梅，十多年含辛茹苦，不仅重塑了哥哥的梦，还替他为母亲尽了孝。哥哥的成功离不开她，母亲的安详更离不开她。过去，家国很少正眼瞧李春梅，倒不是对她瞧不上眼，恰是因为她身为嫂子，心里一直充盈着敬畏。而今，他大胆去瞧了，瞧她圆润的脸庞总是挂着温柔的笑容，瞧她丰腴的身姿总是潜藏着爱的力量，瞧她灵巧的双手总是忙里忙外。在她的体内，似有取之不尽的温泉在流淌。在这个家里，似有用之不竭的阳光在照耀。虽四十余岁已到中年，虽历经不幸二度梅开，但你感受不到她一丝的哀怨和失落，那份坚定和执着总是感染到你，那份自信和善良总是感动着你。在村里行走，从未有闲言碎语，有的则是支书娘子是个大好人。甚至有人说，如果女人都像春梅，还有哪家不和、哪家不兴？

在家国眼里，李春梅几乎完美无缺，相比自己妻子，那简直天壤之别。有李春梅百分之一好，我也能百分之十满足啊！家国由李春梅想到李冬梅。她俩一母同胞，曾经镇上的两朵花，论长相，冬梅确也算得美丽，对于冬梅的爱慕，家国并不是榆木脑袋，他是完全知晓的。读书时，他一心想的是努力学习，一心想的是脱掉农皮。家庭的变故，哥哥的遭遇，母亲的艰辛，哪能让他浪漫得起来呢？他发誓今生不能再贫穷，一定要努力改变现状，一定要干出一番事业！今天他才明白，仅是物质的充裕根本无法填补心灵的虚缺，物质与精神的双赢，才是人生最大快乐。就像哥哥那样。但这样的人生，不是别人赐予的，不是天上掉下的，更不是交换得来的。他与哥哥走了完全不同的路，路上的风景也完全不同。哥哥以勇敢、担当、勤劳、坚韧开拓道路，他则以怯懦、逃避、欺骗、糊涂去蹚路。命运将他们带到不同的驿站，一个是杨柳春风花满簇，一个是孤灯寒雪伤残梦。想到这些，家国又想大哭一场。

这次调研对家国触动很大。结束返程，他坐在单位的公车上，心中澎湃不已。他打开窗户，望着飞速后移的山山水水，他默默地念叨着：再见了，七星镇！随即，他又默默改口：不，我还会回来的，我一定会回来的！等着我回来吧，我最亲爱的七星镇……

回去后，家国写了篇调研报告，《一亩三分地上的财富奇迹》，以七星镇鱼嘴村和猪食槽村为例，剖析如何通过股份制合作社，让原本不值钱的一亩三分地，发挥出最大产出效益；如何通过集聚村民的闲钱，利用财政项目资金，充分调动村民参与劳动，把土地、人力、资金等要素汇成资本，在有魄力、有担当、有远见的领导人带动下，实现把人留住、把产业兴起、把乡村搞活、把家乡建美的目的。

家国的调研报告，局长看了连连赞叹，说这是他看到的最有内容、最有思想、最具有指导性和操作性的调研报告。局里迅速报到市里，市里再迅速报到省里，省农业厅领导也大加赞赏，并发文叫各地市学习。写了十多年材料，家国这下可算是出人头地了！

但他并不满足于这些虚荣。局里成立县农业投资发展公司，家国毫不犹豫参加了竞聘。

有了施展才干的平台，家国再次鼓起雄心。他准备烧的第一把火，是利用国家耕地保护的政策，在农田水利上加大投入。一定要守牢七十万人的饭碗田！十年内实现全县高标准农田全覆盖，让子子孙孙都有永久的生存保障；第二把火是，找一个乡镇全面试点股份制合作社，让乡村振兴创新大旗在这里树立。当然，他心中已经有了眉目，那就是七星镇。而这第三把火，则是全县推广股份制合作社，各乡镇以村为单位，都成立一家股份制合作社，重新选好基层组织带头人，让能人进入基层干部队伍，让有事业心的人引领一方群众。县农业投资发展公司要积极介入，带头示范，充分彰显一个国有企业的责任与担当。

34

终于盼来出院的日子。曾教授激动地下结论：治疗非常成功！接着，曾教授又不厌其烦地交代注意事项：不能饮酒抽烟、不能乘坐飞机、不能情绪激动，最重要的，绝对不能摔倒……在家多做康复锻炼，先坐轮椅，然后拄拐，然后人搀扶着迈步，然后独自迈步，再然后就能完全独立行走了。慧珠不停地点头，脸涨得红彤彤的。曾教授的话让她兴奋。

而此刻，我却异常冷静。连我自己都感到奇怪，从鬼门关捡回一条命，怎就不庆幸一番高兴一阵呢？大概是这一个

256

多月来，我已承受了旁人无法承受的痛苦，早在生死两端往返游移多次了，人生之大喜大悲，早已不具备潮起潮落般的壮阔了。有什么值得高兴或者是悲伤的呢？眼下看来是不幸中的万幸，谁知将来还会面对怎样无法预料的险境呢？

市总工会派车来接我，同事们捧着鲜花和果篮。我被单位几个年轻小伙抬上车。虽然卧床一个多月，但原本魁梧的身体也没消瘦多少，仍然保留有大约一百四五十斤。我见几个年轻小伙吃力的样子，心里略微有些羞惭。那一刻，一丝悲凉从心头冒起来，接着是一汩汩地，浑身顿觉抹了一层薄荷油。顶天立地的肖荣同志，居然上车都需要人抬了！

一路上，大家时不时问问我感觉怎样，有没有什么不舒服的地方。我都摇头。慧珠感激不尽的话说个不停。司机问是直接送回家还是先到单位。一个同事说到单位。我说还是先回家吧，我这个样子就不要惊动更多人了。那位同事说，临行前，市长专门交代，他要亲自到单位来看你，好像单位还要举行一个仪式。什么仪式？我的脸微微发烫。大概是欢庆肖主任您康复归来吧。那位同事说。有……有这个必要吗？我小声说。

果然，当几个年轻小伙再次吃力地把我从车上抬下来时，我被一阵掌声淹没了。抬头一看，单位大门上挂了一条横幅：热烈欢迎肖荣主任康复归来。以前只见过那样热烈欢迎别人的场面，谁知今天自己也享受到这般礼遇。又是鲜花，两个年轻女同事送的。送花的时候还笑容可掬地说了些什么，但我没听明白，因为掌声一直没断。

市长真的赶来了，一下车就疾步朝我走来。他弯腰跟我握手，我只得仰视着回答他的话。

接下来的一幕着实让我惊诧，也让我惊喜。这是我这一个多月来真真切切感受到的喜悦。市长亲自把一本烫金的荣誉证书交到我手里。全国先进工作者！在北京表彰的时候，你正在住院，所以就没惊动你。市长说。我心里波澜掀动，但又立刻平静下来。临出院曾教授不是特别交代了吗？千万不能情绪激动！天大的喜讯也不能！我把荣誉证书交给慧珠。面对同事们的热烈祝贺，我不能起身鞠躬致谢，只有一一瞩目颔首。其实，我真愧对这份荣誉。我谦虚地说。市长把手搭在我的肩膀，温和地说，我们报到省里，省总工会主席都触动了，说全国先进工作者，非肖荣莫属！

真的吗？我觉得我仅做了些内心希望且十分愿意去做的事情，真有恁大的影响吗？

回到家，岳母把二宝推到我面前。小东西躺在童车里，睡得很香。刚刚哭了一阵，才喂了奶。岳母说。我眼睛润润地望了一眼岳母，说了声谢谢。谢啥？也是我的孙子，该操心。岳母淡淡地说。我再次将视线移向二宝。只见他微微泛黄的柔软头发，被汗水浸湿了，贴在脑门和两鬓，显得十分俏皮。他闭着眼睛，完全不顾外面的世界有多吵闹。他一定是沉入了一个充满蝴蝶和鸟儿的世界。看！他嘴角往上翘了！他居然在笑！他的眼睛微微露出一条缝，晶亮的眼眸从那道缝释放出耐人寻味的狡黠！他的稚嫩半透明的鼻头，沁出几粒芝麻大小的汗珠。身穿鹅黄色开合衫，裆里夹着尿不湿。两只手半握成拳，就那么自然地向上举着。两条小腿，肉嘟嘟的脚掌往两边岔开，仿佛稳稳当当地踩着两只旋转的风火轮。看来长大又是个顶天立地的汉子！

我满意地在他脸蛋上轻轻地触碰了一下。他打了个哈欠，微微一侧身，又睡了。

岳母开始絮絮叨叨这二十余天的事情。你们走才多大啊？十多天的仔仔，浑身都是软的，抱起来特别小心……一天要吃好多道，一道又吃不了多少……半夜三更都要起来喂……大的也才三岁多，也是一天奶瓶离不得……早上又要给他煮饭，又要照顾小的……累得我腰杆都快断了……最造孽的是，大的老是不停问，妈妈呢？爸爸呢？问着问着就要哭……哭啥？他说要去找爸爸妈妈……我去哪里找？就哄，就吓，哄不住，吓不住就打……一耳光下去吧，哭得娘啊老子的，我心里又痛……大的哭小的也哭，我硬是忙不赢哪头……咋办？我也跟着哭……苦和累倒莫啥，怕的就是肖荣有个啥……要是真有个啥，慧珠咋个办？两个小的咋个办？你们老汉儿又不管，白天还过来看几眼，但吃了饭就跑了……晓得他是啥子死了投的胎？一天像个三脚猫，不停地跑着……现在好了，你们都回来了……肖荣也好好的……我明天就回自己屋了……你们好好照顾两个娃娃……现在小的满月了，吃得多了，一次……看！要吃这么多！老人拿着奶瓶，用手指甲掐住一个刻度给我们看。水不能烫了，烫了他要叫唤……开水和温水兑，放奶粉前，把水滴几点在手腕上，不烫了才放奶粉……大的可以不给他吃奶粉了……一天记到奶就不吃饭……你看人家屋头娃娃，哪个恁么大还叼个奶瓶……

见岳母还要说个不停，慧珠赶紧制止她。岳母的话听似没头没绪，可这就是养孩子家庭的鸡毛蒜皮呀！不管你是穷人还是富人，不管你是百姓还是官家，谁都避免不了。带大宝的时候我不觉得，整天在外面奔波，慧珠从不向我唠叨这些。此刻，我深感人生的琐碎无趣，所谓金色的童年、无忧的岁月，那都是建立在父母长辈艰辛付出的基础上的。如果时光能倒回，我真要好好地孝敬父母一回。可惜！子欲孝而亲不在！

　　岳母将大宝接回来，一进门，见我在客厅，他顾不上放书包，大喊着爸爸便跑了过来。我伸手迎接了他。孩子一拢我跟前，兔子一样就往我身上跳。慧珠在厨房做饭，看到这一幕赶紧出来说：幺儿！你爸爸有病，承不起你那样。我笑笑说没事，小孩子能有几斤几两？大宝则歪着头，好奇地问：爸爸，你得的什么病？我心里一酸，不知该如何回答。岳母将他拉到房间，叮嘱说：大人得的病，给你说了也不懂。可大宝偏偏就要打破砂锅问到底：怎么不懂？我看见爸爸坐轮椅，是不是腿杆断了？岳母佯装发怒地扬起手：不许乱说！大宝放下书包，又跑到厨房问慧珠，妈妈，爸爸是不是腿杆断了嘛！慧珠抚摸着他的头说，没有啊！爸爸过段时间就可以站起来的，只是现在不行。哦！大宝点点头，似乎是懂了，又似乎没懂。

　　接着，孩子围着我，东瞧西望，时而摸摸这里，时而碰碰那里，就像个考古专家，非要研究透眼前的东西是哪个年代的。研究了一会儿，他似乎又失去了兴趣，直喊妈妈我饿了。可是，饭还有会儿，那就还得用奶粉充饥。就是这样！奶瓶总是离不了。岳母一边抱怨，一边还是忙着给他兑奶。我问他：儿子，你到底好久才不吃奶呢？大宝给我一个鬼脸：

我想好久就好久。那到底是好久嘛！我继续问他。嗯……大宝眨着眼想。或许时间在他脑子里还没有多少概念。于是我提醒他：上小学？大宝摇摇头。那……上初中？大宝还是摇摇头。那……上高中？那家伙还是摇摇头，但觉得这样的问题游戏颇有趣，咯咯咯地笑了起来。总不可能上了大学还要吃奶吧？我也被他的兴趣激发了玩性。要！孩子笑得更厉害了。哇！那你要吃到结婚娶媳妇儿吗？我的话把岳母和慧珠娘俩都逗得噗嗤一笑。慧珠嗔怒说，看你逗得有没有名堂？孩子见一家人都在笑，兴趣更浓了，问：啥叫结婚娶媳妇儿？这倒把我们都问住了，该如何回答呢？我抠了抠脑袋，只好含糊其词地说，等你长大了就知道了。

　　难得的天伦之乐啊！很久没体验过了。晚饭后，我们一家人又那样闹腾了很久，直到大家都觉得很困了，才各自睡去。起初，大宝一直纠缠我给他讲故事。以往只要我在家，这个光荣任务都是我自告奋勇承担。孩子好不容易见到爸爸，尽管得了场差点回不来的大病，但我仍然没有推辞。我把轮椅推进大宝房间，慧珠轻轻地拍着他，我用浑厚低沉的声音给他读《狮子王》，小家伙开始还不断提问，后来渐渐眼光迷离，渐渐沉入梦乡，去跟他的森林伙伴玩耍去了。

　　我们回到房间，儿童床上的二宝早就睡着了。慧珠伸了个长长的懒腰，从衣柜里拿出睡衣换上。我看着她脱衣服，再穿衣服。每一个细节都看得仔细。身上的每一条曲线，都在光影里跳舞，墙上的影子也跟着伴舞。我顿觉一阵潮水从脑际涌出来，要是往常，我定会从后面抱着她，她则会紧贴我的胸脯，把脸侧过来任凭我怎样野蛮地吻。今晚，她感觉到异样，我无法重复以往的动作，她回头看了我一眼，莫名其妙地笑了。我也笑了，摇着头笑的。她换好衣服后，把我扶上床。我静静地躺下来，等待她的依偎。

我听到灯关闭的声音，然后是被子揭开，一具香气袭人的温暖胴体贴了上来。我脑袋开始发胀，猛然想起曾教授的话，千万不能激动！我想象着一盆冷水从头顶往下浇，脑袋发胀的感觉慢慢趋缓，最后完全消失。慧珠手抱着我的腰，她一定感觉到了，我的心跳从急促有力到平稳正常。睡吧！别想了。她喃喃地说。我说我没想，她嗤地笑了，摇摇我的身体，撒娇地说：睡吧。好好好，睡吧睡吧。我暗示自己睡吧睡吧……

这是我们近一个多月来第一次肌肤相亲。我把慧珠的手移开，慢慢地翻了个身。窗帘外，路灯光隐隐地透进来，屋里的家具影影绰绰。不知怎的，我想到了大师兄。大师兄也坐轮椅，且一坐就是十三年！我只坐了几天就深感不便，不知他是怎样熬过来的呢？要是命运也偏偏要跟我开玩笑，半年之后我仍然恢复不过来呢？岂不是也要长久地坐轮椅？想到这里，我后背发凉。慧珠已开始微微打鼾，可我依然无法入睡。夜深人静的时候，最是容易胡思乱想的时候。从小我就有这个毛病，进而导致经常性失眠。只是在医院那些昏迷的日子里，才算是睡了个安稳觉吧，但那样的安稳觉还是不要为好。

实在睡不着，干脆就不睡。我睁开眼睛，盯着朦朦胧胧的天花板发呆。一些思绪禾苗一样从地里冒出芽来，然后开枝散叶，然后茂盛参天，然后枯萎衰败，然后飘零眠藏……

这样周而复始，不同的思绪，不同的禾苗，重复着四季轮回般的轨迹。

思来想去，究竟思了个啥？想了个啥？总结概括，都是些过往岁月中的琐事。从大师兄想到李春梅，从李春梅想到李冬梅，从李冬梅想到家国，从家国想到其他同学。其他同学张三李四王五，都在干啥呢？好多人毕业后没再联系，音信杳无。一个轮回。

正要入睡的时候，突然又想起七师妹，由七师妹想起郑老师，由郑老师想起他教我吹笛子的事，进而想到部队，想到张猫咪，张猫咪后来嫁给了谁？她老公是干啥的？他们目前在干啥呢？起初几年还有联系，后来也渐渐失去了消息。又一个轮回。

又正要入睡的时候，突然又想起六师弟，由六师弟想到二师兄，由二师兄想到四师弟，都说六师弟当年想出卖二师兄，四师弟打抱不平给郑老师门上钉了根死蛇，到底是不是真的呢？是真的又不像真的。这事无凭无证，谁能考证得清楚呢？再一个轮回。

还是正要入睡的时候，突然再次想起五师妹，她跟家国到底还能不能继续呢？家国啊家国，你辜负了一个好女人对你的终生期盼！要是当年我没认识慧珠……想到这里，我内心突觉羞愧，且羞愧愈来愈烈，于是偏过头看了眼慧珠。睡在一个女人旁边，心头却在想另外的女人，是不是道德品质出了问题？我确信我绝不会背叛慧珠，永远不会。我也确信我爱慧珠，千真万确。但此刻一瞬间的精神出轨，真让我面红耳赤，我也的确面红耳赤了。

罢了罢了，不再多想了。我默默地向两位女人道歉。不，向三位四位女人道歉。请她们原谅我的一时糊涂，居然在大病初愈的不眠夜里，不顾医生的再三叮嘱，如此激动地去想些跟她们有关的事情，你是不要命了吗？……这又算是一个轮回。

我确实已感觉到困倦了，就在窗帘透进来的光越来越亮的时候，不知不觉睡着了。

35

不觉一个月过去了。由于我们仍住在老旧小区，坐着轮椅上下楼不便，故而这一个月我都没出门。慧珠上班，大宝跟邻居小朋友玩，二宝被岳母推出去呼吸新鲜空气，我就独自推着轮椅，在客厅里转圈。

出院时，岳母虽说要回各自的家，但实际没有走成。她的女儿我的老婆林慧珠女士用恳切和哀求的口气劝她留下来。要不你把二宝带走？慧珠这样将她的母亲，岳母无奈之下，只得答应继续留下来。

我心中的愧疚愈增，于是鼓励自己尽快好起来。除了吃饭睡觉，我都在做康复训练，一是锻炼手上的力，靠不停地推动轮椅；二是唤醒腿上的知觉，时常脚点地去踩踏。一个月的努力，腿上的知觉恢复了许多，我可以拄拐了！

那就意味着我进入了康复训练第二阶段。除了靠双拐支撑，我开始用双脚轮换着轻轻触及地面，渐渐地尝试让腿去承受我的部分体重。承受的分量从十分之一、八分之一、五分之一到三分之一、二分之一、三分之二……我的活动范围也逐渐扩大，从家里客厅到门外走廊。

　　我可以拄着双拐上下楼梯了，不过需要慧珠搀扶。活动范围也从小区内扩展到大街上。每天晚饭后，只要天不下雨，在我们住的那条宽阔的街道上，闲散的市民都可看到，一位衣袂飘飘的年轻美妇伴着一个拄着双拐的老男人。老男人黑黄的肤色，头发蓬乱，面容憔悴。若不是刻意介绍，旁人还以为是父女俩。

　　几次我分明听到有人议论，你看！中风了吧，到了那一步，哪离得了子女呢？或许是女儿在提醒父亲，也或许是妻子在警示丈夫。听到这些，慧珠会窃窃偷笑。我装作没听见，心无旁骛继续往前走，拐杖在地上戳出咔咔咔的响。

　　大约又过了一月，我总算可以甩脱拐杖了！腿部知觉恢复了大半，但仍不能正常行走，必须有人搀扶。仍然是每天晚饭后，只要天不下雨，在我们以往常走的那条宽阔的街道上，闲散的市民仍可看到，一位精神焕发的美少妇搀着一个衣着整齐的中年男人。中年男人脸上有了更多生气，在金色的夕阳映照下，凸起的额头闪闪发光。

　　我又听到些议论，咦！那姑娘的爸爸恢复得恁么快？前不久还看他拄拐的嘛！有人开始怀疑，那是两父女吗？怕是两口子哦！又有人说，看那男的，至少比人家姑娘大二十岁，咋会是两口子？还有人说，应该是两口子，你看那男的把手搭在那女的肩膀上，手掌吊下来，几乎挨到那女的胸了。

慧珠噗嗤一声笑了，拿巴掌打我的手，脸红得如泼了碗漆。我们不管不顾，仍继续前行。

是的，又是一个月。我可以不用人搀扶，自己撑着墙面，在平地上慢慢走。渐渐地，我可以抓着扶梯，独自下到小区里。慧珠不让我出小区门，只允许我在小区内转。虽不需她扶，但她必须跟在我身后，曾教授那句千万不能摔倒的叮嘱，她是牢记在心了。

说真的，直到这时我才对人生未来重启信心。我坚信，在不久的将来，我又会行走自如，健步如飞了。我开始关心起单位的事情。听同事讲，这几个月积压了很多批件，市长说等我完全恢复了才让出去。

市委宣传部安排省报驻市记者采访我，说是要做一篇新中国成立七十周年的人物典型报道，我谢绝了。我们市级媒体也有相应策划，栏目为《新时代新人物·新中国成立七十周年巡礼》。大师兄和七师妹都是重点采访对象。家国陪他们来市电视台录节目，并接受市报采访，我们见了一面。我的这两个师兄师妹，的确堪称"时代楷模"，是应该大力宣传，但我认为我不是。

我们约在新城区七星酒楼，因该酒楼是四师弟哥俩开的。我和慧珠先到了，四师弟安排了今年的明前七星兰芽。我正喝着茶，忽听四师弟在外面喊，哟呵！大师兄换新车了？咋换成了国产的呢？像你这等成功人士，就该换个顶配的奔驰啊。大师兄笑着说，支持国货，国人有责嘛！李春梅也附和说，现在国产车品质也不错啊，国外好多人都当豪车呢。

没听到家国的声音，直到他们进了包间，慧珠问起，才知他回七星镇了。咋那么忙呢？我不解地问。大师兄解释说，他现在肩上担子可重，五师妹给他下的命令，叫他务必在今年内拿出一个全县传统产业振兴的调研报告。我们都笑了，这官大一级压死人啊！五师妹有没有公报私仇的嫌疑呢？家国也就恁听话？就没丁点怨言？李春梅说，我这妹妹历来强势惯了，她要求的事，你要是没办到，后果是很严重的。啥后果？逼着家国娶了她？我开玩笑说。李春梅说，那倒不至于。大师兄说，那样才好，我们两兄弟娶你们两姐妹，亲上加亲了。李春梅捏起拳头轻轻地捶了下大师兄的肩背，难道我们李家的女儿，真没人要了？非要嫁给你们赵家儿子？大师兄挨了一拳，反倒更兴奋起来，那不是？你们上辈子欠我们赵家的。

我们这样说说笑笑，七师妹很是尴尬，总是插不上嘴。明显能感觉到，虽是四十好几的人了，少年时代的旧事仍是心里一个梗。别看他们是一路来的，也别看他们表面上亲如手足，可涉及各自内心深处那点儿隐私，人性的弱点便瞬间暴露无遗。还是慧珠聪明，主动跟七师妹说话，她问灵儿现在怎样？七师妹说，大学毕业了，在省城一家央企上班；自己的事情不操心，老是忙活着撮合我跟他爸复合的事。这话让我们一惊，大师兄跟李春梅也停止相互逗笑，接上这边的话茬说，月娥！这个倒是可以考虑，孩子一片真诚。七师妹哼了一声，垂下头不语。慧珠也劝她，你们夫妻没有原则上的矛盾，应该有复合的基础。

说着说着便到了吃饭时间。四师弟安排妥当，也进来陪我们。大家都称赞四师弟能干，把酒店开到市里来了。多亏了三师兄，要不是那年下狠心救我，我的人生肯定就改写了。四师弟说。此话大师兄也有同感。他连连点头，并提议第一杯敬我。我当然不喝酒，慧珠也提醒有曾教授的嘱咐。于是，我提议先敬两位时代先锋。我举起茶杯，并撑着椅子要站起来。大家忙阻止我起身，也就没反对我的提议，都端起面前的杯子，有酒的一饮而尽。

　　举杯畅饮，自然要回望过去。谈论最多的，还是当年"七人团"那些美好的回忆。当年的"七人团"，如今仅存六人，大师兄说，现在多好的日子，可是二师弟跟我们阴阳永隔。我们都自觉地双手举杯，朝七星镇方向，一个个深深鞠躬，将酒水洒在地上。不知王春晓现在如何？周晓芸什么情况？我问。七师妹说，她前几天才去过猪食槽村，王春晓这孩子没让她失望。周晓芸病情有所好转，王春晓隔两三天就去医院看望，她的记忆正在恢复，已经能认出儿子来了。太好了！大师兄感动地说，月娥你辛苦了。

　　碰巧，六师弟打来视频。接通后，没等我说话，他就激动万分地说有天大的好消息，还叫我猜。我看他脸笑得像盛开的月季，断定一定是有好消息。我没去猜，他的事谁能猜得准呢？我把镜头对准桌上每个人，说你电话来得好不如来得巧，我们正聚会呢，就差你跟五师妹了。六师弟情绪更加激昂，分别跟每一位打了招呼，继续让大家猜。大师兄说，既然有天大的好消息，就不要拐弯抹角，你直接说出来就是，叫我们猜来猜去，反倒失去了热度。

六师弟说，老三，马半城倒了！哪个马半城？我一时没反应过来。嗨！就是要把我吃干打净的马半城啊！你忘了？去年国庆前后，你来帮我……哦！我恍然大悟。怎么？出院了就这记性？反应有些迟钝哦！你要好好做康复训练，不仅是腿脚，连脑子都得好好训练训练。六师弟一扯就要狂飙，大师兄赶紧制止他，别说老三了，说你，在哪儿？常常电话打不通，要么就是不接。六师弟说，抱歉抱歉，这一年多，我一直在追我的钱呢，其他事都没怎么往心里装。钱追到了吗？四师弟插嘴问。六师弟说，追了一部分，我还在继续追。

我们不好再说什么，就让他一个人说。噼里啪啦噼里啪啦……

总而言之，马半城倒了，怎么倒的？全国扫黑除恶，一扫就扫到他了，那是活该！我周浩走了几年背时运，又要时来运转了！孙悟空就要从五指山下蹦出来了！……我要把我的钱要回来，那可是上亿的钱哪！未来通天城，我不断往那个无底洞塞钱，不断塞，几乎把我掏空了！就剩一张皮了。现在，我的魂又要回来了，我身上的骨头、身上的肉又要回来了！你们等着，老大、老三、老四、七师妹，你们也告诉五师姐，我周浩曾经说过的话，就是钉在地上的钉子！永远都在那儿，不会不算数。等我把钱要回来了，我回七星镇，从此哪儿都不去了，我要在七星镇，或者我们马鞍梁村，我要把钱投资到家乡，让家乡人民都看看，我周浩这些年究竟挣了多少钱，挣的这些钱究竟能干多少事，我要让你们都看看，让全班同学都看看，让全镇、全市的人都知道我周浩……

36

　　七师妹当晚就回了凤尾村。灵儿打电话说，他回来看外公外婆，还带了女朋友。七师妹十分喜悦，这是她盼望已久的事情，因此一刻都不想耽误，吃完饭就催着李春梅去开车。大师兄本想跟我畅聊一夜，见七师妹慌里慌张的样子，也不好停留，跟着回了鱼嘴村。

　　到了鱼嘴村，李春梅把大师兄推到家，便开车送七师妹。路上，李春梅问七师妹，灵儿怎么突然就找到女朋友了？你不是说他自己的事都不上心吗？七师妹说，我也奇怪呢，难道是因缘巧合了？李春梅说，真是那样也好，你我这个岁数，就指望儿女成家呢。七师妹说，劲松当然还有几年，你女儿也差不多了吧？李春梅点点头，交往了一个，还行吧。两人除了谈些儿女琐事，没别的话语。如今乡村道路都很好，车行顺利，不觉间就到了。

　　跟李春梅告别，七师妹三步并作两步跑回家，推门一看便愣住了。灵儿正陪外公外婆说话，旁边哪有什么年轻女孩儿？一个秃头半糟老头儿倒有一个。郑老师几年没登门，今天不知贸然前来，是何道理？灵儿见妈妈由喜形于色瞬间转换到冰霜覆面，知道自己干了一件莽撞事。妈妈！对不起。灵儿走过来，挽着七师妹的胳膊，羞愧地低下头。七师妹将儿子的手推开：读了大学长本事了哈？学会哄你妈妈了！谁喊他来的？七师妹指着郑老师，眼睛如带钩刺，把屋里人都扫了一圈。

郑老师慢慢站起身，叹息说，是我的主意，月娥，我想跟你好好谈谈。

七师妹不想听郑老师说什么，转身便出门去了。郑老师一时不知如何是好，还是灵儿脑子快，他一掌把父亲推出门，快去追！这不正好吗？给你俩单独相处的机会。郑老师哦了一声，跟着追出去，屋里人听见外面不停在喊：月娥……月娥……你等等我啊！

诚然，自从跟七师妹离婚后，郑老师的确还没踏过这个家的门槛。今天突然登门，不单是儿子在中间不断撮合，还有一个重要的原因是，有关赵家国跟吴月娥打得火热的风言风语传到了他的耳朵。不少夫妻都有这个体会，离婚时斩钉截铁，离婚后互不往来，可一旦听说另一半出现桃色新闻，心里总不是滋味，细细品尝，发现原来对她（他）还有爱。于是呢，就想方设法去破坏，想方设法去挽回，因此破镜重圆也是有的。

离婚后，郑老师一个人孤孤单单，心中的凄凉无人倾诉，悔恨自己当初一时冲动。想起当年他们在七星镇初中学校，那是多少人羡慕的神仙眷侣呀！七师妹的出类拔萃和单纯可爱，早已深深烙在了他的心上，岂是"离婚"二字就能清除得掉？后悔是肯定的，但教书匠的固执，知识分子的倔强，让他放不下身段去找七师妹复合。日子也就一天一天地过了，转眼就是好几年。郑老师也年过五旬，昔日的青春早已荡然无存，头发越掉越少，有时对镜自怜，不免连连哀叹。难道余生就这样孤苦伶仃地过下去吗？

赵家国为逃避妻子，到七星镇蹲点调研，在猪食槽村待过很长时间，那时七师妹正在猪食槽村搞股份制蚕桑产业，两人接触当然不会少。担任县农业投资公司总经理后，家国要在全七星镇试点股份制合作社，就鼓励七师妹回凤尾村搞，两人日常往来也避免不了。而一贯好奇心重的村民，见他俩一个是离了婚的单身妇女，一个是快要离婚的准单身男人，加之他俩原先是同班同学，年龄、学识也相当，模样、气质也般配，莫非两人都郎情妾意？于是你一言我一语，你添三分油，他加七分醋，两人间的故事就编得有盐有味了。

家国吧，一心要跟妻子离，过去只是考虑女儿的感受，眼看丹丹大学就要毕业了，他离婚的念头越来越坚决。但离了之后呢？总不可能单身一人过吧？他想过李冬梅，他相信李冬梅心里还有他。但他觉得，他已经远远配不上李冬梅了。他不但是已经结过婚，而且是已经有过孩子的人了。李冬梅呢，在婚姻家庭这本册子上，仍然是张白纸。他不能让自己这支已经遭浸染过的笔，去书写李冬梅仍然洁白无瑕的那本册子。可是，换个角度，世上还有一支同样一尘不染的笔在等她吗？李冬梅要想结婚，也只能找有过婚史的男人。他家国，难道不是最佳人选吗？

可是，李冬梅是咋想的呢，万一人家不愿屈尊低就，宁愿孤老一生呢？所以，家国还是不敢去尝试。他深知自己亏欠李冬梅太多，如果贸然前去探究，落个自讨没趣倒还轻松，给别人留下他家国品德败坏的话柄，就事态严重了。不是吗？人家当初对你那样的朝思暮盼，而你却冷眼寒心，现在你厌倦了屋头那张狮子脸，舰着脸皮回来纠缠人家，偏偏你是多高贵人家有多贱吗？好歹人家而今也是县上一把重要的椅子，不是乡间市井随便一个不起眼的老姑娘，也不掂量掂量自己几斤几两？再说，他们都是在机关任实职的领导干部，自己脸上遭人唾骂不打紧，李冬梅身上哪怕溅上一点儿污泥，仕途必然会受影响。

所以，尽管李冬梅从市里调到县里，且成为他的顶头上司，三天两头都会碰面，家国仍然是按兵不动。他常常下乡到七星镇，更是常常去凤尾村，跟七师妹吴月娥倒是田间地头、坡上坡下地打堆。时间久了，不怪人家说，他自己也会偶尔闪动一丝杂念。但也仅仅是一闪而过，吴月娥毕竟曾经是哥哥的初恋，虽然没与哥哥成就鸳鸯，但哥哥心里哪能放得下她？尽管有李春梅跟哥哥日夜相伴，他也相信他俩是真心相爱，但人是个复杂的动物，在哥哥的内心深处，怕是仍隐藏着这不可告人的小九九吧！他更相信，哥哥绝不会偷偷跟吴月娥再有牵扯，但他能容忍亲弟弟去沾染她吗？他又忍心去动哥哥心中的女神吗？

家国常为此发呆痴想，有时被七师妹发现，就问他在想啥？家国自觉失态，慌乱地支吾搪塞。七师妹就笑他，怎么榆木脑袋的样子又回来了呢？家国的脸顿时就红了。

女人是天生当侦探的料，家国的那点小心思，七师妹能看不出来？七师妹这份自信，是从小父母心肝宝贝样宠出来的，是少女时代身边人恭维出来的，是身为师长的郑老师娇惯出来的。所以，但凡有男性异样的眼光瞅自己，她不会觉得那是对她的鄙夷不屑，反而断定那是在捣腾啥花花肠子。

从那些眼光里，她映照出自己出色的魅力，但她不会轻易地表露出喜悦和陶醉，而是更加矜持地抬高下巴，给对方一个不卑不亢的对视。往往这一对视，更加搅动了对方胸中那一潭水，有时会搅得人家寝食难安，甚至茶饭不思。虽已是四十有六的年纪了，她似乎仍然有这份自信，因为她从家国偶尔偷偷地看她中，察觉到非正常的东西。他知道家国是个表面卑微、内心却非常孤傲的人，上学时他从不用那样的眼神去看别人，尤其是看女生。即使像李冬梅这样的女生他都没有。在他那颗榆木脑袋里，似乎感觉不到一个活着的人所应当有的情感和思想。但他一旦表露出羞怯的样子，那一定是来自外界足以摧毁他孤傲本性的东西出现了！在跟家国多次单独相处时，她多次发现了这个秘密。当然，她会高兴，但不会正面逢迎，更不会给予任何暗示和鼓励。确切地说，她不喜欢家国，跟他只能是除了爱情以外的情感，比如同学、同志情，乃至于初恋男友的弟弟、闺蜜的初恋对象这样的关系。因此，当她窥伺到家国心中的秘密后，她不是有意把身体挪开，就是装作糊涂地把话题引开，不会像少女时代那样，还给对方一个不卑不亢的对视。有时，她会故意提起李冬梅，问家国跟她见面多不？有没有单独约过？每次家国都腼腆地笑笑，然后叹息一声，既点头又摇头。于是，她就鼓励他，五师姐这人刀子嘴豆腐心，你既然决定结束上一段婚姻，不妨大胆去追求，当然，必须在你真正离了婚以后；听说你那位凶得很，要是你没离断，这边又跟五师妹纠缠起了，你那位还不闹得个天翻地覆？事情闹大了，五师姐反倒成了小三插足，你呢？成了婚内出轨，你俩又都是体制内干部，那样都不会有好结果。

句句说到家国心坎上。他给七师妹透露，就这个暑假，丹丹大学毕业有了工作，他就坚决跟妻子离！但至于离了后，去找不找李冬梅，他还是没有信心。七师妹说，你别管恁多，我和你哥，还有你嫂子李春梅，肯定是支持的。家国这才转忧为喜，并放松地笑了。

郑老师听到的闲话，当然是从七星镇起源的，要验真求源也必须到七星镇，所以就趁儿子有意撮合他俩复合之机，鼓起勇气来到七星镇，来到凤尾村，再次踏进这个当年他巴不得天天踏进的家门。他的不请自来，将遭遇什么，他是有心理准备的，哪知七师妹反应那么强烈，一见他的面就要往外走。儿子鼓励他去追，他当然不能错过这个良机，毫不犹豫就追了出来。他俩一个在前面小跑，一个在后面快步跟，还一边一来一往地、言来语去地打斗着。就像戏台上的杨宗保跟穆桂英、薛丁山与樊梨花。这样跑了一阵追了一阵斗了一阵，七师妹脚被石子一绊，身子往前一倾，眼看就要跌倒，郑老师一个箭步上去扶住了她。

七师妹不跑了，靠着一棵树，端着手臂，盯着郑老师。郑老师就站在她面前，双手端端垂在两腿边上。这样子十分好笑，他俩像是调换了身份，七师妹是个威严的老师，郑老师却像个犯了错的学生。他俩四目相对，一个满腔怨恨，一个满怀歉疚。

这样相互盯着看着，七师妹突然噗嗤一声笑了起来。郑老师也嘿嘿地笑了起来。你笑啥？七师妹立马变脸，仿佛刚才的笑是从另一个人嘴里发出的，跟她没有丝毫关系。你还有脸笑？七师妹别过头不理郑老师。郑老师清了清嗓门说，是，我没资格笑，我只配哭，要不，我给你哭一场？七师妹瞪大眼睛：郑江，你变得油腔滑调了？跟哪个学的？别以为那是你的幽默！我不吃你那一套！郑老师揉了揉眼睛，说：说真的，我真想哭，没有你的日子我过不下去，好多时候，我都好想哭！

七师妹感觉身上一阵麻，如同蚂蚁从裤腿潜入，一路往上爬，一直爬到胸口。郑老师继续说，千错万错都是我的错，当初我不该提离婚，我哪里想离婚呢？我只是想吓吓你，哪知一提你就当真了，说离就真的要拉我去离；我也是一口气上来了，离就离吧，哪晓得离了我的日子更难受！我才晓得我根本离不了你呀，月娥……

七师妹厌烦地闭上眼，长长地舒了一口气说，不要再扯那些陈芝麻烂谷子的事了，说当下的，你来干什么？你想干什么？郑老师说那好，我就直截了当吧！月娥，我们和好吧！我是真诚的，今后，我再也不让你伤心了，再也不让你生气了，好吗？

不料七师妹竟哭了起来，她问郑老师这些年在干啥？这么多年不来找她，偏偏在这个时候来找她？若不是那些风言风语是不是永远都不来找她了？若不是儿子坚持要撮合他们，是不是一辈子都不来找她了？郑老师递给七师妹纸巾，被她打落在地，她继续哭诉说，你晓得我这些年怎么过来的？就因为二师兄家的事，你就那么绝情绝义要急于丢下我？我好歹也是你儿子的妈妈，难道离了婚就跟陌生人似的？我同情二师兄家的不幸遭遇，把他的家当家，把他的父

276

母当父母，每天没日没夜地操劳，你问过我吗？关心过我吗？可能你还在心里幸灾乐祸吧！认为我是自讨苦吃的活该是吗？郑老师不说话，只是不停地长吁短叹。

七师妹擦干眼泪，郑重地说，把你的话收回去吧，我不希望你再犯草率决断的错误。郑老师苦苦哀求，但都不管用，再往下说七师妹又要发怒了，就只好打住不再说。

你明天回城去吧。七师妹说。郑老师嗯了半天，说我放了暑假，反正没事就多待几天。七师妹说，你是想看看我跟赵家国究竟有没有啥吧？郑老师赶紧否定，我郑江这点胸怀都没有吗？七师妹白了他一眼说，你也别虚伪，要是我真的跟他有什么呢？我难道就不能跟他有什么？都是离了婚的人，选择再婚有错吗？

郑老师狐疑地看着七师妹，心里直打鼓。七师妹又噗嗤一声笑了，看把你吓得，我就是跟其他人有啥，都不可能跟赵家国有啥。郑老师放心了，就是嘛，你哪儿看得起他呢。

七师妹把脸一沉，啥意思？人家赵家国比你有能耐多了，只是性格上有些缺陷，人挺好的，要不然李冬梅会那样痴迷？郑老师顺势说，对，他跟李冬梅是应该走在一起。七师妹把越靠越近的郑老师一推，别乱点鸳鸯谱！人家的事人家晓得怎么办。

七师妹再次提醒郑老师，给你说真话，我现在还不想考虑跟你和好，你要是有耐心，就慢慢等吧。说完，独自一人前面往回走了。

37

　　天气转凉，早晚须穿两件衣服了。几个月的康复训练，尽管可以独立行走，但还是步伐迟缓，大腿以上能明显在用力挪步，小腿仍有些木。脚踩地面，总有些不踏实的感觉。市长几次关心地问我，今年全市两会能参加吗？作为一名人大代表，我能否出席市上之所以那么重视，全因这多年我们农民工维权中心所做的工作。我肯定地回答说一定能。市长说在他的报告中，将有一大段是肯定和总结我们工作的内容。

　　也正是因为市长要作报告，通知了各区县和各部门汇总材料。我们县是典型的农业县，农业方面的成就及创新做法很重要，县委办多次提醒五师妹，要她好好梳理，形成一个内容扎实的汇报材料。五师妹早就把任务交给了家国，见上面催要得紧，于是也给家国念了紧箍咒。家国日夜加班加点，总算完成了任务，一份《打破桎梏，多点突破——我县"三农"工作创新发展之思考》放在了五师妹的办公桌上。当然，同时放在桌上的，还有一封家国写给五师妹的信。这信家国酝酿了好长时间，足足熬了个通宵，才一气呵成写出来的。

　　材料连信是家国亲自送到五师妹办公室，并亲手放在她办公桌上的。家国本想坐下来看看五师妹的反应，但五师妹说了声好你放下吧，既没招呼他坐下，也没及时拿起来看。

信是压在材料底下的，这一沓带文字的纸张掩藏着什么秘密，她应该是不知道的。

家国略微失望地转头就走，临出门时又回头瞅了一眼，五师妹仍然没有动他送来的材料，而是在翻阅其他东西。若她一直忙于别事，材料一直放在那里不动，直到下班，直到第二天内勤整理办公室……糟糕！他的秘密岂不是让别人知道了？那会掀起一场怎样的波澜呢？家国一边走一边想，背上的汗不由渗了出来，脸烫得能烙饼。他十分后悔怎么不提醒她一下呢？他想转回去，可身子一扭，心脏便怦怦地跳个不停，仿佛要蹦出来似的。

这一天，家国难以平静。干什么事都心不在焉，有时脑子明明发出一个指令，手里却做的是另一件毫不相关的事。心里想到要给公司某人打个电话，可拿出手机，却翻的是他与五师妹近段时间的聊天记录，一看就把正事忘了！他时时留心外面的动静，尤其是脚步声，要是听到有啵啵啵的高跟鞋声，他就立马紧张得不行。如果啵啵啵的声音很急，他简直要晕眩，一阵缺氧的感觉让他不得不张嘴深呼吸。好在一切都是虚惊，没有一阵啵啵啵的声音是向着他来的。待归平静后，他又懊恼万分，她究竟看到信没？如果看了，难道没丝毫反应？如果没看，那她是故意不看还是没注意到？如果是看了丝毫没反应，或者是故意不看，这说明什么？说明你赵家国在人家心里已经不值一提，已经轻如鸿毛。可……可跟她微信聊天，每次她都开开心心的呀，没什么征兆显示，她已经完全对他失去了期盼了呀！那一定是还没有看到。这样还好，至少说她的态度还是个未知数，有待进一步求解。

那就静观其变吧。挨到下班，家国长舒一口气，夹起公文包就往外走。走到楼梯口，他突然鼓起勇气，要去五师妹办公室侦查一番。他掉头往上爬，因为五师妹在更高的楼层。走到她办公室门口，他见门虚掩着，就凑近往里瞅，屋内没有人。他警惕地四周张望一阵，蹑手蹑脚进去了。他看见他送的材料仍原封不动地放在那里。他把材料拿开，那封信也原封不动地在那里。她真的没看，材料和信都还没看！一定是忙于其他事情给耽误了。家国放心地把信和材料归于原位。本该离开可他没有。他那样呆滞地愣在那里，纠结着是该把信拿走还是仍放在那里呢？还是拿走的好！等有合适的机会再给她。决定后，家国正伸手去拿信，门突然被推开了。他吓得赶紧把手缩回来，紧张地回头看，秘书科的一个女孩也紧张地看着他。

两人都尴尬地笑笑。我……我给李县长送材料。家国吞吞吐吐地说。哦……送材料啊？李县长有事出去了。那女孩说。出去多久了？家国急切地问。女孩回答，上午就出去了呀！一直没回来。知道去哪里了吗？家国进一步追问。那就不知道了，领导的行踪，我哪里知道呢。女孩说。家国沉吟着，不再追问。女孩颇觉奇怪，说赵总若只是送材料，放桌上就行，她回来会看到的。家国心里直打鼓，那……就放这里？行吗？女孩更奇怪了，说怎么不行？放领导办公桌上，难道还会飞了？家国哦哦地点头，只好依从，随即快步离去了。

出门一路走，他一直担心着。那女孩这会儿是不是在翻桌上的材料？是不是发现了那封信？几经换位揣度，他断定应该不会。做秘书的是不会轻易翻动领导桌上的东西的，任何东西都不会。因为他就当过多年的秘书，除非是领导特别交代，他是从来不会动领导办公室任何东西的。他还十分确定，他送的材料是端端正正摆放在桌上的，信是严严实实地压在材料下面的。如果不是刻意翻动，是不会轻易被发现的。既然是端端正正放在了桌上，就没有翻动的必要，就算是内勤整理办公室，也不会去翻动。就算翻动了，发现是一封信，信是有信封装着的，鬼知道里面什么内容？鬼晓得是谁写的？况且内勤一般都是些粗枝大叶之人，谁会那么敏感那么八卦去胡乱联想呢？

第二天县政府开会，家国察觉到主席台上的五师妹有些异样。尽管她仍是那样意气风发的样子，头高高地扬着，眼神自信满满地在场内扫来扫去，尽管她仍是往常那样自然随意地跟邻座其他人交头接耳，举止神情笑容不失优雅高贵，尽管她仍是嗓音清亮、铿锵有力地发言讲话，不管是念稿还是脱稿都能保持连贯流畅，但还是掩饰不住内心那一丝毫的激动和羞涩。因为她的脸颊有两朵红晕。她的眼皮有些臃肿。她的手指有些微微颤抖。这些细微之处，其他人是发现不了的，会场中只有赵家国才能察觉到。很少化妆的五师妹，今天描了淡妆，头发定过型，脸上打过粉底，虽只是薄薄的那么一丁点，本是为了掩饰她因激动而跑出来的慌乱，但诸多的掩饰仍然没有彻底成功。诸多迹象表明，她看到了那封信！

她的确看到了那封信。头天五师妹当着家国的面，感觉到他怪怪的，既然是送材料来，送来了又不走，仿佛有话要说，又好似在留意观察她。他在捣什么鬼呢？嗨！懒得理他，他这个人历来都榆木脑袋加阴阳无常，有什么花招就使出来吧。五师妹想。可家国转身走了。因马上要下乡调研，她也没多想。调研结束回到办公室，回想上午的情形，五师妹有了好奇心，她下意识地把材料拿起来看，揭开材料就看到了那封信。冬梅亲启！天啦！她浑身顿起鸡皮疙瘩，越冒越多，刺啦啦的感觉。她把信捏在手里，反复端详信封上那几个字。等待家国的信，她等了二十余年！这家伙终于开窍了。五师妹一时难以自已，泪水竟不听话地哗哗流淌，眼前瞬间模糊。

他写了些什么？要不要打开看看？她迫不及待地揭开封口，抽出信纸。她的心跳得如戏台上急切的鼓点。冬梅，请原谅我过去的自卑、懦弱、冷酷和无知，且请原谅我今朝的鲁莽、盲动、幼稚和愚蠢……五师妹快速浏览信的内容，但这家伙迂腐得真够可以，唠唠叨叨半天就是入不了正题，看了半天都没捕捉到她所期盼的字眼，满篇的自责和致歉，请求原谅，我原谅你什么？你又辜负了我什么？要是不原谅你，我们还会有今天这种局面吗？你没有什么该自责的，我也没有什么可原谅你的，一切都是命运在开玩笑……

哼哼，你是够幼稚和愚蠢的，居然想着给我写信，难道就不可以当面说清楚？就不可以直接在微信里说清楚？都这把年纪的人了，还玩一把年轻时的浪漫？想起这些，五师妹心里酸酸的，泪水再次滑落。早些年，是她给家国写信，写过许多信，但家国回得少，且回得很简单。每次将信投进邮筒，她便茶饭无味、度日如年地等待他的回信。可一等二等，同宿舍的女生都跟男朋友书信往返好几个来回了，她仍没等到。谁能想象她当时内心有多委屈和焦躁呢？谁会体会她心里有多压抑和怨恨呢？她无处倾诉，只有独自一人到学校中心花园假山后面的石凳上哭泣。

五师妹看完家国的信，从头至尾，每一句每一个字，她都在心里反复地碾磨，几乎都和着泪水调成糊了，但仍没品咂出其中具体味道。你说它是甜的也行，说它是咸的酸的苦的都行。除了表达悔恨和歉意，就是埋怨自己勇气欠缺，做很多事情优柔寡断，除了表达对她李冬梅的敬仰和赞美，就是关心她的鸡毛蒜皮，什么天气凉了记得加衣服啊，工作忙了别忘了准时吃饭啦，就跟她妈一样的烦人。我需要你赞美吗？需要你敬仰吗？需要你这些无关紧要的所谓关心吗？那我需要什么呢？你难道不知道？那句话说出口就那么难吗？家国呀家国，只说你冲出了家庭的牢笼，冲出了自我的围城，已经是一个头脑清晰、方向明确、敢说敢做的男子汉了，谁知榆木脑袋的顽劣本性仍然没有去尽！但总而言之，你敢给我写信了，这又何尝不算是一个大大的进步呢？尽管那句话对你来说还如重千钧，你还没有足够的力量将它吐出来呈现在我的面前，我相信，你一定会有那么一天的，真的，我相信你，家国！

虽然家国的信里没有她期盼的那些字眼，但还是让五师妹兴奋了一整夜。四十六岁的女人，竟还如此癫狂，过后想来都有些不可思议！哎，女人真够傻的。她感叹着自言自语。可她沉迷于这种傻，享受着这份愚。如果事事都那么精明，都那么老练，女人还是女人吗？还有点女人味吗？正因为她傻，她才一直单身到四十六岁，虽说不完全是因为家国，但倔强的个性偏就让她一条道非要走到黑不可。正因为她愚，旁人看来赵家国应当成仇人来恨的，可她从未恨过，就算有，也仅是一时半会儿，她总能找到足够的理由去谅解他。所以，家国在信里反复表达歉意，请求她的原谅，她觉得十分可笑。这不是一个没心没肺的愚蠢女人是什么？嗨！管它傻呀愚蠢呀，我就那样儿了，我偏就那样儿了。别人又奈得了我何呢？

在独自一人的家里，五师妹时而在沙发上卧着，时而到床上仰着，时而从冰箱里拿一瓶饮料来喝，时而撕开一袋零食来吃。嘴上身上在动着，可心里一直在飞奔，在狂飙。虽然没有吃晚饭，但她丝毫不觉得饥饿，她感觉身上每一个毛孔都在接受来自宇宙的能量。甚至她感觉这能量已经足够满的了，可仍在源源不断地从外界灌入。她感觉内心有火山要喷发，感觉脑海有巨浪要翻腾。实在熬不住，她脱光衣服，把自己泡进浴缸里，水温调得并不算高，比平常还低几度，可她还是觉得发烫，汗水汩汩从额头和面颊流出来，流经嘴唇的时候，她明显感到一阵咸涩的味道。就这样泡着泡着，眼睛开始迷糊起来，快要虚脱的警示让她立马清醒，她起身擦干水，俯卧在床上稳了一会儿，才去找干净衣服来穿。他拉开衣柜门，各色各样的衣服琳琅满目。从少女时代到中年时代，都有她特意留下来的纪念性衣服。此刻，她瞬间明白了自己为什么要那样做。过去也是多次拉开衣柜门，她不止一次地犹豫过，要不要把那些多年不穿的衣服丢掉，但最终她还是没有。那些衣服，岂止是衣服，那是一个一个的梦。那是一件一件梦的衣裳。尤其是少女时代的梦，她一直悄悄地留着，如果丢了，就意味着彻底跟那个时代告别了。她庆幸自己有多英明！留着那些衣服，现在是可以重新穿上显摆的时候了！她要证明自己没有被时光隧道抛弃，穿上那些衣服依然是光彩照人。

五师妹把衣柜里的衣服全抱出来，摊放在床上，一件一件地试穿，这么多年了，每一件衣服都还合身！是啊，保持身材，是她一直都很注重的。二十多年来，要是发现自己长胖了，哪怕只是两三斤，她都要想方设法地降下来。大学同学还有早年的同事，都惊叹她能保持得这么好。每一件衣服上身，都会有一阵美好的回忆包围着她，但这些衣服所勾起的回忆，没有一件跟家国有过关系。再美好，都是有关她个人的，或者是家人的。有一件桃红色的连衣裙，是在姐姐生了侄儿，她去吃喜酒的时候买的。还有一件玉白色的真丝裙，是爸爸过五十大寿她穿过的。尽管那些衣服的样式比不上这些年的新潮，但独自一人在家里穿给自己看，还是够让人心情喜悦的。

就这么一件一件地穿，一件一件地脱，秋冬季的衣服还好，可春夏季的衣服难免让她无法抵御天气的寒凉，只能在镜前转个圈又必须脱下。就这样，她把所有衣服换穿一次都耗费了两个多小时！外面楼房上的窗户都一个个地黑暗了，只有她家窗户是明亮的，且伴随着人影晃动。直到天快亮的时候，她才猛然想起，今天上午县政府还要开会！

于是，她赶紧收拾好房间，急急忙忙地梳洗打扮起来。

38

　　同志们，农民工维权，是我市工作的一大亮点。十六年来，以肖荣同志为代表的各位维权工作者，踏遍祖国大江南北，行遍千山万水，共为我市七万余农民工成功讨薪及索赔九亿余元！仅去年一年，就为农民工讨回工资超过一亿元。十六年来，我市农民工维权中心，共化解各类群体性事件六十余起，协助劳动监察部门督促八十余家建筑企业为四万余名农民工办理社会保险，共接待来信来访及政策咨询近十万人次……

　　市长的政府工作报告说到农民工维权，会场便空前肃静，还未等市长讲完，掌声就一阵接一阵响起。市长停下来，微笑着等大家的掌声停息。他插话说：从大家热烈的掌声可见，我们农民工维权工作，是深受大家充分认可的。作为一个GDP长期在省内摇尾巴的市，劳务输出是我们经济增长的一个重要手段，我们常年有一百二十余万人在外务工，占户籍人口总数的五分之一啊！他们一年挣回的工资收入，高达四五百亿元啊！这什么概念？相当于我们GDP的百分之六十！我们没有理由不高度重视劳务输出，没有理由不高度重视农民工维权！我们的农民工维权经验，已经引起国家层面的肯定，许多案例已成为国家级经典案例……

会后，市长关心我的健康状况，我说恢复得差不多了，只是腿脚还有点不灵便。上车也问题不大，须得先慢慢放一只脚进去，再用手把另一只脚抬起，再慢慢放进去。市长皱了皱眉，欲言又止。我知道他的心情，是担心以后我还能不能继续挑起重担，如果我不干了，谁又能替代我呢？我主动说，市长，我知道现在积压了许多批件，两会一结束，我就出差去，眼看年关将至，也是农民工维权的高峰期，关键时刻，我不能天天闲在家里呀。市长拍拍我的肩：说老实话，你能行吗？我诚恳地点点头。市长叹息一声说，长远考虑，还是物色一个接班人吧。我心里如被蜜蜂蜇了一下，难道我真的就此废了吗？

　　为了证明给市长看，也为了证明给自己看，两会一结束，我就申请出差。这次去的地方，一百二十七名我市农民工被拖欠工资五百四十余万元，多次讨薪，均无结果。慧珠见我执意要去，也没说什么，只是一个人关在屋里闷闷不乐。岳母一边做着家务，一边唠唠叨叨，才从鬼门关回来，又去阎王殿闯？真不要命了？你以为你是孙猴子？阎王殿可以随进随出？自己的命不珍惜，也不考虑婆娘娃娃？早晓得你是这种人，慧珠就不要嫁给你……

　　我沉默不语，也不加辩解和反驳。岳母的一切抱怨，话虽刺耳，但都句句在理。她一直唠叨，连慧珠都听不下去了，打开门把她支走，然后慎重地对我说：你真要继续干下去？我没有正面回答，更没有正面看她。而慧珠却不依不饶，非要我看着她回答。我说，我不干行吗？不料慧珠则说，行。为什么？我诧异地问。你不干我来干。慧珠的回答让我震惊。啥？你干？我不由上下打量起她来，娇小的身子哪能承担起这么复杂而艰巨的工作呢？慧珠哼哼一笑，我知道你的心思，是不相信我能干好。我说，那你说说你打算怎么干？慧珠说，跟你这么多年，也算是学了些，靠的是胆识和毅力。我还是不放心，假如遇上蛮横无理之徒，要打要杀你怎么办？这一点慧珠早有准备，她若无其事地说，没有办法，只有面对；就算是你遇上了，又能怎么办？也只有面对。我无语了。细细想来，也是这么个理。

而岳母得知慧珠也要上我的贼船，情绪一时失控，伤心地哭了起来。她知道她女儿的个性，但凡她作出的决定，是谁也更改不了的。慧珠也没去劝慰，说让她哭一阵反而更好，若是去劝，她知道你心软了，进而拖住你不放，就更难办了。这娘儿俩真够可以的，彼此对彼此都心知肚明，纵使彼此对彼此都怀着牵挂与不舍，嘴上也没有丝毫言语表达。唉！现实就是这么残酷。岳母抹干眼泪，呆呆地看着我们收拾行装，她清楚，接下来至少一个礼拜，照顾两个孙子饮食起居的光荣任务，又不可推卸地落到了她的肩上了。

这次慧珠与我同行，从我们的角度考虑，有几层意思：我腿脚依旧不够灵便，需要有人照顾，作为妻子，非慧珠莫属；若是维权不顺利，以她新闻记者的身份，仍可发挥作用；既然她要接我的棒，那就让她实习一下，我也有意将此次行程作为她正式加入前的预演。

有关慧珠准备调到市农民工维权中心，这不只是我们两口子关起门随便说说，我和她都向单位及市上领导打了报告，报社当然不大赞成，工会则极力撮合，很快就将报告递送到市长手里。市长兴致盎然地召见了我俩，问了几个关键的问题。首先问慧珠，农民工维权，这份工作不只是艰辛，还异常危险，你考虑过吗？慧珠点头说，这我早考虑过了，这么多年跟肖荣，也早体验过了，所以不再有顾虑。市长又说，工资待遇比起来，报社要高得多，你不觉得不划算吗？慧珠笑笑说，我越来越觉得报社的工作沉闷无趣了，还是农民工维权更具有挑战性。市长眼睛一亮，颇感诧异地说，想不到一个身材娇弱的女子还有这份志向！接着市长问我，你怎么打算？我从容地说，先带她一段时间，然后听从组织的安排。

市长点了点头，沉吟片刻说，本想仍把你留在农民工维权中心，一来你有丰富的经验，即使不能长途奔波，亲临维权现场，但可以坐镇指挥，凭你全国先进工作者的光环，也会给前线的工作人员足够的信心和底气，可是夫妻同处一单位，又是上下级关系，难免会招致些说法。我明白了市长的意思，当即表态说，等慧珠工作上了路，我愿意调走。市长叹息说，说实在话，把你调走我也于心不忍；那你想到哪个单位？这我的确没想过，也就不好回答。市长闭上眼，双手拇指揉了阵太阳穴，说：去老干局吧！任命你为局长，正处级；这么多年来，组织上是亏待你的，那边工作相对轻松些，你去那里，也便于进一步康复身体。

因不能坐飞机，我们只好乘火车。我们市虽通火车，但没有直达车，只好在中途转，尽管可以乘坐一段高铁，但单程都需要十五个钟头，这无疑增添了许多麻烦。

第一段是卧铺，好多年没有乘坐过了，记得还是从部队退伍回来坐过一回。想起部队，猛然想起，原来这次要去的地方离我们部队不远！要是往常，我定要趁机回去看看，当年的首长和战友或许都不在那里了，可只要是能回去看看，还是非常令人激动的。毕竟那是一段激情燃烧过的岁月。想起当年的我，以及当年的人和事，再回顾一下当前的我，以及当前的境况与世事，真乃是往事不堪云和月，感慨今夕是何年啊！

我躺在逼仄的铺位上闭目遐思，火车时而一阵悠长的嚎叫，伴随着车轮与铁轨间有节奏的碾撞，突觉阵阵悲凉随夜晚的寒风从窗隙渗透进来，瞬息间爬满了我的胸膛。我感到身上又凉又痒，似有无数肉眼看不到的藤蔓在悄悄生长，根须渗入我的皮肉，枝叶铺满我的躯体，它们在拼命地吮吸我的血汗，我的呼吸渐渐地微弱，气力渐渐地衰竭……

慧珠给岳母打了阵电话，问了问大宝二宝的情况，便靠着枕头翻阅一本杂志。我很羡慕她，天大的事，都似乎当不了什么，无论前面是荆棘还是深渊，她都那么淡定自若。而我就不一样，或许是天生的敏感和忧虑，拿起任何一件事情，哪怕是小得微乎其微，我都会把它无限放大，乃至于原本脆弱的神经，越来越承受不起一次又一次的重压。唉！经历了这一次的生死劫难，我是应该交棒了。或许慧珠比我更适合干这份工作，哪怕我而今是全国先进工作者，而她仅仅是一名新兵，谁能预测，一名普通的新兵不能最终成为将军呢？

黎明时分，我正要睡着的时候，列车员跑来敲打我们的床铺。我赶忙把慧珠喊醒，昨晚她看书看到深夜，明知离下车时间不多了，却还要倒下去睡一会儿，哪知一倒下就睡得很死，若不是列车员负责任地大声喊，我们一定会错过中转的机会。慧珠翻身起来，粗略地理了理头发，便踮起脚抻手去拿行李箱。我们的行李箱很重，行李架已高过她头顶许多，上车时她就颇费了些工夫才把箱子放上去，这会儿又得费一些周折，而我却帮不上忙。因是凌晨，不下车的旅客都在香甜的睡梦里，靠谁帮忙是不现实的。慧珠也压根没想去惊扰别人，一只脚踩在铁梯上，一只脚踩在走廊座椅上，硬是把重达五六十斤的行李箱取了下来。我见她细长的手臂鼓起一轮一轮的肌肉，脖子上的筋都冒了起来，腿上无疑也使出了足够的力，行李箱几乎是平平稳稳从行李架上移开，又是稳稳当当地从她头顶下降到膝盖部位，稍作短暂停留，然后安安稳稳地放到了地上，一连串动作十分流畅。在惊叹她居然有如此潜藏着的力量时，我心里翻起一阵热浪，赶紧将行李箱接过来，推着往车门口走去。在候车室休息了约半小时，我们再次上车，不过换乘的是动车，还有六七个钟头就可到达终点站了。

无疑，换乘时上车和到达时下车，那一连串的动作慧珠又重复了两次。

连下了六七天的雪，整个城市完全被厚厚的积雪覆盖。本来腿脚就没完全恢复正常，天寒地冻，下车不久我就感觉下肢麻木。走了不多远，总算拦了一辆出租车。赶到农民工住地，屋内燃起一堆柴火，七八个人围坐一圈正烤着。他们说早在五月份，工程就完工了，老板就是不办结算，六月份老板开了张三百万元的支票，说暂时先拿着，余下的等结算后一并付清。哪知，三百万元支票到银行去支取，银行说是张空头支票！深知上当后，农民工到市政府上访。

　　跟以往诸多案例对照，大致雷同的剧本。业主故意拖着不结算，不外乎两个原因，要么想压缩劳务费，克扣农民工工资，要么就是卸磨杀驴，有人要独吞那笔劳务费。农民工投诉无门，也不外乎两个原因：要么业主方与有关部门勾结，地方保护主义作怪；要么有关部门不作为，漠不关心、敷衍推诿想不了了之。若是以往，我打算猫捉老鼠好好陪他们玩玩，斗智斗勇非要上演足够的精彩不可，然而今非昔日，我不想过多耗费精力，只想单刀直入直击要害，快刀斩乱麻尽快解决问题。听罢农民工代表的讲述，我立即启用"三加一"维权经验，首先以我们市农民工维权中心的名义，代为向国家有关部委作了投诉，同时也向当地省领导网上信箱作了反映。效果立竿见影，国家部委和当地省领导很快作了批示，要求市政府牵头，务必最短时间里妥善处理，并将处理情况及时上报。

　　市政府照例开了协调会。我先向与会人员讲述了我的故事，说我从事农民工维权工作十六年了，还没有我解决不了的问题；我说十六年来一共帮农民工讨回的钱将近十个亿；我说才不久我被表彰为全国先进工作者，不信你们可以上网搜搜；我说大家都看到了，我的腿脚还不大灵便，上半年在某地维权造成的；我说我都到鬼门关走过一回了，希望你们这里没有鬼门关；我说希望在座各位领导引起高度重视，为了可怜的农民工兄弟们，动用你们手中人民赋予你们的权力；我说……我说我没啥说的了，拜托拜托再拜托……

　　说罢，我起身深深鞠躬，并双手抱拳向各位致意。

慧珠见我一张嘴就噼里啪啦说个不停，招数明显跟以往不同，一时不知该如何配合，便傻傻地盯着我。其实，我根本没打算要她配合。我相信我的这一招杀手锏充满了不可抗拒的正能量，任何包藏私心甚至别有用心之人都会望而生畏的。果然，我的话一说完，会场立马响起掌声。主持协调会的副市长带头鼓掌：肖主任，请尽管放心，我以我的党性和人格担保，不出一个星期，保证农民工每人拿到钱！

这大概是我十六年维权之旅最顺利的一回。可早知如此，何必当初呢？

有关部门也信守承诺，在我们到达的第五天，通过加班加点的结算，双方签字认可的四百三十余万元农民工工资发放到位。

39

慧珠正式调至市农民工维权中心，我也到老干局正式上任。我正跟几名退休老干部闲谈，七师妹打电话来：腊月十二请你喝酒。啥好事呀？七师妹笑了，我跟郑江的复婚大典，算不算好事？我说肯定是好事，一定来。七师妹说，那好。在哪儿办呢？我问。七师妹说，当然是在七星镇啊！我决定今生都不离开七星镇了，郑江也重新调回七星镇初中了。

紧接着，大师兄也打电话来，说郑老师跟七师妹复婚，庆典就在他们鱼嘴村乡村酒店举行。这我已经知道，也就不觉诧异。但大师兄告诉我的另一个消息确实令人振奋，周晓芸情况大为好转，王春晓已将她接回了家，庆典当天他们一家子都会参加。

谢天谢地！二师兄可以瞑目九泉了。想起七个师兄弟妹，我眼里有泪涌动。三十多年来，岁月的刀斧在各自身上均留下不同的印迹，尽管都经历了这样那样的沧桑，但结局大都还不算怎么惨淡。有人说过，残缺也是一种美，甚至是一种悲壮的美。我十分赞同。在我们七个师兄弟妹身上，如果没有诸多的曲折和遗憾，后面的美好倒是显得平淡无奇。现在唯一让我牵挂的，则是五师妹和家国的事，不知他俩进展如何？今生还能否续上一段良缘？

哦，差点忘了六师弟，不知他的钱要回来了吗？已经好久没听到他的声音了。

越近年根，时光就跟撵贼似的，转眼腊月十二就到了。我跟慧珠老早就到了，大师兄跟李春梅穿戴一新，浑身喜气洋洋，倒像是他俩结婚一样。为给远近宾客准备一顿味道上好的宴席，大师兄专门从市五星级酒店请来厨师，四师弟哥俩也来帮忙打下手。家国和五师妹都没见人影，大师兄说都还在来的路上。主角七师妹正在镇上化妆，郑老师的婚车队伍一直在旁守候。一切准备就绪，宴会厅里张灯结彩，欢快舒畅的乐曲响彻鱼嘴村的天空。

家国到了，头发经过修剪，且梳得很齐整，西装革履，平添了几分帅气。他今天也是神采飞扬，跟他当年自己结婚相比，简直是天壤之别。这让不少人纳闷，兄弟俩怎么啦？

别人结婚，他俩怎么恁高兴呢？李春梅看见家国，忙问冬梅呢？没跟你一起？家国笑着摇头：我给她打了电话，说上午还有个招商会，会一完就立即往这里赶。李春梅眉头一皱，啊？该不会误了时辰吧！家国忙安慰说，没事的，她越是晚来，反而显得分量更重，仪式感更强。

什么仪式感？不是吴月娥跟郑江复婚吗？关她李冬梅什么仪式？众人都不明白其中何意，见家国也没解释的意思，也就没打破砂锅问到底。

快十二点了，五师妹仍没见来，李春梅开始着急，不断在电话里催。四十余张桌子上都围满了宾客，他们着急的恰不是李冬梅，而是见婚礼的主角总不见登台，也奇怪得东张西望。正诧异间，忽听小孩子跑进来说：来了来了！有人离座跑出门看，果真，新娘新郎真的来了。我也随人流走出大厅，见一溜婚车停在草坪边的柏油马路上。郑老师先下车，紧跑几步到另一侧门，拉开车门，押手将七师妹扶下来。一向酷爱白色的七师妹，今天一身洁白的婚纱，更显得飘飘如仙。哇！有人发出惊叹。是啊，我也在心里暗叹，这七师妹，虽已是徐娘之龄，可乍看怎么也似三十出头。头纱垂面，隐隐约约间，如同雾笼芙蓉。玉手纤纤，娇步盈盈，伴随着粉面含羞，说是年方二八刚出阁，也是有人信的。你看，坐在轮椅上的大师兄，不就看得神情恍惚了吗？若不是李春梅一声咳嗽，他的灵魂都要跟着跑的。

一对伴郎伴娘，恰是灵儿跟家国的女儿丹丹。儿子给父母复婚作伴郎，一时成为宾客口中美谈。来自凤尾村的客人，谈论最多的还是七师妹，说这女子简直就是凤尾村的一只凤凰，先是凤凰飞出了山，后是凤凰又飞回了村，而今担任村主任，发誓要带领大家富起来。她确是这么干的，如今全村也跟猪食槽村一样，适宜种粮食的地方种粮食，不适宜种粮食的地方全都是桑树，全村完全复制了猪食槽村股份制合作社的经验。郑老师彻底被七师妹征服，为挽回这段宝贵的婚姻，他毅然放弃城里的工作，毅然放弃更舒适的生活。关注今天这对男女主角的，除了凤尾村的人，还有猪食槽村的人。二师兄一家人都来了，尤其是他的父母，更是满怀感激，在他们心里，吴月娥早已是他们的女儿。王春晓两口子带着孩子，围绕在两位老人和周晓芸身旁。周晓芸已看不出精神病的迹象了，碰上熟人还晓得打招呼。

复婚之礼按程序进行着，步骤跟结婚大致差不多。桌上的美食太诱人了！然而，主持人在临近礼成时刻，突然吊起大家的胃口，一些人本已拿起筷子，又不得不好奇地放下。

主持人说：借郑江先生和吴月娥女士复婚庆典的喜庆场面，今天还有一对有情人将在这里倾诉衷肠……啊？谁呀？谁跟谁呀？宴会厅里顿起骚动，大家纷纷四处张望搜寻，可这对神秘的有情人就是不见影子。

卖够了关子，兜足了圈子，主持人对着麦克风一阵喊：我们英俊潇洒风流倜傥的求婚人，你在哪里……音乐声起，有男声歌唱："嫁给我吧嫁给我吧嫁给我吧，你快嫁给我吧……"宴会厅除了这声歌唱，再没有了别的声音。所有人都似乎被定住了，呆呆地看着舞台上，但舞台上还是空无一人。谁在唱？唱给谁听的呀？人们很纳闷，我也正纳闷。哇！家国！是家国……天啦……家国小步从幕后跑到台前，一边动情地唱着，一边向台下挥手。

家国唱了一会儿，也感觉到情况不妙，虽然脸上仍是堆满笑容，但掩饰不住慌张地东瞅西看，像是在找谁似的。找谁？当然是找他今天求婚的对象。可让他心焦的是，直到那首歌快唱完了，他心上的人儿还是没有到来。难道，难道她要放我的鸽子？虽然提前没有告诉她，目的是给她一个天大的惊喜，可总不至于因此惹恼了她，执意躲着不出场吧？

大师兄坐着轮椅，从舞台一端缓缓前行。家国走过来，将哥哥接上台。大师兄从怀里掏出一个精致的盒子，放到家国手中，并在低下头的家国耳边嘱咐了几句。家国焦急的神情才稍稍缓和。家国把哥哥推下去后，又快步跑回了舞台。"你爱我吗？你在想我吗？你爱我吗？这是我的梦啊……"家国继续深情地唱着，他几乎把那首歌又重复唱了一遍！

可他要求婚的对象还是没有出现。主持人都有些意外了，及时上台，一边稳住场面，一边继续烘托气氛。"我们再请男嘉宾唱一首！如果你的女神还不露面，就再唱一首，直到唱得她心花怒放，热泪盈眶地上台来，大家说好不好？……"大家当然会说好！而且说好的声浪一阵高过一阵。深受气氛的感染，台下的宾客都和着节拍，要么敲打桌子，要么跟着一起唱，要么喊一二三，出来！总之，一起给家国鼓劲加油。家国唱得更加卖劲了。

千呼万唤，这一阶段的女主角总算出场了。李春梅和丹丹一边一个，挽着五师妹李冬梅的胳膊，从宴会厅一角出现了。三人一边往里走，一边抹着眼泪，可以想见，刚才她们在外面都听到了家国的歌声，那是家国深藏多年的心声。尤其是李春梅和李冬梅，姐妹俩一定抱头痛哭了好一阵子，姐姐一定在不停地劝着妹妹，并不断催促她赶紧上场，免得家国尴尬。而妹妹呢，一定是按捺不住心中的激动，还有突如其来的惊喜，一时收不住断线珍珠般的泪水。她的头发乱了，尤其是妆容花了，这么难看的形象怎么上场呢？可不上场又怎么行呢？这也是她多年来梦寐以求的啊！在小女孩一般痛快地哭过之后，她终于决定上场了。而刚刚大学毕业的丹丹，尽管校园里的爱情故事也很浪漫，可怎比眼前这么真实、这么带劲呢？更何况其中的男主又是自己的父亲！哭得稀里哗啦是能够理解的。

这一刻，全场人都站了起来，尽管在场的人大多都晓得家国跟五师妹的故事，但谁也没料到，原本七师妹的复婚庆典中，却巧妙地潜藏着如此精彩的反转剧情。大家都为这绝佳的安排鼓掌，都为眼前这足够火辣的求婚场面震撼，都为这催人泪下的真情打动。家国用了半辈子的功夫，终于彻底战胜了自己的怯懦，彻底扭转了大家眼中早已形成定论的榆木脑袋形象，敢于登上数百人的舞台，敢于当面唱出赤裸裸的求爱之歌了！这对他来说，无疑是个巨大的进步，对李冬梅来说，也是个巨大的胜利。所以，当家国单膝跪地，双手托起戒指，脉脉含情地盯着李冬梅，再次喊道冬梅嫁给我吧的时候，五师妹再也矜持不起来了，不听话的眼泪唰地奔涌而出，连连点头，哽咽着说：我愿意，你起来吧！家国起身，将戒指戴在五师妹的手指上，在全场热烈的掌声中，家国将五师妹拥入怀中，两人紧紧地抱在一起。

郑老师和七师妹，还有灵儿跟丹丹，每人一捧鲜花走向舞台，他们将家国和五师妹围在中央，先是摆了一些造型，合拍了一些照片，然后纷纷将花献给他俩。在主持人一阵极度煽情的结束语中，场下再次掌声响起来。过后，便是乒乒乓乓的杯盘碗筷的交响乐了。

嘴里嚼着美味，手中端着美酒，心里回味着刚才那一幕幕动情时刻，每个人都很舒心。突然，一阵强烈的震动从我裤兜里传来。知道今天会无比热闹，我事先把手机来电及微信提醒调成了震动。我一看，是六师弟打来的视频。正好跟大师兄、五师妹、家国、七师妹等一桌，我赶紧接了。才对着镜头跟六师弟打了个招呼，本想把镜头调转对准桌上其他人，但六师弟老毛病又犯了，根本不顾你的安排，也不听你要说啥，只顾自个儿噼里啪啦地说个不停。

老三，哎呀！总算打通了，今天我都打了好几十个视频了，你都没接！忙什么呢？我一听愣了，不会吧？有几十个？都没接？我明明是调成震动了的，况且手机是裤兜贴肉搁着的，怎么会没感觉呢？正要解释，六师弟又抢着说了。老三，不管你们关不关心我的事情，我还是要说，马半城，马半城判了，你知道吗？判了二十年！依他现在这个年龄，准保会老死在监狱里面了。可我的钱啦！我的钱还没拿回来呢，这几个月，我一直在这边守着，公检法跑了无数趟，人情关系门路找了无数个，还是不管用。我该怎么办？那可是我大半生的积蓄啊！全压里面了！如果拿不回那些钱，我还活着有什么意思呢？我都不想活了！……

听到这里，我心里还是很难受的。我瞄了一眼大师兄他们，他们都若无其事地吃着喝着。也不怪他们，七师妹复婚，事先给他打过电话，不知是真没听到还是故意不接，总之把七师妹气得发誓，今后就当没这么个师兄了。我说六师弟你别急，钱财是身外之物，生不带来死不带去，留得青山在不愁没柴烧，天大的事你先回来，先回来好吗？回来我们一起想办法。六师弟心情沮丧地说，还有什么办法呢？老三，难道你还有办法？要不你来一趟！来去机票我包了，吃住也包了，老三，你若能来，凭你全国的影响力，说不定会管用，你有这个本事的，你能来吗？啊？能来一趟吗？

我心里顿时毛茸茸的。我有那么大的影响力吗？再说，我以什么名义去？我没告诉六师弟我已不在农民工维权中心了，即使还在，我也不可能去，现而今已不涉及农民工权益了，纯属你们之间的经济纠葛，我凭什么介入干预司法？我凭什么为了你去挑战法律底线？六师弟啊六师弟，心中装满自己执念的人，永远听不进别人的心声。我不想再在这个问题上跟他多说，赶忙转移话题：今天什么日子你知道吗？我不顾大师兄和七师妹的反对，把镜头还是调转过去对着他们。

啊？七师妹你的好日子？我怎么不知道？还有家国，你居然敢向五师姐求婚了？怎不早通知我呀？早晓得，我是非出席不可的！就算人不到场，礼数也是少不了的呀！对不起，对不起，等会儿我就给你们发个大大的红包！老六我这几年虽然落难，一个红包还是拿得出来的！对不起了对不起了，实在抱歉实在抱歉……嗯，我还想跟老三说几句。老三！老三……

我直摇头。七师妹说三师哥上厕所去了。六师弟哦了一声，啪地挂断了视频。

后　记

　　激发我创作这部长篇小说的最初动因是巴中市农民工维权中心主任王晓荣，他坚持此项工作二十年，为巴中籍农民工讨回工资、各类赔偿金等款项十余亿元，并获得"全国先进工作者"称号。几年前，他在外省维权谈判中，受到对方言语刺激导致脑出血，被医生断定非死即瘫，然而经过六次脊柱穿刺手术后，竟奇迹般的康复了，而今仍奔走在农民工维权之路上。

　　他也是小说中的"我"——肖荣的原型。肖荣与王晓荣的人生经历大致相同，初中毕业后到部队当兵，并成为一名文艺兵，后来转业、失业，通过自考法律，走上农民工维权之路。长期的紧张和压力，导致他们都患上经常性失眠症，最后也是在一次维权谈判中突发脑出血，经过六次穿刺手术转危为安。

　　我想写一部以王晓荣为原型的小说，但又不想为其个人树碑立传。也不想写一部虚假的人为去拔高主人公的思想境界的书。我想把他还原到生活及平常事件中去体现一种平凡但又非同寻常的人生，试图从凡人均能体会甚至随处可见的生活琐碎中去感悟他与众不同的品质。理所当然，主人公的品质是伟大的品质，人们接受起来不应该感到不适和别扭，应该是顺理成章的，是感同身受的理解和接受。

但是，只写这么一个人，显然是单薄的，他还需要一群同时代的人物去烘衬。如果将原型人物经典案例中的人物、事件原原本本拿出来烘托小说主人公，显然本书就只能有一重主题，还是显得不够厚重，也不够艺术。那么，我在想，如果把原型人物经典案例中的主人公变换其角色，重新给他们安排身份，让原本是分散到各县区彼此在时空维度上毫不相干的他们，变成彼此在时空维度上有紧密联系的一些人物呢？这似乎在艺术创造上更上了一层楼。

就这样，虚构的崇岭县七星镇的一群人物出现了，他们来自七个村，分别是鱼嘴村的赵振国、赵家国，猪食槽村的王家伟，响水滩村的肖荣，七星场镇所在地云台村的孙力发、孙财发，东石崖村的李春梅、李冬梅，马鞍梁村的周浩，凤尾村的吴月娥。其中，赵振国、王家伟、肖荣、孙力发、李冬梅、周浩、吴月娥七人初中同班，并在初一就组成了要好的"七人团"，彼此以师兄妹相称，他们都出生于二十世纪七十年代初，三十多年来，各自都有或精彩或曲折的人生故事。

大师兄赵振国初二辍学外出务工，后在煤矿被砸断双腿，回乡后在妻子李春梅的照料和鼓励下，带领村民致富，成了市、县闻名的"轮椅书记"，开创了不同凡响的事业。

二师兄王家伟，初中毕业外出务工，认识以后成为妻子的周晓芸，未婚生育儿子王春晓，几经波折返乡做生意。王春晓初中毕业读职业技术学校，在外实习落入传销陷阱，后

302

失踪，并被公安部门宣布死亡。悲痛欲绝的王家伟再次四处打工，更是为了寻子，最后因讨薪绝望服毒自杀。

排行老三的肖荣，初中毕业参军成为文艺兵，并荣立三等功，转业分到县丝绸公司，后下岗失业，通过自学法律，成为一名农民工维权工作者，并坚持这条路走到至今。

四师弟孙力发，家住场镇，自幼胆子大又调皮捣蛋，初中毕业即外出务工。多年后因讨薪哥俩爬上塔吊，并在上面待了六十多天，惊动了媒体，后回乡从事餐饮业，拼出了一片天地。

五师妹李冬梅和赵家国都是成绩很好的学生，都考上了大学，毕业后李冬梅分配到市政府，赵家国分配到县农业局，他俩之间有一段缠绵几十年的感情，最终在两人年逾不惑时才修成正果。

六师弟周浩，初中毕业后先是打工，后是通过走捷径挣钱，富起来后欲望膨胀，不顾劝非要到外地去闯荡，结果被更大的"鱼"设套吞没，大半生积蓄被套牢，与当地"大鱼"争斗，反而身陷囹圄……

七师妹吴月娥，初中时深受大师兄、二师兄和班主任郑老师喜爱，成为郑老师重点培养对象，中师毕业后分配到七星镇初中任教，与郑老师成就姻缘。后因种种变故导致其创办的职业学校停办、婚姻破裂。回到七星镇后，她钻研农村产业升级课题，与赵家国一起让猪食槽村、凤尾村发展红火。

吴月娥跟赵振国，也可视为当前乡村振兴大潮中的典型人物。

小说以主人公"我"（肖荣）脑出血在医院昏迷开始，

按六次穿刺手术顺序，每次手术后都有师兄弟或师妹探望并闪回其人生经历，出院后"我"经过康复训练基本恢复。故事的结局是市长考虑"我"的身体状况，调整"我"到老干局，妻子接替"我"原来的工作。七师妹跟郑老师和好如初，赵家国向李冬梅求婚成功，六师弟仍在外讨钱……这样设计是为给主人公人文关怀，让肖荣调岗并提拔。对其他人的安排虽俗套了些，但也算合理。

　　最后要说的是，我本人生于二十世纪七十年代初，深知与我同龄、出身农村的孩子人生奋斗之艰难，因此，一部出身农村的"70后"的奋斗史，是我想通过小说展现的。将一个农民工维权工作者与一群农村"70后"的命运融合在一起，期盼能通过书中每个人物的故事、每一事件和细节，感动到读者您。

李传君

二〇二三年九月二十七日　于成都